將此書獻予

周白琇和周白金

卅幾年來她們姊妹於公於私，

對我個人和家庭幫助甚多，

特此致謝！

推薦序

以溫暖文字融化寒冰，帶來愛的救贖

美國西北大學醫學院臨床心理學家 黃維仁博士

筆者很榮幸能為梁德煌先生的第五本小說作序。

我在醫學院中訓練精神醫師與專業心理學家時，常對學生說，一個最難發展，需要用最久時間去訓練的能力，是我們看事情的角度和觀點。「大道至簡」，在簡單與平凡之中，往往蘊含著最深奧的道理。如果有了更廣更深的角度和觀點，我們可以「自一粒細沙窺見世界，從一朵野花看見天堂。」一部好的小說可以幫助讀者開闊眼界，提升思辨能力，同時能讓讀者汲取精神養分，滋潤心靈。梁先生的小說就是這樣，不只帶著我們進入趣味盎然，極其豐富的幻想世界，更藉著他經過歲月淬鍊的人生閱歷，和我們一起探討一些深刻的人生課題。這本《看不見的戰爭II：對峙》是他第四本小說《看不見的戰爭》的續集，讓我有「欲窮千里目，更上一層樓」之感。

筆者人生中最好的老師，是那些遇見人生風浪，在關鍵的轉捩點邀請我進入他們生命當中，幫助他們、陪伴他們走過的那些個案。他們教導了我極為重要的人生功課。他們讓我看到，人間最大的悲劇是你身旁可以充滿了人，然而你的心靈卻是孤寂的。人間最大的悲劇是你跟那些應該愛你的人，和你應該要去愛的人身體可以靠得那麼近，但你們的心靈卻可以相距個十萬八千里。同時，他們也讓我看到，人生最大的幸福是當你在人生旅途中遇到力不能勝的重大危難，感到脆弱、無助，走不下去的時候，在茫茫人海中還有地方可以去，而當你放下面具，打開心扉，傾訴你真正的心聲和感受時，還有人願意奉獻他生命中的卅分鐘，心無旁鶩地傾聽，並且聽了不會去批評論斷，不會因為他自己的焦慮被觸發而掌控你，逼你做不願做的事；相反的，對方不但能耐心傾聽，還能讀得懂你、接納你。若有人在你痛苦時，心疼你，陪著你落淚，並且在旁支持你、鼓勵你，巴不得看到你好，能再站起來，活得比先前更好。人在一生中，如果能享有這樣的親情、愛情或友情，他／她就是天下最幸福，是擁有天地間最珍貴禮物的人，這也是梁先生之〈對峙〉一文中男女主角心靈深處終極的渴求。

有位西方智者曾說，“Events of our life shape us, but it is the choices we make that define us." 意思是，雖然過去我們人生中所發生的種種事件塑造了我們的人格，但是我們現在開始所做的每一個選擇，才可以決定我們會成為什麼樣的人。當筆者細看〈對峙〉一文中女主角亞芳的生命故事，讓我想到，在人生的列車上，我們的確沒有一個人可以選擇自己出生的性別，生在哪個國家，生在安樂或是戰亂的時代，更無法選擇自己的父母和兄弟姐妹是誰，家境貧窮或富足，人生際遇悲慘或幸福。女主角亞芳的身世令人心酸，七歲就嘗到喪父之痛，母親改嫁卻遇人不淑，不久母親去世後，應該要保護她的繼父又對她性騷擾，再加上學校好友的背叛嘲弄；她未成年就被迫離家求生後，社會黑暗惡勢力加諸於她種種不公的對待，使得飽受無情際遇的她不能不保護自己的心，讓真情深埋心底，把心冰封起來。但是她沒有自暴自棄，也不怨天尤人，不但沒有以受害者心態自居，反而拿出無比的勇氣與命運抗爭。她雖然有人在江湖身不由己的時刻，但卻始終保持正氣，幫助比她弱小的人，例如照顧有骨氣的小弟阿昆。

在充滿風浪的人生中，如果能找到可以信賴的人互相支持是非常值得感恩的事。家族治療理論指出，"We tend to be attracted to people with similar level of ego functioning."，我們常會吸引人格成熟度與我們相似的人，俗語說「物以類聚」，亞芳與阿昆也因為彼此相似的品格與人生價值觀而成為莫逆之交。

雖然亞芳是一位勇敢堅強令人敬佩的女性，她的心靈卻是孤寂的，若要活出更美的自己，她的心理創傷需要得到醫治。當代最尖端的心理治療理念與科研讓我們看到，最深的醫治不是來自左腦知識性的勸導，而是來自右腦「長期潛移默化中，把愛的人與愛的情緒經驗內化心中的過程。」從腦科學研究中我們知道，情緒經驗可以增加神經傳導物質的分泌，增加大腦神經網路的可塑性，而我們如果能有五年以上這種「溫暖又持續的矯正性情緒經驗」，我們大腦神經網路的連線可以重整，讓我們的「心理依附狀態」由不安全轉變為安全。愛情深度心理學也指出，「戀愛，是人一生當中最千載難逢的時機，可以讓過去最深的心理創傷得到醫治，過去未得到滿足的心理需求得到滿足；但是，這也是人放下心理防衛，傷上加傷最危險的時刻。」所以，愛是人生中最重要的功課，每個人都需要學習。

亞芳非常幸運，能在生命旅途中遇見了心地善良又富有正義感的男主角明佐。

一個充滿恩典與真理的家庭文化是可以代代相傳的。明佐從小成長在善體人意，正直又溫柔的父母之愛中，因而能藉著親子之間所建立的這種安全依附關係（Secure Attachment），而發展出光明，善良，自信，與具備同理共情能力的醫治性人格。

作者梁先生把深度心理治療的關鍵，由他小說中男女主角之間精彩絕倫的冰火對峙過程，在我們面前展現出來。筆者在讀梁先生第四本小說《看不見的戰爭》時，曾經說到我彷彿在看西方紅極一時的影集《哈利波特》一般，而現在拜讀它的續集〈對峙〉時，又深感自己好像在觀賞當今全球最膾炙人口的電影《星際大戰》完結篇之中華文化版。這套總共九集，跨越了四十年的《星際大戰》，不知道已經影響了全球多少個世代的人。影集不止充滿了娛樂性，連其中含有哲理的一些話語，例如，“The Force Will Be With You.”，孩子們在遊戲時也能朗朗上口。

在《星際大戰》的故事中，擁有特異能力，原本正派的英雄與他的孫子，可以因為禁不起權勢與名利的誘惑而淪入魔界；而黑暗世界家族的後代，卻可以因為選擇良善與公義而成為宇宙的救星。梁先生更藉著他豐富的想像力，把中華傳統文化中獨有的天庭與修羅界之間的正邪之爭，與前世今生的觀念融入了他的小說之中。當我們看到神魔大戰，兩軍對峙，雙方殺得天昏地暗，女主角身不由己，陷入絕境之時，男主角卻能捨身歷險，以善良溫暖的愛之火苗，融化了寒冰，帶來了愛的救贖。在梁先生的小說中，我們看見修羅界中也有愛，而善惡之分常在一念之間；我們更看見冤冤相報何時了，而唯有真愛才能徹底化解仇恨。身為中華兒女，觀賞梁先生受中華文化薰陶而建構出的愛情魔幻小說，讓我覺得特別溫馨。

梁先生在書中還有其他許多精彩的創作，例如另一部中篇小說〈愛貓人咖啡館〉更以超凡的想像力，用有點類似西方評價極高、轟動一時的科幻電影《駭客帝國》與《全面啟動／盜夢空間》的手法，來呈現另一個感人又發人深省的愛情故事。

我們都自以為活在一個真實的世界中，但這一切會不會只是一個夢境？夢境之上會不會另有一個更客觀的存在？主角阿鋒是〈愛貓人咖啡館〉中扮演作者的小魏，筆下所創造出來的人物。阿鋒的人生完全按照小魏所寫的劇本而行，而小魏又是梁先生筆下建構出來的人物，兩個人一生所發生的事件，其實都由梁先生來決定，然而梁先生一面寫，一面又隨著小說中這兩個人物的性格和特質，留一些發展的彈性與空間，讓兩人過去的歷史與當前所做的選擇，去影響他們生命的下一章會如何開展，梁先生這個創作的過程，複雜又精彩，讓筆者聯想到宗教界的千古議題——「預定論」與「創造論」之爭。

梁先生的這篇〈愛貓人咖啡館〉，小說內又有小說，戲中又有戲，小魏愛情中幾個恩恩怨怨的經歷，很自然的就融入了阿鋒的愛情故事中，兩人有時扮演相同的角色，有時卻又扮演完全相反的角色；而小魏的夢境與他的現實人生，似乎也在交互影響著。讀者不難想像，當小魏發現他小說中藉著筆下阿鋒的故事，與他自己在睡夢中所經歷的情節，竟然在小魏的現實中一一發生時心裡所感受到的震撼。

在人生旅途中，我們會遇見各式各樣的人，我們都希望能被善待，被尊重。除了那些喪盡天良的掠奪者（Predator）之外，我們大多願意善待別人，不會想要刻意去傷害他人。但是不管有意或無意，我們都會傷人，也會被人傷害，所以「饒恕」是人生中一個極為重要的課題。在梁先生書中，阿鋒與小魏的人生故事有個相似的主軸，就是像許多人一樣，他們在人生中都做過對不起別人，而使他們覺得後悔的事。他們心底深處感到虧欠，想尋求饒恕並設法去補償，因為若無法處理那些心理治療界所謂的未完成事件

（Unfinished Business），人生會一直會有遺憾。

他們的故事，其實也是替當今華人社會中許多有類似經歷的人，表達了他們的心聲感受與心理需求。在此筆者想跟大家分享一些尋求關係療癒時需要注意的地方。請記得，好的動機不一定能帶來好的結果。尋求饒恕時，一定要先問自己幾個問題：「我這樣做到底是為了滿足我自己的需求，還是真的是為了對方的好處？」「我認為對方現在最需要的是什麼？」「如果我問了，而對方真的願意告訴我，她／他自己會怎麼說？她／他會希望我做什麼，不做什麼？」我們每個人都需要學習從粗變細，換句話說，需要發展情感智慧，能夠正確地從別人的角度來看事情。如果想要有幸福的人生，我們一輩子都需要謙卑學習如何「增加讓別人感受到愛的能力，減少讓別人受傷的機率。」

一本能夠令人回味的好小說，除了含有豐富的娛樂性與啟發性之外，一定要有豐富的情緒感染力，幫助讀者深刻體會各角色的內心情感世界，激發讀者情緒上的共鳴，才能讓大家對所刻畫人物的生命故事產生關懷。例如文中的小延和小涵的人生境遇，令人又心疼又敬佩。這兩位有才華卻涉世未深的女性，都因為被有權勢的社會大亨灌醉或下藥性侵後生子，而成為單親。一個不請自來的風暴，使她們的人生發生了天翻地覆的變化，然而她們仍然盡全力地去愛孩子，也自食其力努力工作，不但沒有向命運屈服，反而勇敢，滿有尊嚴的活著。她們的故事與生命經歷，也是當今現實社會中許許多多被不公平對待的女性的寫照。這些在人生中飽嘗冰霜，把淚水往肚裡吞的女性，堅強的外表之下的那個小女孩，仍然潛藏著一顆孤寂的心。她們的淚水需要被看見，心酸需要被懂，受傷的心靈需要被溫柔的愛滋潤。

從梁先生小說所選擇的題材，筆下所刻畫出的人物，他們的生命故事、情感世界，遇見風浪時不同的反應，不同的抉擇與行為所帶來不同的結果，我們可以從他眼中更深刻的觀看世間百態，人性中的脆弱與醜陋、純真與善良；我們也能從他的字裡行間看到他對強權的批判、對受屈者的同情，更可以感受到他正義感背後恩慈、悲憫的心懷。

梁先生這次的創作，進入了一個更新、更高的境界，劇情更為曲折，想像力更為豐富，一次又一次的高潮迭起，峰迴路轉，非常引人入勝，讓人想一直追到底。這是一本非常有趣又有品味，可以細細咀嚼回味的好書，筆者在此鄭重推薦。

自序

對我而言，寫小說是意念的築成和流盪。這些意念的發芽大部分來自偶爾的感觸，小部分來自聽來的隻言片語。

譬如第二本小說的〈請給我幾分鐘〉，起始於一個夜晚和內人看電視時，想到一些意外去世或心有不甘、死不瞑目的人，死後靈魂沒有意識到自己已往生所編撰出來的故事。而第三本小說的〈好可怕呀，師父！〉只是想闡述一個概念，佛法說「愛慾為輪迴之本」，但完全去除愛慾何其困難啊！縱使一個離群索居的修行大師平日心念清清淨淨，可是一旦機緣來時，也可能引發潛意識內的愛慾蠢蠢欲動。至於〈未來〉這篇則是耳聞一對留美學生夫婦的故事，不知其真實性如何。

無論故事來自概念或他人，作為一個寫實筆法的創作者，第一要設想自己為劇中人，有過去的背景、現在的想法，有家人和朋友共處的周遭環境，彼此互動、交織的關係。倘若故事內穿插著幾個人物，那對我來說更好玩，從一個角色跳到另一個角色，忙得不亦樂乎。

就是如此，當作者把大綱建立，角色設定完成，自己跳入意識流中載沉載浮，也邀請讀者躍入，一起悠游。

在書的世界，我們完成交會與融合。

目錄

愛貓人咖啡館

創造是束縛的開始

1

推開暗紅色木框的玻璃門，小魏在入口處的圓拱下佇足，細看盤繞其上的花草，發覺摻雜在塑膠製品當中的一些天然樹葉已經枯萎，不禁微微皺起眉頭。

如同往昔，選擇在最裡邊靠窗的位置，小雲過來招呼：

「魏先生早，一樣黑咖啡和原味的貝果嗎？」

他點頭，拿出手提袋內的草稿攤在桌上，握著筆桿，腦袋裡空空洞洞，一點想法也沒有。他呆望窗外，清晨下過小雨，來時空氣特別清新，然而雨水卻在白色汽車的外表畫出一條條歪歪扭扭的斑馬線，看起來令人噁心。反空汙大遊行舉辦了兩次，耐不住同窗好友的曉以大義，他每次都不敢缺席。但激情吶喊過後有什麼改善？好像沒有。政府表示工業用電和家庭用電節節攀高，他們也無能為力。

「除非大家節約用電百分之十。」官員說。

他想到晉惠帝的「何不食肉糜？」搖頭苦笑。

小雲送餐點到面前，疑惑的看他：「魏先生，有什麼不對嗎？」

「來，妳瞧！」他指給她看汽車上的黑線，換她搖頭：

「是很糟糕，政府把我們的肺當空氣濾清器使用，導致肺癌死亡率一直高居第一位。」

不能再談下去，會影響寫作情緒。

「小咪呢？今天怎麼沒看到牠？」他換個話題。

「老闆娘有事，晚半個鐘頭來。」

「喔！」他把貝果切成六等分，放一塊入嘴慢慢享受綿密的口感。今天該怎麼銜接下去？他把草稿從頭翻起。

阿鋒左腳向前跨半步，上半身傾斜，騙防守的阿堯慌忙向左移動。他迅速反方向轉身，兩大步來到籃下。阿堯不是省油的燈，在他左手托球跳躍的剎那，阿堯已先一步飛騰而起，兩隻大手掌如同老鷹的雙翼遮住天空。他胸有成竹的在半空中將球遞交右手，來個側勾。

「刷！」擦板進網。

「不賴！」阿堯讚美：「換我了。」

言畢，阿堯一會兒向右四十五度，一會兒向左，彎腰低膝快速運球，弄得他手忙腳亂，稍一疏忽，阿堯撇開他縱身扣籃，乾淨俐落。

「好！喬丹二世！」他誠心誇獎。

「謝啦！頂多喬丹的徒孫再徒孫！」

「喂！太過謙虛反成虛偽！」

輪到他時，他在三分球線外，拍了幾下球，也要一招喬丹的招牌——後仰跳投。球在框架上遲疑了一會兒，才不情不願的跳入網內。

「阿鋒，這就勝過喬丹了，他沒有你這種回眸一笑的功力。」

他咧嘴大笑說：「你是諷刺還是拍馬屁？」走過去搥阿堯的肩膀，阿堯作勢後退，臉上裝出傷痛的表情。

他和阿堯在高中時代不僅同班，也是籃球校隊前後任隊長，兩人都崇拜喬丹大帝，麻吉得無他人可比。入社會後在臺北重逢，為了嗜好也為了健康，最近兩人約好每星期五在中強公園打球。人多的時候和別人合組一隊，所向無敵。人少時他們便以鬥牛取樂。

打了一個小時他們的背心緊緊黏住身體，曲線畢露，阿堯的肚子平坦，而他應酬太多已現出一條小泳圈。兩人坐在球場旁的長椅上打開背包，拿出乾毛巾擦拭。

「等一下去喝一杯？」阿堯問。

「今天不行。」

「太座在家等?」

「不，另有約會。」他愉快的向對方眨眼。

「又是她?」

他點頭。

「小心喔!野花通常帶刺。」

「我知道。」

他看手錶，差五分九點，時間控制得恰恰好。告別了阿堯，開保時捷往仁愛路疾馳。

小雅算野花嗎?絕對不是，她也是一朵家花，只不過長在別人的家裡。

「這朵家花帶著刺嗎?」他問自己。

「不至於。」他自問自答:「她滿意現況。若想跟我，大學畢業時便答應我的求婚了，不會投向別人的懷抱。我們只是舊情難忘吧。」

想到當年被拋棄的苦惱，幸好第一任女友小靜適時的遞補了空虛，澆熄了自哀自憐的情緒。再想到一個月前和小雅意外重逢，立刻勾起天雷地火，頓時對小靜的歉疚和外遇的激情，兩股情緒攪和成一團。

車子靠近福華大飯店，他發現路邊有一個空車位，停好，查看手機上的簡訊：

「先生出國，孩子去露營，機會難得，地址一五八巷六號。」

全身細胞像著火一般，熱得四處跳躍。前幾回都選傍晚時分在汽車旅館相會，為何這次約在她家，真不知道小雅是怎麼想的？

懷著複雜的情緒找到門牌，是一棟三層樓的透天厝，門前一棵梧桐樹枝葉茂盛，遮住三分之一的入口。他不自覺的左右偷瞄，四顧無人，按下影像對講機，聽到輕巧的腳步聲自遠而來。門打開一個細縫，一隻纖細白嫩的手伸出來抓住他的臂彎將他掇入。進到明亮寬敞的客廳，女人撲上來，軟玉溫香抱滿懷。

「嗯，渾身的汗臭味。」小雅推開他，皺著鼻子。

他這才看到她套著一件薄紗，裡邊不著任何衣物。

「走，我幫你沖澡。」

他們到二樓主臥，浴廁空間比他家臥室還要大。小雅脫掉彼此的衣物，推他進淋浴間，扭轉開關，強烈的水瀑從頭頂及兩側噴出。她幫他全身塗上沐浴乳，稍加摩擦後他克制不住，迴身拉她緊擁，兩人合而為一。

前幾天就寫到這裡，下來呢？描述床笫間的互動？如果寫得太露骨會讓女性讀者臉紅心跳；簡單描述又會使男性讀者索然無味。怎麼下筆？小魏吃一塊貝果，喝兩口咖啡，托頰沉思。

咖啡館內多了四個客人，兩位男士面對面坐著低頭談論，他依稀聽到匯率、鴻海等字眼，若非鴻海企業相關的人便是投資股票，他想。左前方一位中年婦女叫一杯咖啡和蛋糕，正小口品味著，旁邊地上擺著菜籃子，上端有幾把青菜和一小袋蘋果。他看一下手錶，早上十點半，這是家庭主婦的"coffee break"呢。坐在他前方隔兩桌是一位白髮老人，背佝僂，兩手打開報紙湊近眼睛閱讀。年紀老大不小，一個人上咖啡館，仍然單身？這是我廿年後的寫照嗎？

大門打開，一道白影從進來的女人身上無聲無息的溜下來。牠先去櫃臺前見小雲，被彎腰撫弄後像一個董事長般昂首巡視職場，那位婦女顯然是個熟客，柔聲呼喚：

「小咪，到這裡來。」她拍拍身旁的空位，牠一躍而上，婦女如同哄小嬰兒似的，低聲不知講些什麼，手輕輕順摸牠背上的毛。

「這幾日天天見面，該不會忘記我了？」剛興起念頭，小咪便自椅子滑下朝他走來。

「嗨！」他揮手招呼。

小咪睜著藍色的大眼篤定的望過來，一跳至他側邊的椅子，再登上他的椅背，沿著邊緣走到他右邊的窗臺，這下子與他面對面相視。

牠是一隻幾近全白的波斯貓，只有耳朵和腳趾呈現淡淡的粉紅色，蓬鬆的毛髮像一團埃及棉，使人不自禁想沉浸其中，軟舒片刻。現在他就這麼做了。牠對於他手指的漫步表示默許，安適的閉上眼睛。

胖胖的小曼從櫃臺走來：「早啊，齊太太，今天妳們改上午碰面嗎？」

「沒有。早上來這邊超市挑些東西，順道過來喝一杯。下午還要和林太太她們在這裡碰面。」

「十分歡迎。」

「早，魏先生。」小曼走到他面前：

「小咪已經和你混熟了。」她笑了笑，寬闊的臉龐和小咪像同一個模子印出來的。

「咖啡續杯嗎？」

「不，謝謝！」

「別把牠寵壞了。」小曼說。

「是牠把我寵壞了，我喜歡摸牠的感覺。」輪他朝小曼微笑。

摸著、摸著，小咪眼皮漸垂，終至闔起。他繼續想故事情節，過一陣子心中有了主意，立即拿起筆來……

阿鋒和小雅在浴室裡翻天覆地後，兩人擦乾身體，躺在柔軟的大床。

「小雅，妳們家真不賴，這張床更好，令人天天想要大戰幾個回合。」

「是嗎？」她趴上他的胸膛：「那麼再來？」

「現在不行，才打完籃球，剛剛又……起碼讓我休息一下。」他好累，放鬆下來，舒服的閉上眼睛。

「喂！大學時代威猛的阿鋒跑去哪裡了？」

「今非昔……」他勉強應了三個字，便進入夢鄉。

不知睡了多久，感覺有一隻螞蟻在漫遊他這塊新大陸。從腳底開始走到大腿，經過肚臍停在乳頭，爬上脖子……好癢。經過臉頰……不好，進入鼻腔。他驚醒，小雅笑嘻嘻的看著他。

「懶惰鬼，該做工了。」她捧著雙峰，媚眼勾魂。

「幾點了？」他迷迷糊糊的問。

「差十五分一點。」

他嚇得睡意全消，小靜沒等到他回來是不會上床的，他急忙起身穿上來時的衣服。

「幹嘛？人家還在等你雄風再現呢。」小雅喃喃埋怨。

「來不及了，下回再補。」

「那下次不可以先去打籃球！」

他滿口答應，下樓，衝門而出。連闖三個黃燈和一個變色不久的紅燈，接近家門，他想想不妥，停在超商前面，下去買一瓶啤酒，喝上兩口，掬一些在手心，把下顎、脖子、領口都沾些，其餘灑向上衣。在地下室泊好車，低頭嗅嗅自己。

「應該袪除掉小雅的味道了。」他想。

打開大門，果不其然，小靜坐在客廳假寐，他故意躡手躡腳走去主臥室，把衣服脫在浴室門外，進去沖洗一番，事畢出來，衣褲不見蹤影，室內燈光昏暗，小靜躺在床上，他悄悄溜上去。她隨即側身過來，右手搭在他的小肚往下一寸一寸的探索。他心中嘆息一聲，奮力翻身而上。

小魏放下筆來，對阿鋒的感受體會深刻。那時剛進報社結交了一位女同事，兩人很快的情投意合，同住一起。三個月後去採訪一位初露頭角的年輕畫家，雙方相談甚歡，一個小時終了意猶未盡，畫家邀他留下來看接下來的電視訪問。來的是一位美麗靈氣的女主播，提出的問題另創蹊徑，而畫家的答覆則別有見地，結束後畫家請他們兩人和攝影師共進晚餐。他和女主播交談得十分契合，也開始來往。腳踏兩條船雖刺激，但難免碰上和阿鋒類似的情形，心裡的愧疚和肉體的勉強，常常撞在一塊。他努力維持了半年，兩位女伴憑著蛛絲馬跡慢慢知道另一方的存在。同事揮淚斬情絲，女主播不久也移情別戀，他落得兩頭空。

所以呢？把自己的經歷套在阿鋒身上？不，他不要如此做，而且情節尚未發展到必須交代的地步。他拿起杯子，把剩下的咖啡喝完，眼睛瞄向右側那一坨棉花球，不知何時已經飄走了，他遍尋不著，看看時間，近中午，他把稿件收好，趕赴高中同學阿通的約會。結帳時問小曼：「咪呢？」

她笑著指櫃臺下方，牠正把臉湊入大瓷碗中進食，他連叫兩聲，小咪無暇回應：

「這個愛吃鬼，明天讓你打兩下屁股作為懲罰。」小曼開玩笑說。

「我怎麼捨得。對了，老闆娘，門口的樹葉枯萎了。」

小曼走出櫃臺親自查驗：「魏先生，謝謝你的提醒，我這就通知園藝公司。」

2

接近中午小魏才踏入「愛貓人咖啡館」。靠外窗的後座已經被人占據，幸好左邊尾端鄰近天井處仍有空位。他坐下，光線暗些，雖然側面是相同的大塊玻璃，但熱鬧街景被一小片竹林替代，呈現完全靜態。

「魏先生今天來得晚囉。」小曼過來寒暄。

「是啊！昨晚喝太多，早上幾乎爬不起來。」他沒料到昨天中午和阿通在日本料理店時居然巧遇阿盈，大家都很興奮。「你還記得我們那些排球隊的隊員嗎？」阿盈問。他只想到阿興。「你把阿吉、阿懋和阿伯都忘了？」是真的忘了。他很不好意思。「如果你們兩人有空，我來連絡他們，今晚來個大團圓好嗎？」當然好，反正他孤家寡人一個。結果從加拿大旅遊回來的阿懋帶了兩瓶 "Canadian Club" 威士忌和紅、白酒，把大家喝得醉茫茫，告別時都走得東倒西歪，還不忘彼此笑謔一番。

「我給你泡杯醒酒茶？」小曼好心提議。

「謝謝，我已恢復了十之八九，一樣黑咖啡好了，我需要振奮點才能寫一些東西。」

「那麼餐點仍是貝果嗎？」

「來總匯三明治，我肚子好餓。」

「行，立刻做。」小雲送來一大盤，四個對切的三明治加新鮮沙拉，裡面加葡萄乾和小紅莓，淋上店家調製的油醋，吃起來特別爽口。

他把咖啡喝光，今天店裡座位全滿，談話和刀叉碰撞的聲音比平日上午多了幾倍。他不急，等待胃把嚥下的東西消化時順便胡思亂想。右邊坐他老位置的中年人從他進來便聳起抬頭紋不知在想什麼。現在那人從公事包拿出原子筆在餐巾紙上塗鴉。運算數字？財務上的問題？抑或文字工作者，和他一樣？等會兒有機會拿來看看。前面四桌客人從背影上判斷，除了一對青年男女像是大學生外，其餘可能皆為上班族。倒是靠近櫃臺的兩組沙發區中，有一個文質彬彬的長者傾著上半身，正熱烈的和兩個較年輕的夥伴小聲交談；而另一邊一個穿著光鮮亮麗的西裝紳士斜躺，愉悅的大聲談論，三個同座圍繞，恭謹聆聽，一副乖乖下屬的模樣。

對了，小咪呢？小曼在，牠也應該在呀！他的視線四處搜尋，終於在櫃臺下方近牆壁處看到一角軟墊，上有一條白茸茸的小腿露出來。這個小傢伙一定是吃撐了在休息。

他轉移至小曼和小雲兩人身上，逮到其中一人環視全咖啡館的眼光，舉起手來，小雲過來將桌子清理乾淨，續杯咖啡，他把手稿攤開，從頭看起至昨天停筆處「她往下探索！他嘆息一聲……」頓時有了靈感。

小靜送女兒去學校回來，馬上把汗水緊黏的薄外套脫掉。天氣熱到廿八度，實在不用加上這個累贅，假如換穿無袖低領口的洋裝，該有多涼爽，也可以秀出自己傲人的胸部。無奈她望著鏡中那雙胖碩的手臂，厚實得不輸一個舉重的女力士，她不想丟人現眼。最近回娘家，媽媽直盯她的腰部：「女兒，妳得減肥了，現在活像一個大媽似的。」又注意看她的臉龐：「還好，皮膚仍然細嫩，沒有皺紋，否則和阿鋒站在一起，別人會以為他是妳兒子。」

呸！呸！媽，妳的狗嘴吐不出象牙，怎麼女兒被妳說得一無是處。我是阿鋒的青梅竹馬呀！從高二到今天也有十七個年頭了，雙方愛意彌堅呢。想到第一次在籃球場遇見阿鋒，她的眼睛瞇起來，鼻子皺成一團，兩邊嘴角往上翹起。

那時她帶領女中籃球校隊在全市高中聯賽中剛以兩分之差輸掉，氣憤難耐之下逛到男校比賽場地。場上兩隊你來我往，分數呈現拉鋸戰。她注意到男中的中鋒人高馬大，行動並不特別迅捷，但好像變魔法似的，每次都能搶到有利位置，或者進攻或者阻撓敵隊；得分也很少以帥氣的飛身灌籃方式，大部分用單手托球上籃，擦板得分。在一個面向她運球的片刻，她仔細瞧清楚他的臉，英俊、稚氣、極度專注投入的神情，令她著迷。賽到最後，男中落後兩分，輪到他們掌球。在結束前三秒，他漂亮的切入籃下，他們的後衛看到了倉卒傳球，可惜傳歪了，球直接出界。剩下一秒，球在對方手中，一下子哨聲響起，比賽勝負已定。兩隊彼此握手致意後，他走到場外一個人蹲著，雙手掩面，沮喪至極。她起了同病相憐之心，不曾交過男朋友的她，貿然走到他旁邊蹲下，輕拍他的肩膀。他抬起頭來，眼眶含淚。

「我的隊也輸了，沒關係，我們一起努力，下次還有機會。」她鼓勵他。

他揚起右邊眉毛，呈現倒V形，勾動她的心弦。

「我是佟皎靜，女中籃球隊長，朋友都叫我小靜。」她自我介紹。

「童子的童？」他問。

「不，冬天的冬，左邊加人字旁。」

他們開始來往。

那年他高三，聯考迫在眉睫，愛苗不顧一切的在心裡滋長。他們無時無刻的想膩在一起，注視對方、拉拉小手……幾乎任何小動作都可以令彼此意亂情迷。兩人這樣的相處被他母親知道了，勸阻無效，拜託他的同班好友出馬。

那個長得不錯的小伙子約他們見面：「妳……妳想……想要……妳的男朋友……考……考不上嗎？」小伙子說話結結巴巴的。

「長……長大後……後……沒有出息嗎？」又加一句。

她搖頭。這個講話不時重複的人希望她把感情昇華，在一起可以，但必須督促他念書。阿鋒聽得十分認真，她本來在心中嗤之以鼻。

「只要我出現阿鋒便亢奮起來，靜下心來讀書恐怕很難。」她當時想著，不料錯了。接下來的約會，阿鋒帶參考書來，她稍有肢體的碰觸，阿鋒立刻推開。

「妳得幫我，將來我媽才會接納妳。」他說。

她只能在旁邊痴痴伴著心愛的人，常常望到眼皮沉重。後來她心生一計，建議每讀半個小時，由她依書本內容隨便提問，起碼有個互動。

「而且如果全部答對，我可以讓你親一下臉。」

阿鋒的雙眼亮了起來。

這個方案不錯，阿鋒努力用功，她也得到甜蜜的獎賞。九個月後阿鋒考上輔仁大學社會系。他家放鞭炮慶祝，她第一次踏入他家，以為從此便可登堂入室，穩固了愛情，哪裡知道峰迴路轉。他上了大學，相隔異地，日漸冷淡，弄得她茶不思、飯不想。利用一個星期天上臺北找他談判，他坦白說喜歡上別系的女生，任她怎麼分析、說服、哀求、落淚，都無法使他回心轉意。她想到那個口吃的男生，跑到臺大學生宿舍對其哭訴。

「我會……會……會找他談談。」那人面色凝重，誠懇的保證。

「阿鋒最聽他的話了。」她抱著很大的期望。

七上八下等了幾個星期，毫無訊息，她徹底絕望了。大學聯考考了兩次才上了銘傳，在學校談過一次戀愛，不了了之。畢業後到父親的出版社工作。命運很好玩，她們出版了一本暢銷小說，一家日報的記者打電話給她父親的助理，希望安排作者接受採訪，她負責這件事。結果來的人走進公司，一股電流從她的頭頂通到腳底，那個人就是阿鋒。

阿鋒顯得很高興，熱絡的和她談了許久，幾乎把作者晾在一旁，事畢她故意向他問候太太和小孩。

「太太？八字都沒一撇呢！」他笑著回答。

陰霾多年的心靈露出了曙光。他們密集交往三個月，在一次外地旅遊的夜晚，他對她跪下，拿出一顆小鑽戒，她欣喜的接受。一年後女兒呱呱誕生，現在已上二年級了。他對女兒十分疼愛，至於對她呢？恩寵不斷。以前大約每星期行房兩次，最近因為打籃球減為一次。這也難怪，自己曾經是籃球好手，了解那種運動的體力消耗。但是……以前他再怎麼累都會想要，頂多做完後省略溫存，馬上蒙頭呼呼大睡，不會減少次數，並且……昨晚體液少了許多。

「小心呀，小靜！不要再一次豬羊變色！」她暗自心驚，決定去公司一趟。

她在十一點卅五分走進出版社。在門口和櫃臺的小青打照面時，眼睛掃向總經理室，從半開的百葉窗簾縫隙中看到阿鋒的身影，心中稍稍鬆一口氣。

和熟識的舊同事打招呼後，她走到大辦公區最後端的大辦公桌旁。

「叔叔，近來好嗎？」她問。

「小靜，好久不見了。」龔主編摘掉老花眼鏡：

「今天是什麼好日子？老董事長早上才來，現在又看到妳了。」

「我爸爸在這裡？他人呢？」

「呵！呵！我從他的穿著判斷，他的人現在應該在高爾夫球場上了。」

「叔叔的判斷應該沒錯，我爸最近迷上高爾夫球。」

「這樣子好啊！我看老董事長的身體越來越健朗。」

她點頭：「對了，叔叔最近有新來的同事嗎？」

「我想想看。嗯……有兩位。」

「我可以看看他們的履歷表嗎？」

「當然。」他打內線給人事課，過兩分鐘資料送到。

她在主編旁的椅子坐下，一個是男生，中文系畢業，沒什麼經驗，她跳過去。另一個是女性，四十好幾，有點乾癟，之前在一家小雜誌社做過。

她不是阿鋒喜歡的類型，想著把卷宗闔起，還給老主編：「看來都不錯。」她說。

「是的，人是我和總經理一起挑選的。」他顯得很滿意。

「那，叔叔，你忙你的，我去找總經理。」

敲了門，阿鋒看到她有點訝異，但仍笑著說：「來查勤了？今天和姊妹淘沒有約？」

「沒有。」

「走，我們一起去吃午飯。」阿鋒把公文放下，站起來，她笑得很開心。

小魏寫寫停停，停停寫寫，到此告一段落。他抬頭張望，咖啡店的客人剩下兩桌，靠窗的男人早已走了，桌子收拾得乾乾淨淨，原本好奇對方在餐巾紙上塗鴉了什麼，現在已無從考據了。他站起來伸伸懶腰，甩甩手臂，這時看到小咪一會兒從櫃臺前的沙發右角出現，一會兒又跑到左角。

牠在忙什麼？有老鼠嗎？

好奇的走到前面，發現牠在玩一個小皮球，以前腳撥動，球滾起來跟在後面追逐。他悄悄走近，趁牠不注意時把球撿起納入褲袋裡。小咪找不著，焦急的四處尋望。

「嗨，咪！」他蹲下來連續呼喚，不被理會。他把球掏出來在地上拍著，這下子有效了，咪停止奔跑，走到前面，用那雙無辜的藍眼睛看著他。

責怪嗎？不像，只是疑惑。

「喏，我們來玩。」他把球推過去。咪以前腳碰觸，球往他這邊滾動一尺。

「對，就是這樣。」他再把球送去，牠又踢回，這次力道大些，他們兩個玩起來。他發覺小雲和小曼都往這邊看。

「喂！妳們的小咪很聰明喔！」他真誠讚美。

「謝謝！你幫我們開發了新遊戲，以後我們可以陪牠玩。」

他重複那單調動作，蹲了約十分鐘，漸漸覺得腰痠腳麻，站起來看看手錶，將近三點半，該去報社了。他想移動腳步，左腳比平常稍微沉重。往下看，小咪雙腳踏在上面，抬起頭來仰望他。

「牠不想結束呢，這個貪玩的小妮子。」小曼瞧見了，笑著說：

「沒關係，魏先生，你走你的，換我來陪牠。」

他收拾好草稿，搭計程車離去。報社仍保留他以前的桌子，只為了一週一次的專欄「老魏談生活」。

匆匆走進辦公室，和幾位舊識微笑致意後坐到電腦前，以一指神功打出標題：

閒情逸致

有人喜歡在庭院蒔花弄草，有人喜歡登山郊遊，而對於他這個懶散之人泡在咖啡屋度過一個下午，不失為消遣時間的好方法。文中他提到和小咪之間的互動，短短五百多字耗了他一個鐘頭。寫完重看一遍，讀來輕鬆有趣。與上星期的「老同學拚酒」揭示的濃郁友情大相逕庭，各有各的風味，他打上副刊主編老簡的 Email 地址，按下傳輸鍵。

沒一會兒，老簡走到他面前：「小魏，沒兩三下便擺平我們讀者引頸企盼的心嗎？」

「哪有？我可是絞盡腦汁呀！」他故作謙虛。

「別客氣了，快刀手！你的新小說寫得如何？要不，我們去附近的披薩店邊吃邊聊？」

他下意識的看了看這位老長官的啤酒肚：「正有此意。簡哥，這次輪到我作東。」

「好啊！那我有口福了，我們早去早回，吃完後我還得回來安排版面。」老簡說得更大聲。

3

小魏和小雲同時抵達「愛貓人咖啡館」，她一臉的睡眼惺忪，反觀自己，應該滿臉憔悴吧！怎麼會這樣呢？他吃著雙荷包蛋時問自己。

昨晚六點半回到家，時候尚早，他去附近國小操場跑了十圈，回來沖個澡，換上寬鬆的睡衣，新聞沒什麼新鮮事，他轉到電視盒子，看了部長片《信箋故事》，如此而已。

盤子剩下一點碎蛋白和蛋黃汁液，他切一小段貝果，將它們抹得乾乾淨淨，塞進嘴巴，想起了電影內容。片中女主角出完差接到母親來電，說整理倉庫時發現她十三歲去外宿學校學騎馬時寫下的一疊信箋。到手後隨著翻閱，她記起被四十歲跑步教練誘姦的往事。

我算不算碰到類似的狀況？他當時在心中提出這個問題，其實客觀比起來差多了。

這件事發生在大一暑假，他得知對他極為照顧的五年級女老師的住家地址，特地事先電話約訪。按了門鈴，老師穿著低胸、貼身、三角的瑜伽服，親切的款待他，卻使他滿臉泛紅，呼吸短促，眼光不知投向何處才好。坐了幾分鐘，僅僅交談數句，他獻上帶去的餅乾禮盒，藉口有事落荒而逃。也許這個回憶打開了潘朵拉的盒子，當夜睡覺時做了一大堆雜七雜八、無厘頭的夢，依稀有吵架、追逐、考試、喝酒……大部分已經忘記，但弄得他萬分疲憊。

咖啡館生意極好，熟客們把這裡當成活力補給站，上班前必來報到的地方。像蝗蟲過境，每來一批把桌上的食物一掃而光。但這股熱度維持不了多久，九點半過後回復了蕭條。他把餐具移至窗臺，攤開文稿。

週三下午，阿鋒坐在辦公室內難掩興奮之情，上月底的銷售成績增長了百分之十二，而老龔在上午給了一個無名女作家的隨身碟，他剛看完，清新有趣，有可能引發一波風潮。

「因為是新手，我來談談看，銷售超過一千本才給報酬。」老龔眨著那雙老眼，愉快的說。

不過這些都是其次，音訊中斷了十天的小雅，近中午時傳來一條簡訊：

「也許今晚可以見面，傍晚時再通知。」

他無法遏止自己在十分鐘內看了三、四次手機，乾脆離開座位去找老龔談送來的新書稿。老龔是岳父大人創業時期的元老，年紀大他兩輪，但觀念卻很新穎，不輸時下的年輕人。

「主編，這個女作家掌握了所有吸睛的元素，除了旅遊、美食外，每一篇還穿插了羅曼蒂克的邂逅。」他說。

「是啊，而且每段戀情都不落俗套，虧她寫得出來。」

「你認為是作者的親身經歷，或者僅僅出自於她的想像？」

「很難說。我來約作者見面，交談後可以看出端倪。對了，總經理，你想一起來跟她談嗎？如果不，有什麼建議要我轉告？」

「這個老傢伙，每次都問我有何建議？你是在考我嗎？」他心中暗想。

「那麼你呢？你有什麼想法？」他故意反問。

「有一些粗略的概念，我需要一點時間來整理。」老龔歪頭想著說。

「我也是，你來約作者吧，開會時我們一道討論。」他找到下臺階。

回到辦公桌，手機螢幕出現新訊息：六點老地方見，已訂好場所。

他隨即打電話給小靜，謊稱晚上要和大學同學共餐，大約九點返家。

下班時先去附近披薩店買一大盒小雅喜歡的 Veggie 口味、炸雞翅與沙拉，然後趕到「熱點」頂樓，小雅聽到房門開啟的聲音從浴室走出，她把頭髮盤在腦後，圍著大浴巾，香氣襲人。

他揚起手上大小包：「我買了晚餐，要不要先吃？」

她搖頭，解開大浴巾：「不如先吃這個？」她巧笑倩兮。

「正中下懷。」他放下食物，一個箭步向前，卻被她推開：「去，去，洗了再來。」

快速沐浴完，赤條條走出來，她光溜溜的撐起上半身在床上等候。兩人一番繾綣，不在話下。事畢天色昏暗，飢腸轆轆，他去開燈把食物拿來，兩人靠著床板坐起來進食。

「阿鋒，我們要隔好久才能見面。」她咬一口，睜大眼睛，小心翼翼的看著他。

「好久是多久？妳要我想死妳嗎？還是妳要想死我？」他不在意的笑著，把嘴裡的食物嚥下，轉頭輕吻她的額頭。

「阿鋒，我先生決定移民去加拿大，過兩天我們全家就要坐飛機離開臺灣。」她握住他的手腕：「不過如果我回來，一定打電話找你。」

剎那間他的腦袋一片空白，完全不能思想。過了一陣子，十幾年前乍聽小雅要和別人結婚的感觸再度湧上心頭——苦澀與空空曠曠的孤獨感。他愣愣的盯著披薩盒子幾分鐘後，默默的起身穿衣服走人。

「阿鋒，不要這樣子。」小雅哀淒的聲音在背後響起，他沒回頭。

當晚睡得極為淺眠，半夜被小靜的夢囈吵醒，他引頸關心，突然枕邊人的臉龐變成了小雅，心裡立即跑出一個聲音：「掐死她……掐起她……」

寫到這裡小魏靈感枯竭，全身軟趴趴。他擱下筆，呆呆望著窗外。

4

小魏隔兩天才踏入「愛貓人咖啡館」，小曼和小雲幾乎異口同聲：

「魏先生，好幾天沒看到你，讓我們好想念。」

「哦，回一趟臺南看媽媽。」他回答。

「令堂好嗎？」小曼問。

「不好，她中風兩年了。」

「情況怎麼樣？可以行動嗎？」

「不行。」他實在不想繼續這個話題。

「誰照顧她呢？」

「我姊姊和外傭。」他走到老位子。

小雲隨後過來：「魏先生，想點什麼？」

「黑咖啡和黑森林蛋糕。」我需要慰勞一下自己的精神和胃腸，他想，每次去看母親回來總覺得胸口鬱悶。才七十二歲，原本一個精明的人突然變了個樣。雖然靠他人的幫忙能坐輪椅，在綁手綁腳之下，靠機器的牽引也能踩腳踏車，但中風後為了預防癲癇發生，醫生給的藥劑卻讓媽媽意識不清楚。

「這樣活著有意義嗎？」當他看著母親時，常常浮現這個疑問。

「不讓她吃預防癲癇的藥好嗎？」他曾經問姊姊。

「那豈不使媽媽隨時面臨死亡的威脅？」姊姊質疑他：「你願意？」

他不敢回答。小雲送來他所要的，吃一口蛋糕，飲著咖啡，所有的事暫且擱置吧，專注在創作上，他努力在腦中描繪，漸漸成形。他攤開筆紙……

阿鋒遲些進入會議室，老龔已在侃侃而談當今的圖書市場，女作家清秀文靜，掛著緊張的神情不時點頭，「這樣看似拘謹的女孩，可能到英國每一個城市都發生浪漫的戀情？」他有些懷疑。

「妳介意我們建議妳更改某些用詞遣字嗎？」老龔問。

「只要有道理，非常樂意。」她的聲音有一種特殊的柔軟，聽起來很舒服。

「好，我們試試。如果妳認為不妥，我們不會勉強。」老龔說得十分真誠：「我們一向尊重作者的原創性。另外無關作品本身，只是我個人的一點好奇。」老龔笑了笑：「書中所寫全是妳的親身體驗？」

她的眼睛閃出慧黠的光芒：「沒有遭遇過實際的情況，我無法下筆。但對一個作家而言，腦中所浮現的和現實常常沒有差異。」

講了等於沒講。

老龔寬容的點頭，沒往下追問，箭頭突然轉向他：「總經理，你有什麼想法嗎？」

幸好他有準備，將隨身碟插入電腦，快轉到卅七頁：「譬如這一段，妳描述景色的詞句多達十五行。」

她走過來站在後方，他聞到淡淡的香味。

「妳知道現在的年輕讀者沒耐心看冗長的句子，如果有部分的敘述轉成對話，讀起來會比較輕鬆。」

「怎麼轉？」

他回頭想和她當面說，結果擦撞到她的臉頰，她急閃一邊，但上額還是擦到她的嘴唇，她頓時紅了臉，他也覺得怪不好意思。

「嗯……嗯……我的意思是……」他停一下重整思緒：「譬如這一段描寫湖光山色，妳可以藉旁邊一對情侶的談話來演繹水上的帆船、倒影和船塢餐廳。」

她想了很久：「是個辦法，我試試看，萬一寫不出來可以請教您嗎？」

「很樂意，不過我是個光說不練的人，恐怕會讓妳失望。」

「總經理太謙虛了。」

接下來談出書條件。老龔從售出兩千本以上才付版稅談起，沒料到她沒有異議。

「不過可以先預支兩萬元嗎？」她請求。

老龔望向他。

「沒問題。」他爽快答應。

等到她離開，他問老龔她的名字。

「魏秀延。」

好奇怪的名字。

小魏第一次把小說裡的人物冠以自己的姓，身分同樣是作者，寫起來很有親切感，他把剩餘的咖啡和蛋糕一口氣吃完，續杯，繼續埋首……

簽約後修改工作如火如荼的展開，這次阿鋒破例全程參與。他把原稿讀了三遍，一一標出太長的段落，他和小延花了長時間窩在小會議室裡，注視著筆記型電腦螢幕。有時他坐著，她站在背後，有時顛倒過來。他們一齊努力，設想了一些新的角色如老夫婦、郵差、小孩與孤獨老人，當然最主要的，和偶遇的伴侶，藉著彼此的互動把景物做了活潑深刻的呈現。

很奇怪的，第一次在會議室內不小心擦到她嘴巴的感受，卻在討論中跳出來幾回，那時他很難不把眼光放在她的朱唇上。當她注意到時便顧左右而言他，但兩頰卻悄悄飛起紅霞。他以為情愫都在兩人心中滋長，但沒有百分之百的把握。

一個多月後更正校對全部完成，大致就緒。有一天傍晚小延來辦公室看封面設計的最後定稿，心情愉悅的對他和老龔說：「總經理，這次麻煩您們許多，等一下想請您們吃飯，不知有空嗎？」

他欣然答應，老龔恰好另外有約。

「那麼……」她有點躊躇。

「這樣子，既然妳我都可以，今天我來作東，感謝妳提供一本好作品給公司，哪天再約我們主編，三人一道出來，那時再讓妳破費如何？」

「這個主意不錯。」老龔立刻查行事曆：「下星期五我沒事，你們方便嗎？」

小延和他都點頭。

「既然今晚只有我們兩位，我知道這附近有一家居酒屋的燒烤十分道地，我來訂那家好嗎？」他問小延，得到應許。

小延坐進保時捷，心中有點忐忑，這樣的發展始料未及。她很想找藉口推辭，無奈是自己起的頭，還好總經理在車內只談業界的事，沒有任何試探的舉動。

他們抵達居酒屋時老闆剛剛開門。店裡面積不大，吧檯呈ㄇ字形，座位間距很小，可以坐十六人，另外有兩張小桌子。

「這家店生意很好，一般都得前幾天預訂才有機會。今天運氣不錯，這是個好徵兆，代表妳的書一定大賣。」他們坐在吧檯旁，他對她說，她報以微笑。

「喜歡清酒或啤酒？」總經理問。

「我酒量差，能不喝最好。」她還想說「況且您開車呢，最近抓酒駕抓得很緊。」不過忍住了。

「來居酒屋不喝酒不對味，我們多少喝點清酒吧！」他沒吩咐老闆娘，自行走到後面的布簾內，過一會兒拿了一大瓶和兩個酒杯回來。

「裡邊另有天地？」她指著他的去處。

「喔，這裡採自助式。妳瞧，那邊三組布簾，分別擺著三個冰箱，一個供應礦泉水、果汁、可樂……等軟性飲料，一個是清酒和啤酒，最後一個是紅、白酒和威士忌。」

「這倒也新奇。」她回應。

這間餐廳把混凝土牆和天花板全部漆成黑色，上面覆蓋各種排列組合的竹子，吊著紙燈籠，花費很少卻營造出不同的氣氛。全店只有一對年輕夫婦當家幹活，為了節省人力，難怪他們想出這種方策。

總經理點了一千五百元的套餐。進來約略廿分鐘，店內座位已完全填滿。老闆娘負責點菜和蒸煮，老闆則專注於燒烤，在火爐上方一塊一公尺見方的鐵網上擺好各式各樣的肉串，兩眼盯著肉色的變化，雙手隨時翻轉。老闆娘端出冷盤和沙拉。

「不要小看這家店，我和朋友常來，我們計算過。」總經理把手機調到計算機欄，打入假設的房租水電，每晚做兩輪，以第一輪九成滿，第二輪五成來計算。

「估計這對夫婦一個月可以淨賺廿五到廿八萬元。」他做出結論，她好驚訝。

「那麼如果我的書賣得不好，可以考慮轉做這一行。」她開玩笑。

「假如妳的書賣不好，乾脆我也轉行。以後我們可以合寫一本《燒烤甘苦談》，說不定反而暢銷。」

兩人笑成一團，肉串陸續上桌。

「來，我敬妳一杯，預祝合作成功圓滿。」總經理舉杯，她喝了三分之一。

「我也敬您，謝謝您的大力幫忙。」她禮尚往來，這次豪邁喝光。

總經理幫她斟酒。

「魏小姐，妳大學時念什麼科系？」

「我讀中興中文系。」

「難怪妳下筆如行雲流水，一氣呵成。」

「其實我本科成績不好。」

「怎麼會？」

她約略說，學校重視古文學和詞藻的運用，這些她不感興趣，她個人著重於文章的創新和架構的安排，「我喜歡用自己的語彙來描述，無論景色或情感。不像老師和其他同學動不動就引用以前的詩詞，或某個名人講過的格言來詮釋。」

「難怪妳的書給我清新的感覺。」

「不過有些老師並不欣賞。」想起以前有些鬱鬱寡歡。

「他們有眼不識泰山，將來一定會被時代的潮流淹沒。」他側過臉，表情誠摯，令人窩心。

「妳熱愛旅遊？」總經理問。

這個話題令她亢奮，她敘述了英國旅遊的所見所聞，有些已寫在這次的書裡，連本來想保留在下一本的內容也一併說出來。

「可惜……」她差點露餡，急忙踩煞車。

「沒什麼……一件小事。」她打馬虎眼。

餐廳不停出菜，算算已有七、八樣，這回端出了杏仁豆腐，口感甚佳。

「來，妳乾了這杯，換我來講坐遊輪去阿拉斯加的經驗。」

她有點遲疑，但好奇心壓過了顧慮，決定拚了。

「妳坐過遊輪嗎？」

她搖頭。

「我先介紹遊輪本身好了，那就像海上行走的一座大型度假村……」

總經理說他搭的遊輪有九層高，海平面下三層，海上六層，可以容納兩千多人，船內有四個餐廳，還有游泳池、高爾夫室內電腦練習場、賭場、商店街、劇場、桌球室、橋牌室……聽得她大呼神奇。

「整個行程的岸上旅遊乏善可陳，重點在駛入於冰河灣時，我們跑到船頂兩百七十度的大圓艙，發覺自己被白皚皚、雄偉壯觀的冰山所包圍，那種美麗寧謐令人十分震撼。」

「妳有去過歐洲歌德式的教堂嗎？」他又問。

「有一次。」

「我感覺比跪在神壇前更接近天堂。」

「是喔。」她閉起眼睛試圖想像。

「那冰山在太陽照射下現出白、藍、黃……之類絢麗晶瑩的光彩，還有當部分的冰山崩落掉入海中，會發出巨大的聲響和水柱，嚇你一跳。」

她心嚮往之。

「唯一美中不足之處……」總經理舉杯笑著看她。

「不足什麼？」她問。

「沒有像妳一樣到處有豔遇。」

她脹紅臉，一口把酒乾了。

總經理繼續講其他的旅遊經歷，酒精慢慢在她體內發酵，她開始有輕飄飄的感覺，心裡隱約覺得不妙，但一個聲音又告訴她：有什麼關係？快樂就好。

真的一切都變得有趣，老闆燒烤翻覆的空隙下火花突然竄起對她眨眼，掛在牆上的藝妓彷彿擺著腰肢對她招手，而對面女孩咯咯的笑聲就像鈴鐺一般悅耳。老闆娘來收Udon麵碗時，她誇讚說：「妳……煮的……麵好……Q……」那個Q的尾音拖得又細又長，也像一條 Udon 麵，她想到這裡吃吃的笑出來。

總經理談到和一群朋友在哪個城市的酒吧內看球賽，他們支持的那一隊贏了，一個同夥拿起酒杯朝他的頭頂傾倒，他說他有點生氣。

「氣……什……麼？」她問。

總經理說了一些，搞不懂什麼意思。

「我就把那個人的褲襠拉開，將我的酒潑入。」

但總經理的這句話她倒是聽得清楚。

她拍起手來：「好……好……把小鳥……灌……醉……」

許多人朝她看來，眾目睽睽下她害羞起來，一張臉無處躲藏，只好往旁邊傾斜，碰到一塊布料，柔軟、有人體的溫暖，也有酒香，她索性把頭鑽進去。

迷迷糊糊中她被那塊布料包覆走著，好像進了車內。

迷迷糊糊中她下了車，被布料帶入一個箱子上升、開門，然後舒服的躺在床上。

迷迷糊糊中身上有重物壓著，舒服感盡失。她張開眼，總經理光著身子在她的上方，而她的衣服散落在兩旁，剎那間她清醒過來。

「不！」她一邊喊一邊掙扎。

「小聲點！」對方低聲說。

「我不要！」她努力甩開，但無法撼動。絕望中拚全力拍打，無意中指甲劃過他的肩膀，血滴滴地淌下。

他的臉扭曲起來，「妳這個婊子人盡可夫，假裝什麼貞潔。」他賞她一巴掌，把她的雙手拉直、擺平、按住。

她感受到下體撕裂的痛楚，她放棄抵抗了，臉無助的垂向一旁，淚珠滿布雙頰。

「主啊，請您慈悲，讓災難早點過去。」她想像自己仍是天主教孤兒院中的小女孩，跪在床前禱告。暴風雨逐漸變弱，終致平息。她起身，發覺那人沒有走開，他坐在床沿，怔怔看著被單上一攤暗紅色的血漬。

「差不多了。」小魏對自己說：「靈感已盡。」

他收拾紙筆，到櫃臺付帳。臨走前蹲下來和小咪玩互相拍掌的遊戲，他突發奇想：「如果有機會帶小咪去居酒屋，不知牠會喜歡嗎？」

5

難得的青天白雲，太陽露出大笑臉，小魏坐在咖啡屋內看窗外人來人往。男人們走起路來比平常精神抖擻，有些女人反而怕曬黑，淨挑有陰影的地方躲躲閃閃。

「一件事兩樣情。」他想。

嚼一塊貝果，喝口咖啡，他把紙攤開……

小延沒有再走進出版社一步，來電也不接。三個月後收到出版社寄來的支票，裡面附一張紙條，上面寫著計算式：

（5328本－2000本）×280元／本×10%＝93184元

93184元－20000元（預付）＝73184元

另扣所得稅……

多日來的陰鬱一掃而空。這一個月來她蒐集了許多澳洲的資料，包括景點和餐廳，將它們放在腦中，栩栩如生，幾乎可以下筆了。

「起碼得親訪一、兩個城市，就像上回那般。」心裡有個聲音重覆說。

她知道這個聲音沒有錯，她需要去現場感受澳洲的氛圍、百姓的想法，不然無法定調。這張支票是場及時雨，解決了她財務的乾旱。

胃一陣翻騰，算起來已經第三天了。四天前她只有一次外出到巷口吃碗牛肉麵和小菜，回家後第二天開始不對勁，一天胃總要鬧脾氣個幾回，不過還好，沒有拉肚子。

「哦，又來了。」這次胃液急速衝上來，她趕緊跑去廁所，才掀起馬桶蓋，嘴巴控制不住，一股淺黃色的水柱噴湧而出，把馬桶四周濺得一片髒亂，她蹲一陣子，等舒服點才取些廁紙擦拭。想想不夠，去廚房拿條濕抹布來。

「我在走霉運嗎？」她跪下來清潔時問自己。先是碰到一個霸王硬上弓的色狼，現在又是胃在作怪，這兩件事突然攪和在一起。

「難道有關聯！」她被這個念頭嚇得目瞪口呆。

小魏聽到小咪的喵聲。他往左下方瞧，迎上一雙藍色的大眼。

「來吧！」他拍拍右邊的窗臺。

小咪敏捷的跳上椅子，再躍椅背，順著走到牠的老地點。

「近來好嗎？」他輕聲問。

小咪默默的回望他，接著伸展懶腰，前腳攤平，整個身體趴下來。

他順撫牠的頸背，滑溜的程度不輸女人的肌膚。

「多久沒碰女人了？」他不敢計數，收攝心神回到紙上。

阿鋒坐在辦公桌前，看著老龔留下來的新書《尋幽澳洲》，心中百感交集。

「總經理，為智出版社的新書，您瞧瞧作者是誰？」

他瞄到「魏秀延」三個字，大吃一驚。

「我們幫她賣了兩萬多本，讓她名利雙收，為什麼這次她卻交給別人？」老龔投過來探詢的眼光。

「誰知道？公司同事和你不是打了許多電話嗎？」他裝蒜。

「是啊！也寫了多次的 Email，都沒回音。」老龔又說。

「真是個奇怪的女人，不按牌理出牌。」他搖頭嘆息。

老龔欲言又止，最後說：「也罷了！書都出了，再說也沒用。說不定這次她若不滿意，下次又會回過來找我們。」

「希望如此。」明知可能性微乎其微，他假裝熱忱的回答。

他看一下日曆，匆匆已過兩年八個多月，天知道他有多懊惱。這一生從來沒有這麼多的誤判，誤認她閱人無數、對自己情投意合，最後雖然她表示反對，以為只是惺惺作態。何況他非柳下惠，男人箭在弦上，誰能不發？

還好小延沒提出告訴。他足足擔憂了兩個月，好幾次想找她當面道歉，總下不了決心，兩個月後他重新評斷此人，更加愧疚珍惜。他避免用簡訊、書信連絡，怕留下證據，依手頭資料直接到她的住處，是一棟老舊七層建築的一樓，按了門鈴，現出一張素顏、楚楚可憐的臉龐。小延愣了三秒鐘，立即把門用力關上。他接著狂按門鈴，卻引起鄰居的探頭關注，不得已只好訕訕離開。一個星期後他重新光臨，門上警眼動了一下便無聲無息。兩個禮拜後公司接到小延來信，說她搬家了，以後支票直接寄去 xx 信箱。

「像斷了線的風箏。」他托腮沉思。

「這麼不給面子，不知其他出版社對我們做何猜想？」

他翻到最後一頁，出版日期，二十天前。出版社：為智文化事業公司。

「為智？」他想起一個施姓學弟在那邊當編輯，於是馬上打電話，對方也很爽快：

「學長吩咐，學弟一定照辦。但是學長，聲明在先，不可以搶業務，否則公司會怪罪我呀！」

他滿口答應，抄下地址，覺得眼熟，翻開公司以前的檔案對照，居然一模一樣，根本沒變。這個小妮子為了擺脫他虛晃一招。

「不管如何我還是得請求她原諒，免得被看輕了。」他執意想著。

為了逃離吃閉門羹的宿命，他計畫在路邊攔截，當晚他假借下來幾天需要載多位同事出外開會為由，和小靜商量換開她那輛 Toyota Camry。

「那你的 911 交給我？」小靜有點驚喜。

「當然。」

「你捨得？」

「別人絕對不行，我親愛的太太是唯一的例外。」他捏了一下她的肥臂，小靜笑容滿面。

阿鋒上班前和下班後都開去小延住處的巷子等候一個小時，前兩天一無所獲，第三天已經超時一個鐘頭了，眼看快十點半，他坐在車內，照後鏡閃入一對母子，媽媽一手拖著附輪子的菜籃車，一手牽著小孩緩步而來。走近車子時他聽到童稚的聲音說：「媽咪，腳瘦抱抱。」

女的柔聲安慰：「小吉乖，快到家了。媽咪的手也很瘦呢。」聲音很軟，帶著特殊的黏味。他心頭一震，按下車窗探出頭來。女人看到他臉色大變。

小魏放下筆拿起咖啡杯，裡邊空空如也。旁邊水杯還有剩，他喝兩口，翻閱今天的成績超過以往，十分滿意。晚上也多跑個幾圈，他想。

6

小魏睡了一個好覺，一大早挾著文稿出現於「愛貓人咖啡館」，點了美式早餐。今天小雲家中有事請假，老闆娘小曼獨掌大局，小咪則窩在前面沙發邊，懶洋洋的，沒抬起頭來跟他打招呼。店內客人少，連他在內才兩人，顯得冷冷清清。

兩個荷包蛋、一堆炸過的火腿，加兩片厚厚的法式吐司將他撐得好飽，他倚靠窗臺，眼睛望著外面，頭腦思考後續的情節。

對小孩產生好奇？那是必然。

阿鋒勾勾纏纏？應該吧。

勾纏到何時結尾？不知道。

他打個嗝，耳邊傳來刺耳煞車聲。循聲望去，一輛汽車轉彎過來差點撞上一對母子。小孩嚇得嚎啕大哭，媽媽蹲下來擁著安慰，並拿出手帕擦掉兒子的眼淚。司機開門走出鞠躬道歉，一幅溫馨的畫面。接著媽媽站立，一手把地上的菜籃拎起來，一手牽著小孩繼續往前走。

母子慢步走著，小孩看起來約兩歲大，而媽媽綁著馬尾，身材苗條，高度也和他書中設想的一樣，還有……她的姿態透露出幾分的落寞。

他的心弦突然被挑起，不假思索的起身衝出去。在後方跟隨走了三分鐘，一陣微風襲來，讓他清醒了幾分。「我在做什麼？」他問自己，不禁啞然失笑。

「就看看她們住哪裡吧！」

母子轉入一條八米巷道，稍有坡度，小孩賴住不走了，媽媽婉言相勸。過了好久，無奈之下，她把菜籃置於路邊一棵樹後，彎腰抱起兒子走幾步路，不放心的轉頭往後瞧。

他走近菜籃，裹足不前。

拿起來幫她送去？會不會以為被他偷走或別有居心？

抑或留在原地，幫她顧著？

他選擇後者。

她們的家不遠，大約五十公尺處，是一棟七層老舊建築的一樓。媽媽開門將兒子帶到裡邊，隨即走來，見他待在菜籃旁有點猶豫不決。

「我在幫妳看著。」他放開嗓子大聲對她說，隨即彎腰拿起送過去。

越走越近，她的輪廓漸漸明顯，瓜子臉、柳眉微鎖、大眼睛、面貌清秀、有點憂鬱。年紀約卅歲，比他書中的小延要大些。

遞交時女人對他致謝，聲音柔柔的，也帶點黏性，他下意識的將目光投向她的朱唇，嘴形好看，色澤鮮嫩，吸引人一親芳澤。

女人應該注意到他的注視，當他抬頭和她對看的剎那，發覺她滿臉通紅，他體會到自己的唐突，雙頰跟著熱起來，喃喃回說「不客氣」後便倉皇離去。

回到咖啡館，小曼憂心的問：「魏先生發生了什麼事？」

「沒什麼……我……看到一個久沒連絡的朋友。」

「有追到嗎？」

「有。」

「你很幸運。」小曼恭喜他。

重新握筆，女人的影像揮之不去，外貌、語調、神情幾乎都跟他設想的小延一模一樣，除了年紀……「真的嗎？」腦中有一個聲音質疑著。

小魏概估一下，當時小延大學畢業後兩年，約廿五歲，寫了第一本書，經過兩年八個月出版了第二本，那麼也廿八了，其實和那女人相差無幾。

「那麼幾乎是百分之百啊！」他被嚇到了，久久不能自已。花了許多心思好不容易調適成功才回到小說上……

「小延，是妳！」阿鋒驚呼，趕緊打開車門。

小延見狀彎下腰來，一手抱起小孩，一手拉著菜籃車狂奔。他三個箭步衝上前去拉住菜籃車，意圖讓她止步。哪料到她鬆手不理，菜籃車重心不穩倒地，高麗菜、空心菜、豬肉、魚……散了各處，還有一排養樂多滾得好遠。他怔在現場，猶豫不定。

追或不追？他選擇後者。

阿鋒默默的將東西一一撿起放進籃中，拉起來拖到對街小延家門口。

按了兩次門鈴，沒有回應。

他走到車上拿筆，寫了一張紙條：我做錯事，誠心請求妳的原諒。

返回小延家門口，菜籃車已消失，他把紙條塞入門縫。

握著方向盤往公司前進，眼簾盡是小延背對著他急跑的畫面，而她的兒子則睜著大眼睛吃驚的望著他。

進入辦公室第一件事便是撥給「為智」出版社的學弟，問小延結婚了嗎？

「學長，我不知道。不過好幾次她都帶一個兩歲多的小孩來公司，小孩很可愛。我的感覺不知對不對，在她們的互動中，我認為她可能是一個單親媽媽。」

這句話刺穿他的心坎，久久沒有回答。話筒傳來：

「怎麼了，學長。你問這個有什麼特別的用意嗎？」

「沒有，我也是聽別人說她當母親了，不過我們公司並沒有接到喜帖，有點好奇。」

「喔，學長，現在年輕一輩的想法、做法都跟我們大不相同了，這也算是時代的進步吧。」學弟做結論後笑得很大聲。

放下電話心中波濤洶湧，該如何補償他們母子？不，應該是如何照顧才對！

阿鋒雙眉緊鎖，陷入苦思。

小魏看一下手錶，和臺南北上的姊姊約好十二點半在新光三越的泰式餐廳見面，已快來不及了。他收拾東西將離去時，小咪恢復了精神走到座位旁抬頭望著他，他俯身順牠背上的毛，「咪乖，明天見囉。」他說。

7

「世界上很多事都無解。」小魏坐在咖啡館裡想。

昨天吃中飯時，姊姊抱怨她付出多少心血照顧媽媽。

「不是有菲傭嗎？」他隨口應道，沒料到引來一堆牢騷。

她說這個新來的菲傭不懂中文、溝通不易、衛生習慣不好、笨手笨腳還常常偷懶，所以她花了許多時間在監督、教導上面，把自己的家庭都疏忽了。

「你知道嗎？我老公和兒女都說我不愛他們了。」姊姊眼睛盯著他，突然迸出一句話：「唉！如果弟弟你能回來分擔一些，該有多好！」她嘆口氣。

當時他低下頭來，不知怎麼應付，到現在也是。照理說寫作不一定要在臺北，只要有適當的心情，一支筆在手何愁身處何地。

「可是我就是不想啊！看著媽媽，心裡愁苦，思緒全部糾結住了。」他不能照實說，因為姊姊一定會反駁：「你以為我就不會嗎？」

他也不能說菲傭的薪水由他支付。

「你以為錢可以代表一切嗎？那換我承擔，你把媽媽接去臺北。」

那他更慘了。

無解，只有創作能隨心所欲，他準備接續上回……

阿鋒苦想了幾天，小延那麼排斥他，要如何順利的接觸她們母子？煞費思量。他把發黃的相簿翻出來，一頁一頁找兩歲的相片。小靜見狀走過來坐在他身旁。

「停！停！」她突然喊道：「這張好可愛喔！」她指著他幾個月大，穿著開襠褲的照片，整隻小鳥探出在外，眼睛圓滾滾的，表情天真無邪。

「從小就不安分。」她瞄一下相片下方，抬起頭來對他笑著說。

「不會聽到什麼風聲吧？」他心中虛虛的，不敢回應。

「媽，妳在說爸爸嗎？」女兒拿著茶杯從臥室走出來。

「是啊，小媛，妳來看。」

「YA！那時候的小男生都穿這樣子嗎？好羞羞哦！」女兒發出驚嘆。

「妳阿公、阿媽想省紙尿布的錢，家裡窮，沒辦法。」讓女兒當面指點著，他有些掛不住臉面。

「媽，什麼時候也生個弟弟給我玩玩。」女兒今年小三，喜歡隔壁林家的小娃兒。

小靜笑吟吟的望著他：「那要看妳爸的配合度囉！」

「妹妹也可以。嗯，也許妹妹更好，我的衣服和玩具都能夠轉送給她。你們可以省一大筆錢。」

「包含黛安娜王妃的芭比娃娃？」他問，心中有了主意。

「那個除外。」女兒迅速回答。

「因為沒有她陪伴，妳睡不著？」

「人家只是喜歡睡覺前摸摸她身上的衣服。」女兒不想談了，嘟著嘴離開。

「小心女兒氣你一、兩天。」小靜細聲警告。

這時他恰好翻到另一頁上面有一張三、四歲時和大哥的合照，那時的相貌、神情，和小延的兒子睜著一雙憂愁大眼的樣子，幾乎沒有兩樣。

「阿鋒，今晚要不要達成女兒的願望？」小靜湊過來耳語。

「好。」他隨口應著，視線捨不得離開相簿。

第二天他跑去買一個小男生的玩具，寫張小紙條，放在小延家門口。下班時開車經過巡視，禮盒已經消失，隔一個星期他再度如法炮製。到第三個禮拜除了玩具、紙條外，他加放兩萬元的紅包。三天後他在公司收到郵局的限時掛號，所包的錢被退回，另外有寥寥數個字：「不要再來了，我真的搬家了。」

他立馬開車過去，站在小延家門口猛按鈴，裡面靜悄悄的。他從窗戶百葉窗間隙窺視，客廳內空空蕩蕩，沒有任何傢俱。這次小延沒有虛晃一招，才剛接到線的風箏又脫手了，廣大無垠的天空不知飄向何處。

他身子一軟，頹然坐在門前的臺階，雙手覆臉，腦海裡盡是小延和小男孩的臉龐。

小魏被阿鋒的心境深深影響，不能平復，懊惱、愧疚、沮喪，許多情緒重疊。外邊開始飄起毛毛細雨。他回憶起在報社結交的女同事，因為後來他認識了另一個女主播，腳踏兩條船，被她獲悉而分手。一年後聽說她當了未婚媽媽，孩子有幾個月大，當時聽聞消息時他毫不在意，也沒問是男是女。現在想起來有可能是自己的種，哪天問主編知不知道她的下落，如果是的話，孩子今年多大？五歲或六歲？

想著想著，眼角出現一對熟悉的身影，昨天那對母子剛過斑馬線，媽媽停下來幫小孩穿雨衣，隨後自己撐起一把洋傘，另一隻手抱著一堆東西。小孩拉著母親的裙邊，走沒幾步路，一個物件滾落於地，兩人渾然不覺。

他不假思索立即奪門而出，接近時看似一團毛茸茸的東西，彎腰拾起原來是小熊填充玩具，舊舊的，沾了一些雨水。他將之擰乾，追上前去。

「這位太太……這位小姐……」他在背後喊著。

母子停了下來。

「小朋友掉了玩具……」他氣喘吁吁的，舉著玩具說。

小孩放開媽媽的裙襬上前一步，他蹲下交付，小孩眼睛大大的，十分可愛。當他站起來和小孩媽媽打個照面時，發覺她雙眉微鎖，臉上掛著警戒神情：「怎麼又是你？」

想起來的確惹人疑竇，他摸著頭解釋：「我在街角的咖啡館內寫東西，湊巧看到……」

他看對方並未信服，接著說：「不如我請妳們去咖啡館喝飲料，妳也可以看看我桌上的文具。」

女人思索一會兒：「我剛好想喝一杯咖啡，不過我自己付錢。」

他擺出「請」的手勢，隨即往回走，母子的腳步跟隨在後。

「好個聰明倔強的女人，小延應該也是這個性子。」他想。

他打開咖啡館的大門，讓母子先行進入。

小曼迎面而來：「魏先生，碰到朋友了？」

他輕輕點頭，希望女人沒有看到。

「那是我寫作的地方。」他指著最後面靠窗的位置給女人看。

她走過去觀察，站在座位旁往外瞧，然後不發一語牽著小孩回到入口處的沙發區，點了一杯拿鐵和柳橙汁，小曼和小雲都露出不解的表情。

他回去握筆，卻沒有任何的心思，「想辦法讓女人釋疑吧！」

他放下筆，從文稿中抽出阿鋒找到小延的那幾頁，走去前面：「我可以坐這裡嗎？」

女人不回答。

「前幾天我寫到這裡，然後昨天我看到妳帶小孩挽著菜籃……奇妙的一連串巧合。」他把文稿遞去，小孩正以小手撥掉玩具熊上的水珠，他欠身從桌上抽出幾張面紙：

「叔叔幫你好嗎？」

小孩看看媽媽，女人點頭後才拿過來，小孩坐在他身邊，他不自禁的摸摸小孩的頭：「好乖！」

他幾乎用掉半盒的面紙，把玩具熊弄得乾乾爽爽，在把小熊歸還小孩的下一秒，女人也把文稿交還。

「真湊巧。」她小聲說，眼角似乎有淚痕。

「妳的小孩好可愛，叫什麼名字？」他轉移話題。

「謝明宏。」

「是ㄢㄥ弘嗎？」

「不，是寶蓋宏，小宏跟叔叔說謝謝。」她轉頭向小孩說。

「好巧，我叫魏聖弘，同樣叫阿『ㄏㄨㄥ』，不過我的是ㄢㄥ弘。」

女人笑了，明眸皓齒，很有書卷氣。

「我以前當記者，現為專職作家，幸會！」

「你好，我叫謝如涵。」

他們聊了一下最近的天氣，不久小咪無聲無息的走近，小孩眼睛一亮，很快的和牠互動起來。小涵擔憂的望著。

「小咪很溫和的，我也常逗牠玩。」

「我相信，只是小宏對貓狗過敏，偏偏他又很喜歡牠們，我怕晚上他會咳個不停。」

「那麼……」他站起來問小雲：「那個小皮球呢？」

小雲從櫃臺下找出。

「來，小宏，你蹲在這裡。」他再把小咪抱到兩公尺遠。

「就這樣子，你把球丟過去，小咪會把球推回來。」他對小孩做了示範。

沒幾分鐘小孩和小咪便玩得不亦樂乎。

謝小姐有一搭、沒一搭的一邊閒聊，一邊微笑的看著小孩和貓嬉戲。大約過了四十分鐘她飲盡咖啡，對小孩說：「小宏，快把果汁喝完，媽媽要回去工作了。」

他想幫她付錢卻被婉拒了，小孩依依不捨的和小咪告別，她臨走前對他說：

「魏先生，謝謝，再見。」神色變得溫柔。

不久後他也和小曼結帳，這時想到她和小孩同樣姓謝，除非她與丈夫同姓，那麼……「她就是個單親媽媽！」

他被嚇到了。

當晚小魏做了一個奇怪的夢，夢中小宏仰頭認真的問：「你是我爸爸嗎？」

他和藹的笑了：「我不是，我剛和你媽認識。」

「那我爸爸在哪裡？」

他正想說不知道，謝小姐馬上走過來牽住小宏的手，紅著臉說：

「小宏，不可以煩叔叔。」她把小孩帶開，走沒幾步回頭對他嫣然一笑，變成他報社女同事的臉，他瞿然一驚，立即跟上前去。她們母子加速爬坡，讓他自嘆不如，遠遠落後，沒多久背影便變成兩個小黑點。好不容易氣喘如牛上了山頂，發現四個人，兩大兩小坐在草坪上野餐。兩大是謝小姐和女同事，兩小是小宏和另一個小哥哥，面貌和他兒時有幾分相似。

那個小哥哥向他招手，挪出旁邊的位置給他，且遞來一份三明治，兩個女人逕自聊天，對他的加入視若無睹，他尷尬極了，訕訕吃了一半，小哥哥鄭重的問：

「你不是弟弟的爸爸，那會是我的嗎？」

他不知道該怎麼應付，眼巴巴的望向女同事。

女同事和謝小姐交頭接耳一番，默默的帶著小哥哥起身往懸崖走去。

「她們想幹什麼？」

「停住……啊！」聲音卻卡住，發不出來。他脹紅臉，用力扯開喉嚨，不過只引起一點氣流的振動，他拔腿奔去，荊棘劃破衣袖，尖石割裂腳掌，就差一步之遙，母子縱身一躍……

「不要……」他被自己的吶喊聲吵醒，滿頭冷汗，看看手錶才四點半，睜眼瞧著天花板胡思亂想，無法再度入眠。

六點，起床去慢跑。

七點二十分，回來沖澡。

八點，吃完早餐，發簡訊給主編，要求幫忙探詢女同事的下落。

十點，收到主編回函：「中午在慕法西餐見，當面告知。」

他破天荒在家看了一個半小時的即時新聞、財經分析和股票專欄後出發，與主編前後腳抵達。

「怎麼會問起她？」老簡坐下後直直盯著他。

「不知道自己哪根筋搭錯了，突然興起這個念頭。」他不肯明說。

他不知道對方居然知道自己這段過去，一時有點慌亂：

「沒……有，不過是單……純……的關懷。」

「我們先點餐吧！」主編遞來菜單。

兩人點過餐後，老簡開口說：

「小魏，就算你想也來不及了。她的好朋友小霞說，去年初她嫁去美國了。」

「帶著小孩一起？」

「沒錯。聽說她先生不介意。嗯……小孩是你的？」老簡單刀直入的問。

沒辦法，他只好開誠布公：「從來沒有人告訴我真相……小霞還有透露什麼嗎？」

「我問了。」老簡會心一笑。

「她說曾經直接和旁敲側擊，對方就是不肯講。」

那麼真相永遠是個謎了。餐點陸續送上，他們接著談了一些報社的近況和時事，結束時老簡語重心長的對他說：「小老弟，放下吧！人世間往往有緣無分，即使有緣也常是驚鴻一瞥，無法長留。男女之間是如此，父子之間也是如此。」

「想破鏡重圓？」

他默默的點頭，心裡依然糾結著。

8

下午小魏坐在「愛貓人咖啡館」的老位置上，攤開紙筆但心思雜亂，老半天寫不出隻字片語，索性跑到前面沙發區找小咪，牠正窩在牆角打盹。

「可以吵醒牠嗎？」他問小曼。

「沒問題，魏先生。這個小傢伙越來越懶了，早上十一點才睡了一陣子呢。」小曼說完，拿給他一根吸管：「牠很敏感，輕撥鬍鬚便會醒來。」

這個好玩。得到主人的恩准，他立即蹲下執法，在小咪張開眼睛的剎那，背後一陣涼風吹來，同時一個童稚的聲音響起：「媽媽，那隻白貓呢？」

他轉頭往上瞧，謝小姐牽著小小宏剛從門口走進來。

「喔，是你，魏先生，你在忙什麼？」謝小姐滿腹疑惑。

「喚醒睡美人。」他對她咧嘴一笑：

「來，小朋友，你要找的白貓在叔叔的前面。」他起立讓位。

小小宏很快的和小咪玩起來，謝小姐和他在沙發區面對面坐著。

「小宏吵著要來找貓咪。」她解釋。

「這裡的小咪人見人愛，昨天回去孩子有過敏嗎？」

「還好，沒什麼特別反應，所以今天他吵著要來，我就順著他了。」

「我們家的小咪不太掉毛，應該可以放心。」小曼在旁插嘴道。

謝小姐如同昨天點了咖啡和果汁，他回去座位將自己喝了三分之一的咖啡拿來，小曼特別奉送一盤自製的鬆餅，兩人聊了起來。

「我搬到這一帶三個月了，平常買菜、接工作都會走到前面的斑馬線，卻沒注意到這裡有一家咖啡館。」謝小姐說。

搬家?也和他小說中的小延吻合。

「謝小姐接什麼工作？」他充滿期待。

「我在家裡幫人做網路設計，有時業主希望面對面討論或談條件，我就帶小宏過去，順便拿一些他們以前的目錄、說明書回來參考。」

她不是作家!他有些洩氣。

「你們兩人很像，都是自雇的老闆，在家的工作者。」客人稀少，小曼坐下加入他們的談話。

「妳也是，小曼。」小魏回應。

「不一樣，咖啡館是我的職場。」小曼提出差異之處。

「咖啡館也是我寫作的場所啊。」小魏立即反擊。

「那倒也是。」小曼笑了出來，謝小姐和他皆莞爾。

三人東南西北暢談起來。

他一邊講話一邊比較謝小姐和自己筆下小延的不同，小延外在小心、拘謹，內心充滿幻想，經由旅遊手札，把腦袋瓜裡的浪漫抒發出來。而謝小姐看起來健談許多，可是昨天他拾起她兒子的玩具追去交還時，她表現出的敏感、猜疑和防衛與表面有很大的落差，難道她碰到和小延類似的遭遇？

小曼提到最近喜歡的圖畫：「像這幅，上星期去逛畫廊，是年輕畫家的作品，開價不高，我將它買下掛在這裡，每天上下班瞄幾眼便充滿活力。」

他平常匆匆走進，完全沒注意到曾幾何時長沙發背後的牆上已改換新氣象。在林木中晨曦長驅直入，一個婦女的背影跳起，雙手大開迎向光明。

「不錯，我現在看也有感受到。」他頷首。

「這提醒我一個人也可以自在的活著，不必仰仗他人。」小曼續道。

謝小姐深深注視著，頻頻點頭：「真巧。」她打開手機。

「這是我剛交件的作品，我為一家女裝店做的網站首頁。」她將之放大Show給他們兩人看。那是一個婦女的背影，環繞在四周有許多類似彩帶的黃色與金黃色的線條，間雜著藍色的小區塊，乍看之下有愉悅的感覺，然而第二眼會被吸引投向藍色調的部分，深邃和一點迷惘跟著升起。

小曼看了又看：「我也喜歡妳這張。謝小姐，我可以問妳一個問題嗎？」口氣有點謹慎：「我是單身，妳呢？」

謝小姐沒有回應。

「不好意思，我太冒昧了。」小曼連聲道歉。

「我是看妳的插圖忽然產生了這個想法，希望妳不要介意。」

「沒關係。」謝小姐回答得有些不自然。

氣氛變得冷淡。

他努力往記憶庫搜尋，找出以前當記者時和報社美術編輯互動的往事。另外有一次受主編邀約去參觀一位朋友的畫展，大家言談投機，他對其中一幅感受特別深，大膽對畫家本人提出他的看法：「我覺得這團火焰代表生命力旺盛，希望無窮，任何困難都可以克服，是這樣子嗎？」他當時熱心的問。

沒料到畫家輕描淡寫：「喔，那很好。」

他明白他的理解非畫家的本意，經過一再央求，畫家才肯講出來：

「我想表達毀滅和絕望。你看這黑漆漆的夜空中並未有火光跳躍，火焰保留著靜態的孤寂。」畫家停頓一下：「不過我喜歡觀賞者另有想法，只要有任何的感觸，畫作本身就有了意義。」

他詳盡的陳述這段經過，對於畫家的結論，小曼大表贊同，謝小姐也點頭，但隨即叫住她的小孩：「小宏時間到了，媽媽要回去工作了。」

在她屈膝整理好小孩的衣褲，轉身離去前，她臉色平靜的對小曼說：

「妳猜得沒錯，我以為單身沒有什麼不好，無拘無束，更能保持自我的完整性。」

9

小魏莫名的有了期望，常坐在「愛貓人咖啡館」內心不在焉的停住筆，往窗外瞧，希冀看到謝小姐母子的到來，幸好謝小姐沒有因為小曼的魯莽而中斷來咖啡館，大約每隔一、兩天就帶小小宏來和小咪嬉耍。有時長達三天不見母子身影，他的焦慮感便會升高，他把這份感覺寫到小說裡。

小延兒子憂愁睜大雙眼的臉不時出現在阿鋒的夢境，醒來時悵然若有所失的情緒常常延續了整天。他又一次打電話請「為智」出版社的學弟幫忙。

學弟起了懷疑：「學長，您怎麼這樣關注她呀？還有她搬家了嗎？我沒聽說。」

他藉口自己的出版社寄一張支票被退回，拜託學弟去他們的財務部查詢。

「好吧！」電話聲透露出無奈。

過了五分鐘學弟回電：「學長，也許真的搬家了，現在連絡處為松山郵局〇〇〇信箱。」這資料和他公司的相同。

他沮喪極了，每日把松山區的地圖瀏覽一遍，甚至興起一個餿主意，想找人在郵局信箱入口處裝監視器，但是一來怕觸法，二來就算看到她的錄影又如何？等他趕過去時對方早已走得無影無蹤。

大約過了十幾天，他下定決心來個大海撈針。不過先行假設，小延穿著儉樸，應該不會住在房租高昂的地段，所以靠近信義區和大安區都可以排除，剩下只有三張犁和鄰近南港、內湖的地區。他再大膽假設，如果小延要刻意遠離原來居住的地方，最有可能落腳於玉成橋或松山橋附近，他開始了巡查之旅，一有空就駕車前往該處遛達。

小魏聽到有人輕敲外邊玻璃，他朝外看，小小宏雙手正貼著玻璃對他打招呼，謝小姐站在後頭微笑著。他們三人越來越熟稔了，小小宏會對他發問，也會告訴他碰到的新鮮事。

他收拾好桌上的文案，到沙發區和她們會合，今天老闆小曼沒來，小雲忙完幾個客人後加入聊天。因為小小宏和她的侄兒年紀相仿，所以問了許多小孩子的習慣和興趣。

「你還吸奶嘴嗎？」

小小宏搖頭。

「你喜歡怎樣的玩具？車子？水槍或樂高？」

小小宏四顧找小咪。

「他只愛填充玩具。」謝小姐幫兒子回答：

「有一隻熊寶貝被他玩得髒兮兮的，每次上床沒抱著它睡不著。」

「這點和我姊姊的女兒很像，她抱的是一隻狗娃娃。」小雲笑著說：

「小宏，小咪在櫃臺後面。」

才說著，便看到小咪從櫃臺下端邊緣探出頭，喵了兩聲，接著用腳踢出皮球來，大家見狀不禁笑了。小小宏立刻跑去和牠膩在一塊。

小雲談了去年和哥哥全家去日本迪斯奈樂園時與侄兒之間的趣事。

「我們一起坐太空山飛車，侄兒嚇得全身顫抖，緊緊抱住我。我自己也好不了多少，從頭尖叫到尾，不時把頭埋在他的頭髮裡，結束時裙子溼溼的，起先懷疑自己這麼一個大人居然受驚到尿出來，後來看到侄兒褲襠全溼透，才知道自己沒有出糗，好險。」

「我沒去過，哪一天帶小宏去體驗一下。」謝小姐說。

這時接二連三走進幾個客人，小雲忙著招呼去了。

他和謝小姐談彼此工作的進展。

「魏先生，我遇到一個瓶頸，有一家專賣少男少女服裝店的老闆要我做一個網站，他希望我跳脫俗套，用一個故事來帶引介紹。我想了許久沒有一點頭緒，你是一個小說家，不知可否幫我出點主意？」

「我試試。」他爽快的答應了：「妳有這家店的產品嗎？我得先看看，才能掌握它給人的感覺。」

「他們已將這一季的商品傳到我的平板內。」她手指滑動將資料調出，遞過來。

他看了第一頁有個皮製品，類似腰帶又奇形怪狀，不知如何繫上，當下傻眼。第二頁有個胸罩樣子的成品，但布料延展至下方呈人字形。

這是什麼碗糕？他茫然望向謝小姐。她嫣然一笑，走過來坐在他旁邊：

「來，有什麼疑問我來解說。」

他指向腰帶。

謝小姐在平板上操作，畫面跳到「應用欄」，出現一個少女穿著運動T恤，而這個飾品是吊帶和腰帶的雙重連結，有了它顯得新潮又有精神。

他笑了：「原來如此，那麼這個呢？」他伸手在平板上撥，轉回第二頁。

謝小姐可能有點近視，她把頭稍稍垂向他的胸膛，讓他聞到不知是洗髮精或香水淡淡的清香。

「哦，這個嘛……」她弄了幾下，這次畫面呈現少女僅僅戴著黑色的胸罩，露出肚臍，後邊用兩條寬寬的布帶扣著，裡邊不著任何衣物。

「乾脆你都看這一欄好了。」她 Show 給他其餘產品，有西部帶著鬚鬚的上衣和褲子，也有平日和舞會的衣服，各式各類，女性穿著大約占了三分之二，男性三分之一。

他大致明白了，這家店賣的商品有別於一般傳統衣飾，走活潑、叛逆的路線，於是心中有了一個想法：「故事不必太曲折、複雜，重點在於產品的介紹，對吧？」

謝小姐同意。

「那麼我的構想是從一個乖巧的富家女開始……」

他闡述有個富家女A，功課很好，平常只跟兩三個同類型的女同學來往，但她注意到班上另一個小團體，人開朗、點子多，很得大部分同學的喜愛。她企圖和她們親近，試了幾回，這個團體的頭頭都給她軟釘子碰，頭頭身邊一位女同學B曾向她請教過功課的問題，對她產生了同情。

一個假日，B邀她到家裡玩。

「我們用過午餐後可以去騎腳踏車。」B說。

B的媽媽給她們準備了豐富的Brunch，用完餐之後，兩人便準備出發了。

「等一下。」B瞪著她皺起眉頭。

「這樣子不行。」B拉她到臥室，伸手把她蕾絲上衣的鈕釦解開第一個，正要解開第二個時，她退縮了。

「哪有人運動時穿得這麼拘束？如果妳不解開透氣的話，我借妳圓領T恤好嗎？」

她想想後點頭，B的眼光移向她的裙子。

「裙子也換掉吧！」B去衣櫥裡翻找，丟過來一件寬大的吊帶褲。

改裝後她覺得氣象一新，騎車時不必顧忌東、顧忌西，動作幅度可以比較大，呼吸起來無比輕鬆，從此週末便三不五時往B家跑。

「大約如此，接下來妳自由發揮看看。」小魏講到這裡，對謝小姐說。

「可是……我要怎麼介紹整間店的商品？」

「這個簡單。妳可以編，譬如A喜歡上這類型的穿著，拜託B帶她去店裡，B和店內小姐一一推薦她各式休閒衣服，A買了幾件。有一天B帶她去B的小團體郊遊，B的小頭頭看到A變了一個樣，一下子就接納了。」

「為什麼只提到休閒服？」謝小姐問。

小魏十分讚嘆：「妳注意到了。我以為隨著故事的進行分段展示不同的產品，讀者更容易吸收。」

「有道理。那麼這些比較俏皮、搞怪的衣服呢？」謝小姐在平板上拉出那些衣服來，微仰著頭看他。

他和那雙清澈大眼對焦後，不自禁把眼光移到她的雙唇，謝小姐注意到了，臉迅速染紅。他連忙收攝心神：「這個小團體也是學校歌舞社的成員。她們喜歡在騎車時也哼哼唱唱，A初試啼聲驚豔大家後，便被力邀加入。在學期末她們有一齣音樂劇的公演，為了選戲服，她們一塊去店裡，那麼那些誇張的衣服就有機會露臉了。」

「太好了，這樣子都全面涵蓋了。」謝小姐露出感激之情。

他的腦袋瓜仍在轉著：「嗯……其實這家店也有一些有創意，但正式場合可以穿的衣服。我們可以假借A的媽媽去看音樂劇後對A的戲服印象深刻，輪到換季時，她媽媽想帶A去委託行採購，A力勸母親先到店裡一趟。她媽媽去了之後發現那裡所展示的更適合年輕人，而且大部分也是棉質，價錢只有委託行的八分之一，於是她們買了一堆，而A過去在B陪伴下先行買的衣物，本來全寄放在B家中的，終於可以光明正大拿回家了。」

「完美的結局。」謝小姐的表情轉為欽佩。

10

從那次以後小魏和謝小姐兩人談話投機，不知不覺中進入交往狀態，感情慢慢滋長，從一個禮拜約會一次到兩三天一次，這期間謝小姐一直堅守最後防線，終於在兩個月後他們三人看完電影，小小宏趴在他肩膀上睡著，他一路抱著回到謝小姐家，安置好小孩上床，兩人對看擁吻，在半推半就下他打開臥房的門，順利成了入幕之賓。

但收之桑榆，卻失之東隅。他的靈感忽然乾涸了，這期間常常在咖啡館內沉思一個多小時仍寫不出像樣的片段。像今天倚著窗臺安排小說的後續情節，故事男主角理應鍥而不捨的搜尋下去，然後呢……日子一久腳步緩慢下來，然後呢？也許在一個意想不到的場合湊巧被阿鋒遇上。

然後呢？他不知道，心緒跑回四天前晚上於小涵家中，他唸童話書給小小宏聽。那是一個成長在美國西部草原害羞、怯懦的小孩，經過磨練，逐漸成為大無畏的牛仔兼神槍手，到處行俠仗義的故事。他說得聲色俱佳，小小宏聽得津津有味，其間為了加強效果，他索性爬在地板上充當駿馬，讓小小宏坐在背上四處馳騁。

「好，壞人跑到山上去，馬要爬坡了，抓緊叔叔的衣服不要跌下來。」

他一下子蹲起右腿，一下子換蹲左腿，讓小小宏體會大幅度的顛簸而尖叫連連。

「好，馬要奔跑去追壞人了，摟住叔叔的脖子不要掉下來。」

他四肢快速爬動，小孩緊貼他的頸背，他耳朵聽到小小宏急促的呼吸聲，鼻子嗅到乳臭未乾的氣息。他完全融入，當時心裡有一種前所未有的踏實感覺。

他們玩到十點，小孩洗臉刷牙後躺在床上沒兩分鐘就睡著了，他順理成章留宿在小涵家，兩人溫存過後他把一直埋在心裡的問題提出來。

「小涵，可否告訴我小宏的父親是誰？」

她沉默很久，最後幽幽的說：「一個曾經認識的人。」

「妳的前男友？」

又過一陣子……

「不是。」

「那怎麼會有？」

她伸出手來掩住他的嘴巴：「時候到了一定和你說清楚。」

他明白所謂的「時候」，便是雙方論及婚嫁時，至於非男友而受孕，他猜測有三種可能：一、酒後亂性。二、參加性派對。這兩種可能性依他所認識的小涵幾乎不會發生，如此一來，只剩下一種可能性：被迫。

跟我的小說人物一樣？他有點訝異，但這次沒被嚇到，好像他已經隱約猜到，或期望是這個答案。

「呸！呸！怎麼能期望這種事？」他罵自己，毋寧說是預感，命運做了一個奇怪的安排，筆下的人物活靈活現的走入他的生活，他在心裡嘆息一聲，悄悄以眼角瞥視枕邊的小涵，發覺她正張大眼睛望著天花板，臉頰似乎有點潮溼。他想追問又覺得不妥，話到嘴邊急忙嚥了回去。

「別再胡思亂想了，正事要緊，工作吧！」他攤開紙筆，小咪適時躍上他的椅背，走向窗臺，蜷曲著身子朝他這邊望過來。他伸出右手撫摸著小咪的背部，鬆軟綿密的觸感使他的心思沉澱。等到小咪雙眼闔上進入夢鄉，他仔仔細細描述阿鋒穿梭於街道之間，焦急得近乎絕望，但日復一日，不敵時間潮汐的沖刷，漸漸的一切都褪了色。

他寫了一個多小時，眼看天色變黑，匆匆收拾好文具趕赴高中排球隊員之約，正要離開咖啡館之際，小曼笑盈盈的對他說：「兩三天沒有見到謝小姐和她可愛的小孩了，好想念她們。」

他和小涵母子的關係被發覺了，這也難怪，有幾回他偕同她們離開時毫不避嫌。

「她最近在趕一個工作，明天我帶小宏來，他一直念著要和小咪玩。」他答道。

抵達「大口生啤酒餐廳」時，其他隊員都到了，只差他和阿盈。

阿通叫來服務生：「菜好了就上吧！」

「不等阿盈嗎？」他問。

「他說小孩上吐下瀉，得帶去看醫生，今天沒法子來了，可能是在學校被傳染流感，我的小孩也有一些症狀，只是不嚴重。」阿吉插嘴說明。

「是啊，這次流感十分厲害，聽說有老人家因此喪命……」大家七嘴八舌討論著。

也許有一天他也會跟大家講小小宏的情況，甚至是自己親生的小孩呢。

「有一天？」他在心裡自問。

「時候到了嗎？你有愛到難分難捨嗎？」

他估量著，眼睛茫然望著前方，眼角剛好閃入一個婦女推著嬰兒車。他的心跳回小說裡，那麼可以寫阿鋒在同學聚會時瞥見小延母子？

才想著……

「喂！小魏，你在發什麼呆？莫非在思念女朋友？」阿通斟一杯啤酒放在他面前。

「是啊，小魏，年紀老大不小，該迎頭趕上了。」阿吉跟著幫腔。

「你們早已跑在前頭老遠，我再怎麼努力也只有見賢思齊的份。」

「喔！聽小魏的語意顯然有譜了，什麼時候帶準弟妹來讓大夥兒瞧瞧？」阿村高興的問。

「時機成熟時一定會。」他許下承諾。

11

隔天九點一刻，小魏接到小涵的來電。

「大弘，你早上十點可以接小宏去咖啡館和小咪玩嗎？」從他們燕好不久後小涵就如此稱呼他。

「好啊，昨天小曼才問起妳們呢。」掛上電話之後他以為兩人有心電感應，甜蜜的滋味頓時湧上心頭。

去了她家卻發現小涵愁眉苦臉。

「怎麼了，小涵，有什麼煩惱事？」

她欲言又止，他鼓勵她說出來，兩人一起商量。

她想了一下，拉他去臥房內，關起門說：「小宏的爸爸找上門了，前幾天我們從超市返回時，我沿路總覺得怪怪的，好像有人在跟蹤我們。」

「那人就是小宏的爸爸？」

「不是，我猜他委託了徵信社，上一次也是如此。」

「所以妳才搬來這裡？」

小涵點頭。

「妳怎麼知道他早上要來找妳？」小魏問。

「早上去信箱拿報紙時，我發現大門下有一封信，裡頭放著一張紙條。」她從口袋掏出來。

「別再躲了，我只是想談談我們小孩的未來，早上十點半在妳家見。」

他看信封上面沒貼郵票：「沒經過郵局，找專人投遞的。」

「他是電玩大亨，有些人可使喚。」

「留下妳單獨面對好嗎？不如我們不去咖啡館，我在這裡和妳一起應付？」他十分擔憂。

「如果你留下來，場面可能會更僵。放心吧，我一個人可以應付的，又不是第一次。」小涵走出臥室，拿起小宏的背包交給他，並催促他們出門。

牽著小宏的手踏入「愛貓人咖啡館」，小曼立刻送上一個大笑臉：

「魏先生，你真的言而有信。」說完，彎下腰摸小孩的臉頰：

「阿姨想死你了。小咪出來，有貴客找妳。」

剛說完，沙發後面馬上有動靜。先是看到一根鬍鬚，繼而露出一隻大眼，接著是整張圓臉，雙眼認真的投射過來，確定後，像大家閨秀般裊婷婷的走出，小小宏立即跑去摟住牠。

他就近在沙發區坐下，腦袋瓜轉個不停。

電玩大亨？有黑白兩道背景？小涵怎麼會認識這一號人物？在什麼情況下有了小小宏？是兩情相悅嗎？

不可能兩情相悅，小涵不會這麼沒品味，只可能是被迫。腦海中隨即出現性侵的畫面，不堪入目，他趕快甩開。

一下子他跳到昨晚和同學的聚會，那時計畫寫阿鋒在餐廳內看見小延母子，接下來男主角將尾隨於後，沒料到這次在現實中的進度超越了虛幻……

他看看手錶：十點卅五分，兩人已經碰面展開談判了。情況如何？他坐立難安。去與不去？兩者在心中不斷交疊反覆。

還是聽小涵的話不去好了，以免節外生枝。他下定決心轉身投入小小宏和小咪的遊戲中，近中午他叫了三份三明治和沙拉，餐點初上，手機正好響起，電話那端小涵口氣急促的說：「你們現在可以回來嗎？」

弄得他緊張萬分，催促小雲打包好食物，立刻抱著小小宏小步快跑，上氣接不了下氣的，小涵來開門，看見她好端端的，他這才鬆了一口氣。放下小孩和三明治紙袋，想起了沒將小小宏的背包帶回來。

「沒關係，改天再拿。」她說。

「你們談得怎麼樣？」他問。

「不好，他這次態度很強硬，堅持我們母子必須在他的看管下，如果我不同意，起碼小孩要歸他。」他拉小魏去臥室說。

「這怎麼可以？」他想了一下：「妳們先搬到我那邊住，我們慢慢思考解決的辦法。」

「謝謝……我本來想帶小宏去飯店……」她硬撐的樣子隨著眼淚的迸流而鬆懈下來，看得他好心痛。

「傻女孩！」他摟她到胸前：「我會保護妳們母子倆，有事大家一起扛。」

她哭得更厲害，用力環抱著他。

一會兒，計程車的喇叭響起，她突然驚醒，一把推開他：「我叫了計程車，這麼快就來了。」她慌忙的翻箱倒櫃，準備衣物。

「慢慢來，我去跟司機講，請他等一下，我會多付些小費。」他從口袋內掏出手帕擦掉她的淚痕。

他的住處離小涵的寓所只有四個街廓。當時購屋時嫌四十二坪太大，一個人住起來空空蕩蕩，只因為喜歡這個地段的緣故勉強成交，不過看到小涵張羅處理客房的床單被褥，而小小宏在屋內好奇閒逛後，他頓然覺得冥冥之中自有定數。

那天晚上小涵利用冰箱內有限的食材巧妙變出可口的三菜一湯，使他讚嘆不已。有她們母子陪伴一起用膳，第一次感受到屋內的溫馨。

兩人很自然攜手就寢，小涵主動談起那位電玩大亨，四十來歲，長相斯文，沒有一點江湖味，他們公司想更新網站找上她，安排了面談，第一次會晤是在董事長辦公室，大亨言談風趣，彬彬有禮，她坦白告訴從來沒有玩過電玩。

「那妳得親身體驗才會做出好作品。」

大亨言之有理，所以第二次約在他們一間分店，她玩了廿分鐘後被請入經理室，大亨坐在大辦公椅上，臉色紅紅的大聲斥責，一個狀似經理的人低頭恭謹的站立於旁。

「這樣子你知道怎樣處理了嗎？以後別再給我添亂了。」

經理連聲應「是」。

大亨拿起桌上的威士忌倒一大杯，一口乾了，順手拿起另一個空杯，倒了半滿：

「這杯給你。」經理也喝了。

之後大亨注意到她：「妳是？」

她報上姓名。

「喔……喔……是那個……」大亨瞇眼注視，似乎記起來了，他往側邊櫃子翻一陣子，找出一個茶杯往內倒酒：「來，來，妳也喝一杯。」

「我白天不喝酒的。」她明白告知。

「現在已經傍晚了，何況我們都喝了，妳也隨和點，不要把氣氛弄得這麼僵。」大亨張眼怒瞪，露出凶狠相。

她有點害怕，勉強喝了三分之一。

「來，前面坐，妳看了有何想法？」大亨問。

她講沒幾分鐘，便感到頭越來越重，舌頭遲鈍、發音含糊，她覺得不好意思，嘗試表達清楚點，但怎麼努力都沒辦法，最後喪失了知覺。

醒來時發現自己躺在進口處的三人座沙發上，室內昏暗，空無他人。她起來走到外邊，Pachiko的五色燈光和噪音使她頭痛，她詢問櫃臺人員，董事長和經理在哪裡？得到的答覆是他們有事外出了。

她身體有些不適，回到家先去沐浴，發覺內衣有些破損，下體紅腫刺痛，還有些黏液，她知道自己被性侵了。

「就這樣子。」她語調平靜。

小魏側身看她，兩行清淚掛在臉上。他以手掌輕輕抹去，摟她依偎著自己的胸膛：

「沒關係，我們放下它往前看。」他柔聲道。

他半夜醒來三次，兩次是被小涵的夢囈吵到，一次是為了她的大聲嘶喊。

他習慣性的在七點起床，頭腦仍有些恍惚，也不懂小涵到底是沒睡著或處於淺眠狀態，看他有了動作就跟著起來去準備早餐。他走到客房去看小小宏，只見小孩抱著泰迪熊，嘴巴張開微微打呼，模樣十分可愛。

坐在沙發上打開茶几上的平板電腦，閱讀完當日的頭條和國際新聞，早餐已準備妥當，就是咖啡、烤吐司和水煮蛋。

「對不起，簡簡單單。」小涵帶著歉意。

「這樣子夠好了，勝過我以往吃的。」他說。

「昨天倉卒之間離開，忘了冰箱內還有一些食材放久了會壞掉，等一下我跑一趟把它們拿過來。」

他考慮小涵的安全，「我陪妳去。」

「不，要麻煩你看一下小宏，否則他醒來時一個人在家會嚇到。」

他本想答應，轉眼覺得不妥：「我來拜託隔壁林太太，她是我遠房表姊，請她看顧半個鐘頭。平常我出遠門，鑰匙都是交給她。」

小涵點頭。

他們並肩行在上坡的巷道上，小魏的手碰撞到小涵的手，乾脆將她五指扣住，小涵掙脫了一次，第二次便不抗拒了，兩人走得像一對情侶般的自然。

小涵打開家門，他記起了昨日遺忘的事。

「我去一趟咖啡館拿回小宏的背包。」他說。

走在下坡的路上，梧桐樹旁一輛BMW搖下三分之一車窗，露出一對黑眼圈和濃濃的酒臭味，他摀住鼻子快步走過。

到了咖啡館，只見小曼一人獨撐大局，便和她寒暄兩句。

「來一杯咖啡嗎？」她問。

「不了，剛剛在家吃早餐時才喝過，下午過來寫作時再品嚐。」

「和誰吃？」小曼狹黠的笑著。

他的臉頰熱熱的，假裝沒聽到。

走回上坡路，低頭想著：「算起來小曼和她的咖啡館是撮合他與小涵的半個媒人，這些日子如果求婚成功的話，該好好告知並謝謝她。」

腦中描繪著婚後的畫面讓他興奮愉快。

接近小涵的住處時，隱約聽到男人的怒叱和女人含糊的叫聲。

「怎樣的家庭一大早就大動干戈？」他搖頭嘆息。

到了離門口十公尺處，這才驚覺，不對，聲音是從屋裡傳出來的。

「怎麼一回事？」

他的腎上腺素急劇上升，三步併成一步的奔上臺階，打開大門，酒臭味迎面襲來，一個男人正騎在小涵身上，並且一手掩住小涵的嘴巴，一手正要撕裂她的上衣。

「小婊子，妳永遠屬於我……」那男人咬牙切齒。

他發出怒吼，衝上前去把男人撲倒在地，左手抓住對方的頭髮，右手掄起拳頭猛打臉部。不知過了多久，有人搖他的肩膀：「停、停，可以了。」是女性的聲音。

他茫然止住，同時聽到「啊！」的驚呼。

「怎麼了？」他回頭望，只見小涵張大嘴巴，手顫抖指著地上。

擺正了臉才注意到那個男人被他壓制於下方，頭部近乎稀巴爛，而自己的右手奇怪的只剩下小小宏背包的環扣，血從金屬上滴滴的淌落。

12

律師說小魏的案子相對單純，由於案發後自首，而事件的發生是為了阻止一場入屋的暴行，所以只算過失殺人致死。小涵的作證也起了很大的作用，他在看守所僅待了三個月便被判刑兩年定讞，若在獄中行為良好，服刑一半便可假釋，扣除看守所的日子，還剩下九個月。

這期間簡主編為他大力奔波，透過關係幫他爭取到兩人房，除了白天偶爾上課外，多半都在漆器房上工，晚上和假日，他便看書、整理文稿和構思未完成的小說。同房的夥伴喜歡找他聊天，但看他若有所思也就不煩他了。

他把原先小說參考了自己實際的遭遇，以阿鋒找到小延母子，卻發現小延已經另有男朋友，由愛生妒，由妒生怨，在一次深夜喝醉酒去按小延寓所的門鈴，無人在家，於是在車內守候到次日早上。這時小延和男友牽手回家，趁她男友離去後，阿鋒隨之闖入……完全是自己故事的翻版，順利收尾。

他沒有馬上把小說寄給出版社，審閱再三，總覺得還欠缺點什麼，最後他從頭改寫，把自己創作的過程和事件連帶寫入，形成小說內又有小說，走到後來兩者交互影響，環環相扣。

他不知道這樣會不會太複雜？讀者在看的時候是否會被角色的迭換搞得頭昏腦脹？不過既然已經完成，他將之寄給簡主編和一向合作的出版社。時光飛逝，這時他已獲准假釋，距離出獄只剩下一個月。

老簡第一個回函：「不是拍馬屁，我非常喜歡，小魏，我認為這部作品開拓了一個新的境界！」寥寥數語看得他心花怒放。

主編另外談了一下報社和家常，最後問他出獄後的計畫。

「會跟小涵組成新家庭嗎？」老簡寫道。

這句話觸及他心底的痛處。當他身在看守所時小涵有來看過幾次，最後兩回相見是在開庭時，雙方僅能打個照面，但進入監獄後她都沒來，連信件也越來越少，幾近斷訊。這使他快要發狂，幸好沉浸於小說中讓他稍稍遠離煩惱。

他覺得該是破釜沉舟、孤注一擲的時候了，選個心情平靜的晚上，他把和小涵相識來往的心路歷程一一剖析，洋洋灑灑寫了六頁，信末除了表達對她們母子不同的濃濃愛意後，還加了一句：「假如一個禮拜內沒收到妳的消息，那麼我發誓，我不再去信，更不會去找妳們，從此以後我們形同陌路，各走各的獨木橋，老死不相往來！」

信寄出去，日子難熬，第六天終於等到回音，打開後只有簡單幾行字：

「我愛你，不管將來有沒有在一起，永不改變，但是我要怎麼跟孩子交代我跟誤殺他生父的人結縭，而且他要喊此人為父親？我不知道，真的不知道……」

信紙上淚跡斑斑。

他想了整整兩天，幾次提筆寫了一半撕毀，續寫又撕，重複數次，最終完稿，除了講一點因緣定數，他寫下：

「我以為愛是唯一的鑰匙，如果我能當小宏的父親，我將用愛填滿他的生活，讓他體會愛的真諦。假若有一天他獲悉真相，我會下跪請求他的諒解。另外我建議我們兩人都去改名，希望他在成長的過程中可以避開新聞帶來的困擾。」

從此又是一連串的度日如年，出獄的時刻漸漸逼近，他的眉頭越皺越深，看在室友眼中十分不解。

「你在擔憂出獄後的生活嗎?放下吧,船到橋頭自然直,不必杞人憂天。」室友說。

他感激的接受,才放下沒半個小時,各種猜測重新班師回朝。

出獄前四天收到一封信。他緊張的看看信封,是出版社寄來的:

「我們覺得閣下的新作突破既往,峰迴路轉引人入勝,有意出版。然而目前國內大多數讀者著重於實用性書籍,對於文學作品與致不高,所以版稅必須降低如下:

銷售一千本以下,以售價的百分之七計算;銷售一千本至兩千本,以售價的百分之八計算……如果閣下同意請簽名寄回。」

「無所謂啦。」他想,隨手畫押,找個信封貼上郵票。

「賣不好的話只好去找老簡,重操舊業。」他苦笑。

出獄前兩天信來了,是小涵的筆跡沒錯,不像過去寫著郵政信箱號碼,這次有了確實的新地址,他興奮的打開,偌大的信紙只有一排數字,應該是她的手機號碼,其餘空白。什麼意思?同意或反對?打迷糊仗嗎?

不過……給了地址和電話,表明了准許我連絡並去找他們,起碼有了突破。

見面時商議未來嗎？結論會是 Yes or No？

為何 No，理由是什麼？他再次掉入漩渦中。

「喂，有好消息嗎？」室友打斷他的思慮。

「嗯……還不錯。」他回答。

「再半年我也可以假釋了，我出去時找你一起慶祝好嗎？很難得跟一個男人同住這麼久，說不定你可以將這段生活寫成一本小說來紀念啊。」

室友百般無聊的和他閒聊，他心不在焉的隨意應付。

「會有人來接你嗎？」室友忽然問道。

「姊姊和老簡都表達過要來接他的意願，但都被他回絕了，又不是什麼光榮的事。」

他想著，搖頭。

「連女朋友也不來嗎？」室友又說。

腦袋驟然靈光一閃，小涵什麼都不寫，說不定就是要給他一個驚喜。

「嗯……這個可能性極大！」他衡量再三，予以肯定。

頓時輕鬆快樂的心情充滿了四肢百骸，他幾乎要飄了起來。

想念，掛念

故事發生在民國六十九年

1

下班前鄭課長到他的辦公桌前，表情愉快。

「小高，等一下我們一起去 Seto 日本料理店吃飯吧。」鄭課長說。

他頗為難，本來講好去哥哥家慶祝侄兒一歲生日，禮物也買了。遲疑幾秒鐘，不想打壞頂頭上司的興致，只好回答：「應該……可以，讓我跟我哥說一聲。」

「你有約？」

他點頭。

「那麼我們再喬喬看。」

「不、不，沒問題的，我跟他改時間。」

「真的沒關係？」鄭課長問。

「真的，沒什麼大事，只是看看我那小侄兒而已。」

「好。」鄭課長對他豎起大拇指：「今晚一定使你覺得物超所值，不虛此行。」

「吃一頓飯會不虛此行？Seto 又不是沒去過，菜單幾乎可以背出來。難道今天店家有從日本進口什麼稀奇的海產嗎？」他心裡嘀咕著。

避免鄭課長聽到，他到外面的公共電話亭打電話，哥哥還沒回到家，嫂嫂接的：

「好可惜，我燉了豬腳也做了海綿蛋糕，小叔不來，你哥和小吉都會有點失望。」她委婉的說。

「公司臨時有一筆大單需要處理，一時之間走不開，麻煩妳跟我哥和小吉說禮物已經準備了，如果早點結束的話，我會趕過去，但是千萬不要等我吃飯，公司幫我叫了便當。」他撒個小謊。

「也是，頭路要緊。我會跟你哥說，今晚若來不及可以改明天。」嫂嫂善體人意。

騎腳踏車到 Seto，鄭課長開車先到，在餐廳內朝他揮手，並點了套餐，和招待日本客戶時一模一樣。「來，清酒。」鄭課長吩咐店家。

酒比菜先送到，鄭課長斟了兩杯。

「先乾吧。」之後笑瞇瞇的望過來：

「學弟，告訴你一個好消息，我升部長了，下星期一公布。」

「太好了！學長，讓我再敬你一杯。」他趕緊拿起酒瓶倒酒，一口喝光。這個上司從他初入公司起便和他十分投緣，一路照顧。雖說是學長，其實兩人同年生，課長只比他大四個多月而已，就因為他初中畢業後輟學打工，再半工半讀，延誤了兩年。

「另外還有一個好消息。」課長神祕兮兮：「你猜猜看。」

「學長要結婚了？雙喜臨門。」他看過學長的女朋友，是一位落落大方的名門閨秀。

「那也快了，不過不是現在。嗯……」課長停頓幾秒，狡黠的看他：「和你有關。」

小高的心跳加快，不敢回答，只有眼巴巴的望過去。

「哈！」課長笑得好大聲：「學弟，你也要升遷了，下星期開始我的位置換你坐。」

他持的酒杯差點掉下來，舌頭打結的說：「謝謝……課……課長！謝謝……課長。」

後來發覺語誤，立刻改口：「謝謝部……部長！謝謝部長！」

拿起酒瓶倒酒，連續敬兩次，發現酒瓶空了，正想喊店家，老闆面帶笑容的送酒來到：「恭喜兩位老主顧升官發財！這瓶我請客。」很夠意思。

他們興致大好，沙拉、烤魚、壽司吃完時又叫一瓶。

「學弟，把紡織課交你負責，基本上我是放一百廿萬的心，只有一點……」未來的部長現出困擾的神態。

「學長請明說，我一定改進。」

「好，如果有得罪之處請包涵。我問你，每一次我們帶客人去找林大姐，你為什麼不也叫一個，大家同樂？」

沒想到是這件事，一時之間不知如何應對。

「我不知道我們的客人怎麼想，起碼我在房間內爽快時，覺得心中卡卡的。」

「學長，對不起，請你原諒。」他坐著鞠躬致歉：

「或者下次我不跟你們一起，等結束後我再會合結帳。」

「下次？你怎麼這麼不懂事？」部長板起臉來：

「你就要當課長了，我們國外來的客人習慣都要去快活一下，你不帶隊誰來帶？」

「那……那……」他十分為難。

「喂，學弟。」部長壓低聲音：「你不會性無能吧？」

「當然不會。」這點他很確定，從小五下學期開始，他幾乎每晚睡覺都頂著帳篷。

「是嗎？」部長懷疑，想了一會兒說：「難道你還是處男？」

小高不知道承認好還是不承認好？

「想保留童貞給未來的太太？這麼純情？我跟你說我們家的傳統，在年滿十八歲時，父母就拿錢叫我們去找女人，開開眼界。這樣子在未來洞房花燭夜時，才有足夠的經驗來引導自己的太太，讓她嚐到魚水之歡的滋味。」

鄭部長是新竹客家人，他父親擁有五十多甲良田和兩位太太，但這個特別的成年之禮倒是第一次聽說。

「令尊想法很特別。」他稱讚道。這種做法不管對錯，都前所未聞。

「我爸爸的確開明。」部長話鋒一轉：「有女朋友了嗎？學弟。」

他想起小春的姊姊，但不知她人在何處，下意識搖了頭。

「被我猜到了。不過以你的才學和相貌，交女朋友是早晚的事。我跟你說，從現在起累積經驗，將來和她第一次時，才不會令她失望。」

好像言之成理。言談間他腦袋瓜轉了幾回，他下定了決心：「學長，下次我會叫一個，不再呆坐在外邊等。」心裡想，反正公司付錢，人生總有第一次。

「這就對了，學弟。」部長很開心：「除去這層隔閡，我們才算是一條心的團隊。」

吃完水果點心，他搶著去付帳，被部長阻止了。

「要給老大哥臉面呀，學弟。」部長說。

離開餐廳，看看手錶才八點半，他騎回公司拿了侄兒的禮物，往哥哥家去，沒料到冷風吹來打個寒顫，才須臾恍神，輪子好像卡住一個東西，下一秒他跌下來，落得狗吃屎。爬起來全身灰撲撲的不打緊，侄兒的禮物壓在腳踏車的下方，包裝紙被馬路上的碎石子弄得坑坑洞洞，盒子扁了半邊，打開一看，幸好裡面的絨布狗娃娃安然無恙。

「去或不去？」想一陣子，雖然瓦楞紙盒可以不要，但為了美觀起見，還是明天去買張新的禮紙重新包裝才好，他掉頭騎回延吉街巷內。

房東太太看到他，驚呼一聲：「高先生，你怎麼了？」

「沒事，不過摔了一跤。」

「你有喝酒？」

他點頭。

「那我給你沖杯熱茶，幫你醒酒。」

換好睡衣，有敲門聲。他打開接過茶杯，道聲謝後坐在小書桌前拿出取自辦公室的報紙，邊喝邊看。今天新聞頭條是：

新竹科學園區完工，首任局長何宜慈表示，園區設定以電子代工為核心的專業工業區，當然少不了工研院這幾年研發成功的四吋晶圓積體電路，也將在此生根茁壯。

什麼是積體電路？集成電路所用的載體，報紙如是說。但他怎麼看都不懂，收起報紙打開收音機，轉到西洋音樂頻道，正在播出 Tom Jones 的“Green Green Grass of Home”，他跟著哼起來，接著又是一連串“Sex Bomb”“Delilah”等，顯然是 Tom 的個人專輯。聽完他到外邊的浴室洗澡刷牙，回房躺在床上，卻不太有睡意。

「酒、茶的作用？或是升官的喜悅？」

「都有吧！」他快樂的想著。一個從南投縣原住民部落出來的小孩，也能當上臺北中型貿易公司的主管，消息如果傳到故鄉，長老肯定放鞭炮慶祝了，最高興的一定是媽媽。他那可憐的媽媽，想到心裡便糾結住。再過十天就是行憲紀念日，有連續假期，也許找哥哥全家一塊回去，那時再告訴 Yaya（註1），她將笑得合不攏嘴。

那麼小春的姊姊會不會在她家？他搖頭。已經十幾年音訊全無了，除非枯木生花。但是當年那朵花真的鮮豔動人呀。他隨時閉上眼睛都能描繪出她在布簾內更衣的情景：鮮明的側臉輪廓、窈窕動人的身材、微棕色緊繃的肌膚，和那……酥凝挺拔的珠圓。

他的褲襠有了動靜，越來越難受，如同往常，他把左手掌伸入握住……過不久火山爆發，岩漿噴得內褲四處都是。他徹底放鬆了，懶洋洋的閉上眼睛去見周公。

2

哥哥說公司臨時要他加班，不能抽身。嫂嫂則說一個人帶著小侄兒不方便，而且哥哥下班後喜歡在家裡吃她煮的食物。

「不過弟弟，我已經通風報信了。他們都開心得不得了，你這次回去應該可以大吃一頓。」哥哥說。

小高一個人清晨去搭火車，轉乘兩班客運，接近中午時踏上家鄉唯一的街道，一切狀況和初一離家時沒什麼大差別，更別說三個月前他回來過，能有什麼改變？哦，有了，這回阿木家換了新籬笆，經過雜貨店時老闆剛好探頭出來：

「回來了，要大大恭喜你升官。你 Yaba 買了半打小米酒才離開呢。」老闆說。

「是喔。」他皺起眉頭，日正當中爸爸已為下半天準備好資糧了。後來覺得靜默不太禮貌，他問老闆：「近來生意好嗎？」

註 1：Yaya 與 Yaba 皆為泰雅族語，分別指母親、父親之意。

「我們村裡就這幾十戶人家，年輕人又多往外跑，你說呢？」老闆反問他，表情倒是笑嘻嘻的，沒有一絲的無奈。

他點頭，連他自己兄弟倆都如此，還能說什麼。走到盡頭，家就在眼前，去年屋頂右邊角落漏水，媽媽來信多要點錢，找人用瀝青修補，和原來的老板岩十分不搭。他曾向 Yaya 抱怨，怎麼不依古法修補呢？

「為了省錢哪，傻孩子。」媽媽那時回答。

推開木門，爸爸紅通通的臉笑著：「老二回來了，恭喜囉！」

媽媽在地灶前忙著，聽到聲音走來捏他的臉頰，眼睛、嘴唇都上揚成兩條線，叫他張開嘴巴，塞入一條山豬肉。他嚼著，特別的香韌，令人懷念。趨前一看，鍋內還有魚、芋頭、玉米……果然豐富。

爸爸拿著酒瓶坐在餐桌旁招呼他。

「你 Yaya……很快就……煮好了，來……一杯？」

他沒拒絕。

「升官後……加薪吧？」

「有。」他警戒的回看過去。

「加……多少？」

本來想報少點，但想到爸爸也曾出過社會。

「三千。」如實說了。

「不錯喔……老二。」爸爸對他討好的笑著。

「那麼每月……多寄一千……回來，好……嗎？」

Yaya 端著一大盤煮好的菜放在桌上：「不要答應，你趕快存錢買一間房子要緊，我去臺北看你和你哥才有地方住。家裡夠用了，多給只會被你爸拿去喝酒。」

爸爸怨毒的看一眼，埋首於酒菜，氣氛變得很差，他立即找話題來緩和，提到鄭部長將在年後結婚。

Yaya 說：「那你呢？都老大不小了，你爸在你這個年紀早已有了你們兄弟倆。」

「他哦？就……喜歡小春。對……吧？放假回來都……往她……們家跑。他……不知道……小春……小學畢業就……被賣了。」爸爸有點幸災樂禍：「沒……出息。」

他裝作沒聽見。

「胡說八道什麼？」Yaya 橫爸爸一眼：

「臺北同事沒有看上眼的嗎?來往的工廠也沒有嗎?」她關心的問。

「緣分未到,沒有辦法。」

「講得……沒錯。」爸爸指著 Yaya:「我當年……就不知……什麼狗屁……緣分,認識……這個山地婆……才會有……今天。」

他知道這是山雨欲來風滿樓的前兆,大口迅速吃完:「Yaya,我飽了,去外面走走。」

「小春……不在家。」爸爸在身後嘲諷。

他快步走到門口,爸爸的聲音大起來:

「妳們……山地人……沒文化,兒子孝順……爸爸,有什麼……不對。」

沒文化的到底是誰?他悲哀想著,爸爸是平地人沒錯,在南投鎮食品業上班時認識了去打工的 Yaya,兩情相悅結了婚。他看過當時的照片,媽媽苗條美麗,和媽媽差不多高的爸爸站在旁邊神色得意,怎麼彼一時此一時呢?小五的時候,爸爸的公司在媽媽家附近成立一個農產品收集站,專門收購木耳、香菇、竹筍、玉米等,一直賃屋而居的父母,順理成章的想到媽媽從外公外婆繼承來的房子,於是舉家遷移到這裡,一住到今天。結果本來就貪杯的爸爸,被解雇後變得比山地人更山地了,酒品變差,醉了後經常動手動腳。

「你算哪門子的平地人？阿北都沒有像你這個樣子。」他在心裡質問父親。

不知不覺往前走一段落，小時讀的國小呈現眼簾，這個小學的學生涵蓋附近幾個村落。他記得那時一班廿幾人，五年級轉去的第一天，老師問他住哪裡？

他不知道正確地址，大約描述一下，有一位女同學舉手：

「老師，他講的是我家附近。」

「好，阿木你過去和小蘭坐在一起，你就坐小春旁邊。」

起初很不適應。雖然小春長得不錯，但衛生習慣很差，人中常掛著兩行鼻涕，有時大聲吸回去，有時直接用手擦，然後在桌椅上抹乾，他害怕她的手指超過界線。她也經常忘記帶文具來學校，不是沒有橡皮擦，就是鉛筆心斷了，要借用刨筆機或另一支鉛筆，礙於同桌情誼，他不好意思拒絕，回家後把小春碰過的東西用力擦拭好幾遍。

上學、放學他們兩人和阿木幾乎天天遇到，沒多久他和阿木就成了莫逆之交，一起玩彈珠、搧牌，並且結夥遠征其他部落，此外阿木也是釣田蛙高手，教他如何拋線，握桿時手部如何抖動，釣到時怎樣取蛙。那可是小時候他們全家一部分重要的蛋白質來源。至於小春，他盡量保持距離。直到有一天，記得大約在十一月，放學時走出校門，他看到一個高挑的大女孩站在十公尺外，當時秋風吹來將髮絲鋪滿臉龐。她把籃子挽在右手，左手抬起拂順秀髮，高翹的鼻子、烏溜溜的眼珠，婀娜玉立，彷彿仙女下凡，把他看呆了。

「小高，閉上嘴巴，你的樣子有點呆呢。」阿木搥他的肩膀：「那是小春的姊姊，來賣東西的。」

果不其然小春朝那女孩跑去，把書包放在地上，從她姊姊的籃子中拿出一根根煮熟的玉米，向老師和同學推銷。

「我有點餓，你呢？」阿木走過去買一根自顧自的啃起來。

他跟在後頭，可是一摸口袋，空空如也。

小春看到他的窘境和姊姊耳語一番：「小高，沒關係，拿去吃吧！」

他猶豫一會兒，低頭接受，跑去阿木旁邊，平時對小春的顧忌一下子全忘光，配著腦海中小春姊姊的影像，覺得口中的玉米粒香甜無比。

那個星期天他跟 Yaya 要了一塊錢，再去找阿木，要求陪他去小春家。

「幹嘛？」阿木問。

「我想還她玉米錢。」

「你自己去就行了，她家就在你們家對面的田埂上，怎麼還老遠跑來找我？」

「我沒去過，況且你和她較熟。」他說好說歹，敦促了半天才請動大駕。

小春家小又破舊，看到他們展開笑容，收下錢，小聲說：

「我爸在睡覺，媽媽姊姊去田裡工作，只剩下我一個，很無聊。可以陪我玩嗎？」

「玩什麼？」

「跳房子。」她一手各拉一人的袖子，走到外邊，彎腰拿起一塊尖石頭在沙地上畫起來。

「我先囉。」她把石子丟進最底層的格子內，一邊哼著《我是隻小小鳥》，一邊輕盈的跳起來，活像一隻快樂的小麻雀。很快地次第以進，流暢的走遍全局。

輪到他，進行至俯拾中間右邊格子內的石頭時，不慎雙腳著地，敗下陣來。阿木比他好些，一直跳到上端的二層，但沒能準確投石子到閣樓內。

他們又玩了兩次，每回都甘拜下風。他想到：

「小春，妳丟石子那麼準，妳有玩彈珠嗎？」

「玩，但我沒有彈珠。」她回答。

阿木精神來了：「我借妳，我們來比賽。」

他立馬從口袋內掏出自己的法寶，三人廝殺起來，丟石頭準和玩彈珠可是兩碼子的事，畢竟一個是扁尖，另一個是圓的，容易滾動。他和阿木平分秋色，換小春全軍覆沒，玩了很久天色漸暗，他們倆仍興趣盎然，小春越來越沒精神，這時門口有人喊：「小春，沒有開水了。」

「我爸醒了，我得去弄吃的。」小春匆忙撇下他們，拔腿前不忘吩咐：

「以後要常來喔！」

他們去了幾次，每次狀況都差不多。只有一回她爸不在家，三人玩了「跳房子」後，小春提議改玩「捉迷藏」。

第一次猜拳，她輸了，當鬼。阿木躲在土壘後，他反方向往房子內跑去，環視四周，除了地灶、矮桌椅外，有用薄木板隔成的一個房間。他探頭看，應該是小春父母的臥室。本想進去又覺得不妥，而外邊小春已數完廿，情急下他看到角落有一塊布簾子，他跑到簾子後，裡面空空蕩蕩，只有兩堆棉被，沒法子，他平躺在棉被中間，仍嫌暴露，拉一邊的棉被蓋住自己。

不知過了多久，他聽到腳步聲走進，掀起簾子。他止住呼吸，很奇怪的，那人沒有尋尋覓覓，也沒離開。好奇的，他打開棉被的一小隅偷瞄，首先看到地上多一坨沾滿泥巴的長褲和上衣，再來修長的玉腿、女性的內褲。他的心跳加速，再往上，纖細的腰部，接著小而堅挺、完美弧度的雙峰。那幕景象美得令人窒息，永遠難忘。

那個女的換好衣服就走出去，他沒敢把棉被打得更開去瞧她的臉龐。不久他溜出門外，在外邊屋角被小春逮到，輪他當鬼，他問小春好像看到有人進出屋子，那人是誰？

「我姊，她從田裡回來。」

「怎麼又走了？」

「哦，我媽叫她去雜貨店買東西。」

之後他和阿木去小春家沒有再玩捉迷藏。其中兩次看到小春的姊姊，他的心臟突然跳得很厲害，耳朵變得好熱，褲子內有東西蠢蠢欲動，他趕快掉頭。在那個學期末聽到大人們說，小春的爸爸想賣掉小春的姊姊，不過消息走漏被她先行跑走了，從此音訊杳然，小春則沒那麼幸運，初一他從南投縣立中學放暑假回來時，聽阿木說她沒逃脫她爸的擺布。

「真不幸，小春這一生可說完了。」阿木當時悲哀的搖頭，而他的心情也跌落谷底，但莫名其妙的隔了幾分鐘，小春姊姊的胸部躍入腦海，褲子立刻隆起，讓他羞愧得無地自容。

那個影像一直困擾著他。小六時不知是否荷爾蒙開始在身體內啟動，他走路上學時很容易想到小春他姊，跟著褲內的東西悄然昂首，弄得他走路困難，非常難受，又害怕被別人恥笑，只好一手伸進褲袋，從旁將它壓倒，這種情形持續到初三。他坐在班上最後一排，左右同學比較成熟搞怪，從彼此拔陰毛比長短，到傳閱黃色圖片和小說……花樣特別多。有一天他們聊到如何自慰，他仔細聽清楚，回到阿北家關在廁所內依法炮製，終於成功的將鋼鐵軟化，解決了問題。

想著、想著，發覺已經在走回頭路，冷不防的後背被拍一下，嚇他一跳。回過頭，阿木的國字臉對他笑著。

「你也回來了？」阿木對他說。

原來他正走到阿木父母家前，門口有四個男孩在嬉鬧。

「又有一個？」他指著那個大約一歲的小男孩。

「是啊。」阿木掛著幸福滿意的微笑：「我姊沒回來，很吵吧？」

「還好，最大的念幾年級？」

「五年級了。」

「你很厲害，泰雅族的大雄鷹，計畫什麼時候再接再厲？」

「不敢了，再生養不起，況且我太太抱怨說她的身材被我糟蹋夠了，現在變成大號的水桶腰。你呢，何時迎頭趕上？」

「講什麼？門都沒有。」

「喂，算算都二十九了，你父母沒有催你？」

「媽媽有，但是……」他聳聳肩。

「還想去小春家嗎？」阿木小心的看他：

「我陪你，她爸前兩個月走了，剩下她媽孤苦伶仃，怪可憐的。」

「也好。」這十多年他和阿木一起去過幾次。阿木曾經問，為什麼惦掛小春。他想了很久，以一句「人生不該是那個樣子。」來答覆。

去的途中，他問阿木南投鎮摩托車店的生意。阿木小學畢業後先去腳踏車店當學徒，退伍後改去摩托車店學習，之後和朋友合開一間。

「不錯，我和我的合夥人分手了，我們各自獨立開。」

「那原來的店屬於……」

「我。有空再來泡茶，你好久沒來了。」

「當然。」他滿口答應，過去因為工作忙，疏忽了小時候的麻吉，心裡有點愧疚。

小春家比上次來更破舊，以前阿木捉迷藏躲在後方的土壘崩了一角，右邊竹編的雞舍看起來已經完全廢棄。他們往下走三階，敲門，門上及兩側的木板牆各有好幾個指頭寬的縫隙。門吱吱嘎嘎的開了，小春媽瞇眼看一陣子後，請他們進去坐，他習慣問候老人家的健康。

「老了，不中用。」她說。

阿木提了附近幾戶人家最近發生的事，她似乎不感興趣。

「有小春的消息嗎？」他問。

老人家沮喪的搖頭。

「小春的姊姊有回來看妳嗎？」他忍不住又問。

老人家抬頭用空洞的眼神望過來，過一會兒，嘴巴動了幾下，他和阿木都不懂她在說些什麼。

「我們聽不到。」阿木對她說。

老人家嘴唇又動了，他趕緊湊頭過去。

「我……沒有……女兒……」同時老淚縱橫。

這回雖然斷斷續續，但是清清楚楚。

他掏出手帕幫她擦拭：

「不會的……不會的，時間一到，她們一定會回來。」他輕聲安慰。

「是嗎？」她疑惑的望過來。

「是，這裡有她們小時候的記憶，這裡……是她們的家。」

他依自己的想法，不管過去好與壞，人不能忘本，因而篤定的回答。

走出小春家，阿木嘆息：「有夠悽慘，只是我不了解，為什麼小春她姊姊這麼多年仍然不願意回來看自己的媽媽？」

他不願意評論。

「當年她爸爸也想把她賣掉，會不會連帶的懷恨她老母？」

他沉默了幾分鐘：「生死都不知道，我們不必猜測太多。」

回到家，感覺遭到地震的洗禮，餐桌斜擺，有一張椅子不見了，他四處張望，在他臥室前找到，斷了一隻腳。

「Yaya 呢？」

父母房間輕掩。他輕敲門後進去，媽媽呆坐床邊，她的臉龐印著掌紋，右手有瘀青，他走過去握住她的手臂。

「沒關係，這次下手不重。」她小聲說。

「這樣算不重的，那麼曾經發生更重的。」他想著，內心淌血。

「還是存錢買房要緊，才有一個立足之地。」

他也這麼想。

「明天回去時順道去看你阿北，人家讓你念初中時免費住了三年，要記得感恩。」

他點頭。

阿北喜歡綠豆椪，明天應該先去復興珍餅鋪買盒伴手禮，他盤算著。

3

小高掌管紡織課還算順利。起初課裡最資深的老謝處處掣肘，他忍耐一個多月後，想來個面對面攤牌時，鄭部長及時出手訓示老謝一頓，解除了危機。接下來真正的麻煩便是兩個星期前颱風掃到日本九州，造成他們來往的一家工廠所在地大水災，往年這時雙方的默契是，對方供貨四十萬碼百分之百聚酯纖維的布料給他們三個成衣廠的客戶，而這三個廠製成的女裝又有三分之二委託他們出口到歐洲。他剛剛接到電報說，這季供應減半，價格也由每碼一點七五美元漲到二點一美元，這樣一來他的客戶們勢必跳腳，連鎖反應下他的業績將會縮水超過十分之一。他憂心忡忡的向鄭部長報告，鄭部長立刻打電話給渡邊課長，話筒中傳來一聲聲日文的對不起，他心知不妙。

沒多久，鄭部長談不下去了，掛斷電話，沉思片刻，又撥了一個國際長途電話：「叔叔嗎？東京現在氣候怎麼樣？會冷嗎……」

他識相的退出部長辦公室。隔三天部長來找他，滿臉笑容的交給他一張新的報價單：「搞定了，數量維持不變，價格只漲了每碼零點一五美元。」

小高佩服得五體投地，事後部長私下透露，他叔叔是這家工廠的股東，當初也是他進了公司後才幫兩者牽了線。

「這件事不必給其他人知道。」部長囑咐。

不久農曆新年到來，他們公司放假四天，包括緊接而來的星期日，他收到厚甸甸的獎金十分歡喜，返鄉時給 Yaya 買一塊日本進口的布料，也給爸爸準備一瓶英國的白蘭地。爸爸拿去和人炫耀，但捨不得和酒友分享。Yaya 說她會將布料收藏起來，等他決定結婚時再去做洋裝。哥哥嫂嫂也帶小侄兒回來，全家歡聚一堂，那兩天難得爸爸沒有發酒瘋，而他的侄兒看他一有空便過來纏他玩，親密互動下，成家的念頭在心裡萌芽。

收假前一天他應鄭部長之邀，去他新竹老家做客。他帶了郭元益的豆沙餅和韓國水梨禮盒，席設中午，部長家族幾乎全員到齊，也見到從日本回來的鄭家叔叔，他特別前去致謝。

鄭叔叔高興的回應：「沒想到我做了這一生最划算的事，既幫了自己的工廠，又贏得阿全和你的感激，太值得了。」阿全是鄭部長的小名。

用餐時他完全插不上嘴，飯後喝茶時，部長拉他弟弟和大妹過來，幾個年輕人一起聊天。部長他們客家人基本上都傾向支持國民黨，只有鄭家妹子獨出一幟，以為選舉應不分黨派，要看誰提出的政見對大多數人民最有利，當然還得審視候選人和政黨過去的執行力，這點頗合他意。談話中小高觀察他們三兄妹，做了比較。部長和弟弟身高與他差不多，大約在一七五至一七七公分，妹妹一六二公分左右，他們的膚色都比一般人白。鄭部長表現圓融、老練，鄭家弟弟天真坦率，而妹妹聰明、思考透澈，長得還不錯，氣質高雅。

宴會圓滿結束，告別時鄭家兩老對他客套的說：「謝謝你的光臨，歡迎明年再來。」

年後兩個禮拜，收到日本遭逢水患的織布廠出口部長佐藤發來電報，五天後將抵臺訪問，他拿給部長看。

部長看完笑笑的說：「這幾個小日本來討人情了，你負責接機，我那天有點事，不過晚餐時我會到場。」

織布廠一行三人，除了佐藤外，還有中村副部長，也少不了渡邊課長。他事先向公司核備了最高級的款待規格，住宿於國賓飯店，晚餐在東雲閣，餐後重點節目去林森北路六條通。

出乎意料的，佐藤部長中文流利，一見面就對他說：

「Tei桑前幾天告訴我，他和你吃過飯，誇讚你是個優秀的年輕人。」

他弄不清楚Tei桑是誰，幾經詢問後才知道是鄭部長的叔叔，在織布廠是個取締役。

「喔，他過獎了，我仍有很多東西需要學習。」他真誠回道。

送到飯店下午四點多，大家約好傍晚六點吃晚飯，獲悉餐廳名稱，佐藤表示：

「我去過，我們直接在那邊見。」

小高和助手小彭特地提早半個小時到達，隔十分鐘鄭部長攜著兩瓶白蘭地也到了，差五分六點整，全員到齊。東雲閣最佳菜餚盡出，大家酒酣耳熱，盤子漸空，渡邊課長一臉正經以日文問：「等一下去找林媽媽桑嗎？」

「那是一定的，除非你有更好的選擇。」他馬上答覆。

「林媽媽桑好，林媽媽桑好。莉莉今天有上班嗎？」

他以眼光向鄭部長求救。

「是上回陪你的那位？」部長用手勢比出豐滿的女人曲線。

「沒錯、沒錯。」渡邊痴痴的笑著。

他感覺噁心。

「應該有吧，倘若沒有的話，我請林大姐幫您找一位更漂亮的。」鄭部長講得理所當然。

「沒有看到她我會失望，我今天可是特地給她帶來禮物的。」渡邊從手提袋中拿出一條長扁的盒子，裡面躺著一條紫色圍巾。

「沒想到我們渡邊是一個癡情漢子，你們知道他平常怎麼對待我們工廠的女工嗎？」中村副部長裝出橫眉豎目的模樣來揶揄：「結果來到臺灣就變了，喂，渡邊，你今晚一定受到超級棒的服務，可不要忘了明天還有任務呀。」

「不會的，不會的，再快樂也要努力工作。」渡邊收起笑容，拘謹回答。

佐藤部長一直靜默的微笑，這時插一句做了結論：「對，工作之餘找快樂，再用愉悅的心去工作，這樣工作更有效率。那麼現在我們一起去尋找快樂吧！」

小彭趕緊離席去結帳。

林大姐的會所是一棟外表不起眼的三層透天厝，一樓除了接待室外闢有三個大包廂，二、三樓則為套房，鄭部長熟門熟路的和林大姐招呼：「帝王廳？」

「當然。」林大姐笑容可掬的領他們到最裡頭，三人那卡西樂隊已在等候，清酒和幾個酒杯也擺在桌上。

「莉莉有上班吧？我們一位日本貴客少不了她，還有凡是新來美麗妖嬈的都叫來晃一下。」鄭部長吩咐後小聲問他：「記得你的承諾嗎？大家同樂。」

他臉紅了，微微點頭。

「林大姐，有漂亮又懂得幫男人引導的嗎？」部長問。

「引……導？」林大姐搞不清楚涵義，鄭部長走到她身邊咬耳朵。

「真的？」林大姊眼光流轉過來，摀嘴媚笑：「那我親自下海囉。」

「別開……」鄭部長急講了一半。

「逗你玩的，我有一位恰當人選。」林大姐拍一下鄭部長的胸膛，過來對小高說：「放心，交給我。」繼而壓低聲音：「我會給你準備一個紅包喔。」

他不知所以。

姑娘們陸續來到。莉莉進來時跟每個人都頷首，似乎沒認出她的老主顧。後來渡邊對她招手並拿出禮物，她馬上依偎著渡邊，有如久別重逢的戀人。中村挑了一位身材豐腴的，佐藤選一個苗條嬌豔的，小彭點一個貌似鄰家乖乖的女孩，至於他呢？林太太帶來一個長得美麗但充滿江湖味的姑娘。他尚未反應，鄭部長皺著眉頭：「換一位。」接連來了三個，沒一個看上眼。鄭部長嘆口氣：「那只好叫小卿了。」

「你願意？」林大姐懷疑。

「誰叫他是我的好兄弟。」

那卡西響起，主唱人是帶點滄桑的中年婦女，唱的是美空雲雀《蜿蜒的河川》，有種思念的淡淡哀愁。

「那……」中村咕噥一聲，用日文嚷：「喂，唱首快樂的。」

「不好意思，不好意思。」主唱人也以日文道歉。

這時進來兩位姑娘，在鄭部長認可後直接擠到他和部長的中間。

「小卿，今天就拜託妳了。」鄭部長對他左側的女孩說。

主唱換了一首《花笠道中》，果然流露輕鬆愉快的氣氛。

「這就對了。」中村開始對女人毛手毛腳。

小高瞄一下小卿，不失清純，體型適中，小卿親切的對他笑笑，好像叫他一切放心。他轉看在座的其他人，全部沉浸在敬酒玩笑中。

「來，我們喝一杯交杯酒。」小卿邀他。

他順從了。「反正今晚豁出去了。」他想，接著想到自己的第一次就用在這裡，心中有點不是滋味。

第三首《甜蜜蜜》，三個日本人的手都溜進姑娘的衣服裡。當《我只在乎你》唱起來時，渡邊率先牽著女伴的手離席，接著中村、佐藤、小彭。

鄭部長看著他：「你不會臨陣脫逃吧？」

「不會。」

「真的？」部長又問。

「保證。」

「好。小卿我把高課長交給妳了，想辦法讓他永生難忘，我也上樓了。」

他靜靜的聽歌，滿腦子對小春姊姊的懷念，歌曲結束時把他喚回現實，他制止那卡西繼續下去。

「可以了。」他站起來，小卿的手滑進他掌心。第一次摸到成年女性光滑細嫩的手，一股電流通過全身。進入電梯到了三樓套房。

「我們簡單沖洗一下。」小卿說著，褪去所著衣裙。

看著那白皙玉潤的胸部，他的帳篷瞬間撐起。

「你站著幹嘛？我來幫你。」小卿過來幫他解開鈕釦和腰帶，面對光溜溜美麗的胴體，他越發激動難耐，乾脆閉起眼睛。

「好了，我們要去浴室，小心門檻。」

他張開眼，小卿笑咪咪的牽著他跨入淋浴間。

「洗全身或下半身？」她問。

他沒有經驗：「隨便。」聲音細若蚊子。

小卿把沐浴乳擠在手心塗抹小高，他屏息以對，壓抑住心猿意馬，等到她搓和完上半身，他口乾舌燥說：「我可以自己處理。」

小卿退到淋浴間外，含笑望他，洗完後遞給他大毛巾。

「床上等我。」她摸他的臉龐，換她入內。

他呈大八字躺著，鑲鏡的天花板映照出他赤裸裸、中間豎起的怪樣子，令他覺得荒誕不經，不知不覺的，那話兒氣餒起來。

小卿擦乾身體走到床邊，瞄他全身笑著說：「等太久了？我可是要雄赳赳的男子漢呢。」很快的她一靠近，旗幟像裝彈簧似的自動跳起。在循循善誘下，小高完成了人生第一次出航。

事畢摟著小卿，喘氣剛定，公雞重新傲然昂首，得到她的允許，他迅捷翻身而上，弄得天翻地覆，久久未衰。

小卿滿臉疲憊的領他下樓，他們那一票人全部都在接待室等候，鄭部長先笑笑的對他瞟眼，然後說：「客人肚子又餓了，我們去 Seto 吧。」

料理店老闆殷勤招呼，一瓶瓶的清酒奉上，很快就被喝光。日本人酒量十分驚人，到最後渡邊輕輕哼起小調，中村和佐藤拍手附和著。當小彭召來一輛計程車送走他們時，三個人步履都不穩。

「你沒騎腳踏車吧？」部長問小高。

「今天沒有。」

「那好，我送你回去。」

坐上車，聞到濃濃的皮革味，他恭喜道：「換新車了？」

部長大聲笑出來：「現在感覺大不同了，是嗎？學弟。其實這輛和你兩年前坐過的一模一樣。」

「哦，部長很會保養照顧。」他大概知道對方意所何指，趕快換個話題：

「我想今天客人都有盡到興。」

「是，我也這樣認為。工作之餘尋歡作樂是他們的天性。你呢？今天如何？」部長把矛頭對著他。

「有……的，謝謝。」他羞赧的垂下頭來。

4

過半個月，小高去找鄭部長討論法國進口商不但不讓他們反映增加的成本，還要砍價的煩惱事。

「有查過對方這麼做的背後原因嗎？」部長問。

「電報來回許多次，最後尚先生威脅說假使我們不同意，他就轉向大陸訂購。我想，對岸的業者有跟他接觸了。」他分析。

「對岸？他們的品質不能和我們相比，交貨也不準時，叫他有膽試試看。」部長很生氣。

他故意保持緘默，果然沒一下子部長嘆口氣：

「終究是七年的老客戶了。你和他說我們珍重以往的情誼，這次增加的成本我們自行吸收，維持過去的價格，並說明對岸的狀況給他了解。」

「都講過了，我會再解析一次。萬一……尚先生仍不同意呢？」

「那只好算了，不賺錢的生意不能做，我們想辦法開拓新客源。」部長抿起嘴。

「是。」他收拾卷宗準備離開。

「學弟，等一下，還有事。」部長按內線，請小妹送來兩杯熱茶。

喝了一口，部長現出笑謔的表情：「記得小卿吧？」

他點頭。

「上星期我帶機械課的貴賓去，她對我說你不鳴則已，一鳴驚人。」

他不敢回應。

「小卿把你形容成一隻猛虎出柙，學弟，厲害了。」部長豎起大拇指。

他感到臉發燙，不好意思的傻笑。

「看你窘成那個樣子，不逗你了，我下星期日訂婚，你可以來嗎？」

「一定的，部長大喜之日能夠去是我無上的榮幸。」他熱切答道。

「另外，訂婚後兩個月舉辦婚禮，可以做我的男儐相嗎？」

他受寵若驚：「只要部長不嫌棄的話。」

「至於女儐相，秀芬說她的兩位好朋友都結婚了，就請我妹妹充當，你以為如何？」

「最佳人選。」他回憶起部長妹妹清澈的大眼、親切的笑容。

「那就這麼決定了。明天中午有空嗎？我妹妹要上臺北來採購，我們一起吃中飯好嗎？」

「好啊，可以讓我作東嗎？」

「喂，是我提議的，理當……」部長看他一眼：「到時候再說吧。」

小高和部長在中午時一起離開辦公室，到中山北路一家西餐廳，裡面已有一群人在等候，他一看全是鄭家人，除了部長妹妹外，父母、弟弟也在列。

部長對他說：「為了我的婚事，他們都要買一些東西，乾脆全來了，你不會介意吧？」

「怎麼會，歡迎都來不及。」他向鄭家父母致敬，與姊弟打招呼。他被安排坐在鄭家妹子旁邊。

「你們兩人先談服裝的事。」部長交代。

其實也沒什麼可談的，鄭家妹子說，訂婚時，只要他穿西裝去就可以了，至於正式婚禮男儐相怎麼衣著，則要和新人及女儐相搭配，她建議當她哥哥和準嫂嫂去試婚紗時，他們兩人也一塊去，現場再決定。

「哥，嫂嫂什麼時候去試穿婚紗？」她問。

「下個月吧，詳細日期決定了再和妳說。」部長回答。

這一切都在餐點送上之前就搞定了。他未進公司前很少吃正式的西餐，直到兩年前因業務上的需要，常和歐洲客人共食，才特地去惡補禮儀。他們幾個晚輩像上回在鄭府般天南地北閒聊，他順便觀察鄭家人用餐的方式，完全符合老師所教的，心裡暗自佩服，另一方面也發現輪到他講話時，鄭家兩老都有注意聽。

甜點、咖啡呈上之際，鄭爸爸首次開口：「我們博全常常稱讚高先生上進有為，剛剛聽你的言談，很有見地，我很為博全高興有你這樣的人才來幫他。」

「不敢當。部長不但教導我並且提拔我，他是我生命中最大的貴人，我永遠感恩他。」他說得誠心誠意。

「高先生府上哪裡？」鄭爸爸續問。

「南投鄉下。」

「令尊從事什麼行業？」

「他和我母親種幾分地，清淡過日子。」他撒謊，終究沒臉說父親酗酒，無所事事。

他看到鄭母蹙起眉頭。

「有兄弟姊妹嗎？」

「有一個哥哥。」

「他在做？」

「在車床工廠上班。」

鄭母輕聲嘆氣，鄭爸爸有點怔住，隨即說：「人中之龍在哪裡都可以一飛沖天。」

他知道他們嫌他出身低，心中有些不快，不過仍然謙遜回答：

「真正的人中之龍是部長，我遠遠不及。」

用完餐他們趕去採購，結束了飯局，臨行前鄭家妹子送給他一個溫暖的笑容，差堪安慰。

過幾天他率領三個同事去桃園成衣廠驗貨，副廠長和品管課第三組的一位新面孔出來迎接。

「傅組長放產假。」副廠長臉帶歉意。

「生男的或女的？」他隨口問。

「我不曉得，等她來上班時再問問看。」

他剛想回答「沒關係」，新臉孔說：「是個男生。」那個口音有點熟悉。

他在同事抽驗成品時偷瞄，烏黑的頭髮、突出的輪廓、微翹的鼻子、深深的雙眼皮……他心動一下，走到她旁邊：「妳是小春嗎？」

她睜著大眼睛懷疑的看過來：「你是？」

「高呈正，五年級時我們坐在隔壁。」

「真的喔，你長得這麼高了。」她很高興靠近來相比，他比她多出半個頭來，兩人年幼時是不相上下的。

他們聊一下小時候班內發生的事。

「記得阿木嗎？」

「怎會忘記，他現在做什麼？」

他把阿木的狀況詳細報告，同事拿幾件有瑕疵的衣服過來打斷談話，她過去處理。

「這次多做了幾打？」他轉頭問副廠長。

「照往例，百分之五。」

他草估同事進行的程度，差不多完成三分之一，只發現少數不合格的。

「那應該夠，可以如期交貨。」他說。

「我們工廠的品質絕對可靠。」副廠長把握機會吹噓一番。

他問工廠最近接單狀況，順便打探同業動態。

「到我辦公室泡茶好了。」副廠長提議。

喝到第三泡，三位同事偕同小春回來報告，檢驗全部完成。

「可以借個地方給我和小學同學私下談話嗎？」

「沒問題，就這個地方好了。我帶你的同事去大辦公室。」副廠長慨然答應。

小春在他對面坐下，十多年不見，當初臉上經常掛著鼻涕的小女孩已經蛻變成大方、幹練的女人，他以「結婚了沒」作開場白。

「結了。」

「有幾個小孩？」

「一個。」小春從皮夾裡拿出一張小女孩的照片，約三歲大，十分可愛。

簡單談一會兒她的家庭生活，他說：「妳好像很多年沒回去老家了。」

小春歡喜的臉瞬間布滿寒霜。

尷尬的沉默。

「因為妳父母把妳賣掉？」他擔心她立即起身走人。

她垂下眼睛看地上。

「可以問問妳怎麼出來的？這麼多年來我和阿木一直為妳憂慮著，今天看到妳平平安安，實在太好了。」

小春遲疑片刻後開口：「被賣去沒多久，我姊來看我，趁機帶我逃出來。當時年紀小……他們只叫我……見習，我沒有接一次的客。」講到後句，她特別強調。

「是，那妳姊姊呢？她好嗎？現在在哪裡？」他趁機切入另外的重點。

「不知道。」

居然得到這樣的答覆。

「怎麼會？」

她欲言又止，想一下回答：「他們的保鑣到處找我們，我們分散開來，不敢連絡，所以……失聯了。」

說到這裡，小春以上班為理由匆匆離去，他只好去大辦公室找他的同事。回公司途中他反覆咀嚼方才的對話，總覺得有些破綻，特別是沒和姊姊連繫，一點都不合理。

「下回有機會一定問個明白。」他想。下一秒小春姊姊的倩影浮上腦海，他墮入了深深的失落和懷念。

5

四月底的星期天，小高依鄭部長指示前往中山北路的婚紗店。他早到十五分鐘，店員叫他在沙發區等候，看著四周陳列出來的禮服，想到一個月前鄭部長的訂婚禮，男方聘禮十二樣，金條、布料、手錶、首飾、鞋子……件件光耀奪人，女方回禮六樣，有西裝、手錶、鞋子……也十分精彩，讓他覺得好像跨入不同的階層，格格不入。還有他那一百零一套的西服，擺在主人和賓客中間，連自己都感到寒酸。

他問店員，有男士禮服嗎？

「有，在那邊。」店員指右邊角落。

他走過去，有些綴有亮片或滾大板蕾絲的，穿起來像舞臺上的藝人。看來看去，中意的一套樣式簡單、質感好，又有格調，低頭瞧標籤：六萬八千元。

是他將近兩個月的薪水，嚇了一大跳，這時有人走進店門。

「學弟，你先到了？」鄭部長的聲音在背後響起，他轉頭，準新娘和鄭家妹子一起對他微笑。

店員請出設計師。「來，女主角優先，其他當評審。」設計師說。

準新娘進布篷內一陣子，設計師牽她出來。優雅的白紗、露肩、下襬蓬鬆得恰到好處。設計師給她戴上白長手套，覆以精緻頭紗，宛如年輕時的伊莉莎白女王駕臨。

部長和妹妹、小高不約而同報以掌聲。

設計師拿出一套典雅飾金邊的黑西服：「鄭先生該你了，高低肩已經調整過，你去試試。」

不一會兒部長走出試穿室，玉樹臨風的站在準新娘旁。

「好一對璧人。」設計師邊讚嘆邊抖著部長的袖子，再退後審視兩肩的高度：「恰好！」

輪到鄭家妹子入內，出來時一身白色俐落貼身的禮服，更顯出玲瓏身材、雪白肌膚，肩部以鏤空蕾絲包覆，超俗非凡。

「我妹妹怎麼樣？不錯吧！」部長笑著看過來，他才想起忘了鼓掌。

「最後一個。」設計師對他招手，帶去掛著男士禮服的角落，回頭瞧部長三人後低頭尋找，不偏不倚的拿出他剛剛選中的那一套。

他喉嚨一緊，低聲問：「可以打折嗎？」

「租或買？」設計師反問。

「可以租？」他疑惑自己聽錯了。

「是。」

這個回答使他懸宕的心完全放下，也不必問租金多少了。試穿後寬窄差不多，就是袖子和褲腳長些，設計師以大頭針暫時調整，叫他和其他三人排排站，換設計師拍手：

「這是我看過最漂亮的組合。」

他的臉微熱，鄭家妹子也兩頰緋紅。

店員拿出拍立得相機，要新人擺幾個姿勢拍照後，再拍男女儐相及四人一起，當他們換回原來衣服時，每人都拿到有自己在內的相片，紙相框印著婚紗店的標誌，望著相片中的自己，也感染到甜蜜的氣氛。

設計師約他下星期再來試穿，離開時準新娘和鄭家妹子相偕去逛街，部長約他去附近大飯店一樓喝下午茶，部長拿出喜帖給他，封面有一個大大的囍字。

「剛印好，第一張送給我的男儐相。」部長說：「還有租禮服的費用我會處理。」

他覺得怪難堪的，一陣推辭。

「高課長不要再說了，你答應做我的伴郎已經讓我和秀芬十分歡喜。」

部長接著談了一些最近的訂單，到最後忽然問：「我妹妹對你有好感，你對她呢？」

他的心頭猛跳起來，嘴巴不敢怠慢：「令妹大家閨秀，知書達禮，我仰慕得很。」

「真的？」

「真的。」

「那麼我和她說因為她眼光較好，下星期天你邀她來幫忙看看禮服的修改好嗎？」

雖然他認為這個理由有點薄弱，但想不出更好的藉口，連忙應聲好。兩人分手前他突然想到一個問題：「就算鄭家妹妹有心，但是部長的父母會贊同嗎？」話到嘴邊，他又覺得現在討論這個未免過早，趕快將它吞下。回到住處，他把禮服店送的男女儐相照和四人合照擺在小書桌上，心裡陶陶然，上床前再望兩眼。

接下來六天，處理公事的空檔和下班後的心思老在「兩人來往」這件事上盤旋，弄得他心煩氣躁，到前一天晚上，才想到隔天該穿什麼衣服？打開衣櫥就那麼幾件，能搭配的選擇不多。他拿出一件較新的白襯衫和黑西褲，發覺有些皺痕，跑去向房東太太借熨斗燙平，吊掛起來。

小高照約定時間到達婚紗店，店門看起來才開不久，店員正在努力打掃中，不久設計師進門，放下包包，立刻請他進試穿間。

站在大鏡子前左顧右盼，好像都有處理到。

「完美。」有一個女聲在門口說，鄭家妹子到了。

他和設計師都轉頭和她微笑招呼。

「給他選一條領帶好嗎？或領結。」她向設計師要求。

設計師一口氣挑出四條領帶和三個領結，鄭家妹子一一拿到他胸前比試。

「這個怎麼樣？」她指著紅色帶著淺淺花紋的領結問設計師。

「不錯，高尚又有喜氣。」設計師贊同。

「高大哥你覺得呢？」她問。

他哪有其他意見，換回原來衣服。

「下來呢？我們去哪裡？」她淘氣的看他。

他有一個腹案。「現在是十一點半。」他看手錶：「我們去對面飯店地下室吃自助餐，之後看兩點半的電影好嗎？」

她點頭，用餐時她對他說，「以後叫我珈沂好了。」

他很歡喜，回應道：「那麼妳叫我呈正。」

「不，還是叫高大哥，表示對男生的尊重。」她說得誠懇。

他感到窩心，兩人開始來往。

6

部長的婚禮後他們兩人進展神速，一個月前他大膽去牽珈沂的手，兩個禮拜前忍不住吻了她，順順利利，沒有遭逢一點點的抗拒。十天前她從新竹老家搬到民生社區鄭部長婚前的老巢。

「為了方便去日文補習班。」她說。

而剛剛他接到珈沂的電話，邀他下班後去家裡吃飯。

「就是幾樣簡單的客家菜，我的手藝普通，希望能合你的胃口。」

他考慮傍晚提前下班，回家淋浴、換衣服後再赴約，鄭部長走到他辦公桌旁。

「想些什麼？」部長問。

正猶豫是否講出今晚和珈沂的事，部長遞來一個公文夾，裡面有一張電報由法國買家尚先生所發，寫著將於半個月後來臺北，希望參觀公司和委託生產的工廠，順便討論下年度的訂單等事項。

「你見過尚嗎？」

「還沒有機會。」他搖頭。

「他是個中年猶太人，個子矮矮的，挺著大肚子，很好色。」

「需要連絡林大姐嗎？」小高連帶的想到小卿，算起來入幕兩次，雖然三個月未見，閉起眼仍可以清晰的想像她的體態和溫香。

「不，那邊滿足不了他，他喜歡六八行館。」

「什麼六吧？」小高第一次聽到這個名稱。

「我來安排，你去了就知道。」鄭部長對他咧嘴，俏皮的揚起右眉。

下午事忙，終究未能返家一趟。公務處理告一段落，看看手錶已經六點十五分，騎腳踏車趕不及，小高把車子牽進貯物間，到馬路揮手叫計程車。

她的寓所是一棟老舊五樓公寓的三樓。走樓梯上去，珈沂繫著圍裙來開門，裡邊還滿寬敞，裝潢以木頭顏色為主，溫馨樸實。餐桌的一頭已擺著兩副餐具和三盤菜。

「你坐一下，我再炒一樣就好了。」

報紙翻了兩頁，她端出湯和青菜，大功告成。她請他上桌，自己跑去裡面，過幾分鐘換穿一套白色洋裝出來，坐下時香氣襲人。

菜很可口，話題從小時候看的布袋戲和歌仔戲，談到黨外人士的運動。

「從中山女高二年級到大學這段時間，有機會我就去聽他們演講。」

他自己則是到大學才有接觸到。

「你喜歡誰？」她問。

「康寧祥第一，黃信介第二。」

她高興的拍手：「跟我一樣耶。」

不知不覺中他吃了兩碗飯，菜餚也清了三分之二，「真的美味，我吃太飽了。」他看她漂亮的洋裝：「妳辛苦了老半天，收拾的工作讓我來。」

她沒反對，面露嘉許。

他把盤子碗筷一一疊起，分兩批放置水槽內，捲起袖子時，珈沂拿圍裙過來。

「穿上它，免得弄濕襯衫和褲子。」

她先從前面幫他套上，他聞到對方芬芳的氣息，內心泛起陣陣漣漪。她再繞道後面繫帶，但尺寸太小，無法打結，她貼著他的後背，把兩隻手伸到前面企圖把圍裙拉直。他感到對方胸部的柔軟，這下子無法按捺，轉過身來將她緊緊摟住，兩片熱唇印上去，她也熱切相迎，兩人密不可分。

經過幾度翻雲覆雨，她喘著氣，如小鳥依人般蜷曲在他的懷裡，小高撫著她細嫩的背部，想到自己的原生家庭，求學時的半工半讀到進入貿易公司得到賞識，繼而和珈沂交往，不禁幸福的嘆口氣。

「怎麼了？」她面帶愁容的仰視他。

「沒什麼，我很幸運認識妳。」他親一下她的額頭。

「真的？」她幽幽的說：「我不是處女，會不會讓你失望？」

「不會，坦白說我也不是處男。」他不以為意。

「我以前有一個男朋友，後來分手了。」她撐起胳膊和他面對面：「我不介意你的過去，希望你也能同等的待我。」

「一定。」他點頭。

「但是我介意我們的未來，從今以後我絕對為你守貞，你也可以同樣對我嗎？」

「可以。」他毫不猶豫。

她綻出燦爛的笑容，兩隻手臂攀上他的頸部，兩人又纏繞在一起。

樂昏昏的返家，躺在床上回味今晚的達陣，心中揣測珈沂是否算對他許諾終生？如果算是，明天他該去銀樓選戒指準備求婚了，然而……一片黑雲飄進他的胸中，令他難以喘息，反覆思量，他起床去跟房東借電話，響了好久，那端傳來含糊的聲音。

「珈沂，這個星期天有空嗎？我想帶妳到我南投老家看我父母。」

「真的？我該準備什麼？」她的聲音變得緊張起來。

「什麼都不用，妳的到來就是給我父母最大的禮物。」

放下電話，他心裡想：「傻女孩，該提心吊膽的是我呀！」

7

車子駛在石子路上顛顛簸簸，小高側看珈沂，滿臉的倦容。一大早從臺北搭火車到臺中，換乘兩次客運到部落，在父母家折騰一陣子，現在又要開始幾個小時的回程，難為她了。他握她的手，她回他溫暖的微笑。

抵達父母家門前，雖已事先描述過狀況，仍不免觀察她的面容，還好，沒有一絲的不快。

Yaya 看到他們歡喜得不得了，接過兩大盒珈沂帶來的禮物，父親迫不及待的引領他們坐在餐桌前，一下子熱騰騰的菜餚和小米酒便擺上桌。

父親邀她共飲，她喝一口說：「好喝。」

這個反應挑起父親一向濃濃的興趣，完全忘記他昨天在電話裡的諄諄告誡，不停邀酒。到後來他和 Yaya 只好出來阻擋，爸爸轉為不滿，強忍著自斟自飲，嘴邊喃喃：

「笨蛋，好東西才和客人分享。」

Yaya 趕緊談一些他小時候的事，如一歲斷奶，他半夜肚子餓，跑來掀起她的上衣，逕自吸吮。

珈沂朝他做鬼臉。

而哥哥發育沒他好，兩人上小學時，哥哥不准他並排走，命令他在背後十步之遙跟隨的往事也被提起。Yaya 另外講到他四歲跌倒，額頭撞出一條大裂縫，匆促間求救住家附近的眼科醫生，醫生沒給他上麻藥，叫四個大人按住他四肢，直接用線縫合。

「他哭得好大聲，到現在想起來心都好痛。」Yaya 帶著不捨看過來。

珈沂轉過身，當著父母的面，愛憐的檢查他的額頭，弄得他很不好意思。

他們三人言談愉快，父親獨自和酒瓶對話，告別時悶很久的爸爸突然發言：

「留下來過夜吧！」

珈沂面露為難之色。他迅速回應：「爸爸，我明天還要上班。」

「又不是叫你，強出什麼頭。」

「她沒帶換洗衣物來，不方便。」他的態度也強硬起來。

「哼，才一晚需要這麼講究嗎？莫非千金小姐嫌棄我們？」爸爸狠狠把酒杯一放，發出巨大聲響，對他怒目而視。

珈沂明顯的嚇到了，往他身邊靠攏。Yaya 見狀閃過來，站在父親和他們中間：「老頭子，喝得迷糊了？你忘記呈正在電話中說過只來半天嗎？」Yaya 一面說，一面手掌在身後搖擺，做出快走的手勢。

他們雙雙退出門外，父親的聲音更大了，吼說：「想當我們家的媳婦，一晚就忍耐不了嗎？」走到廿公尺外甚至聽到砸東西的聲音。

腦袋回想發生的一切後，他沮喪垂下頭，「完了，完了，這種家庭誰敢嫁過來？」

這時珈沂的手從他的掌心抽離，搭上他的肩膀：「高大哥，我們以後需要和他們同住嗎？」

「同住？」他一時摸不著頭緒，抬起頭面對她憂愁的臉龐：「妳說誰？」

「你的父母呀！」她睜大眼睛：「主要是你爸，他讓我害怕。」

他恍然大悟，心頭大石落地：「我們住臺北，他們住南投老家，不會住在一起。」

「如果……他們來找我們的時候怎麼辦？」

「我會幫他們訂旅館。」

「可以，我們說定了，來，勾勾手。」她伸出小指來，開心得像個小女孩。

他幾乎要飛上雲霄，陶醉了一陣子，想到另一個掛心的問題，謹慎地提出來：

「妳爸媽會同意我們嗎？」

「坦白說有點問題，不過我可以說服他們。」珈沂信心滿滿。

他可沒有把握。

擔憂了一個星期，珈沂又約他去吃飯，本來在電話中想問她父母的反應，但有些膽怯，倒是鄭部長在近中午時刻走到他的辦公桌旁：「學弟，你的確有幾把刷子。」

他問部長什麼事，部長笑笑不說，掉頭走。他仔細回想最近在公司發生的事，實在沒有值得稱讚的地方，心裡有了譜。下班時繞道去買一盒珈沂喜歡的瑞士巧克力，果然一見到珈沂，她立刻撲上來抱個滿懷。

「他們答應了。」她興奮的說。

他感激的吻她額頭、鼻子、嘴唇，接著攔腰抱起，進入臥室繾綣纏綿。事畢，兩人躺在床上，他快樂的說：「真希望明天就可以結婚。」

「太趕了，有好多事要準備呢。」

「因為……」他看她：「我想天天和妳做。」

「講什麼！」她害羞搥打他的胸膛。

「那人家會受不了。」她的聲音變得好小，臉頰飛上兩片大紅霞。

「你想結婚後我們住哪裡？」過一陣子她問。

他愣住了。雖然他儲蓄的錢可以買一間景美的小公寓，但不知道珈沂會不會喜歡？如果不要，或許在臺北市暫時租一間？

見他遲遲未答，珈沂開口了：「這間公寓是我爸在十年前買的，登記在我哥和我的名下，作為高中畢業的禮物。你說，我們一起把哥哥的一半產權買過來好嗎？」

「不知這一半要……」他沒講完。

「我算過，全新行情一坪五點五萬，這種廿年的舊公寓大約四萬，五十坪兩百萬，一半一百萬。我有廿萬，你有多少算多少，剩下的我們向銀行貸款。」她講得清楚明白。

「我有五十二萬。」

「那可以了，我估計我們預留三萬，加上父母親友的賀禮來辦婚禮便綽綽有餘。所以……四十九加上二十，共是六十九萬，向銀行借卌一萬就全部付清，卌一萬分廿年本利攤還，一個月大約兩千元。」

他從來沒有遇到一個女孩如她條理分明，反應迅捷。讚嘆之餘他低頭熱吻，一隻手自頸部游移到她的左胸，她的頭腦依舊轉個不停：

「我來對哥哥曉以兄妹大義，說不定他會對我們手下留情，算我們便宜一點……」

8

過了三天，也就是法國大買家尚先生來的前兩日，鄭部長找他去辦公室。

「恭喜，學弟，不久該叫你妹夫了。」部長笑著說。

「感謝學長一向的栽培。」他充滿感激。

「還叫學長，私底下跟珈沂一樣叫大哥吧，這樣才顯得一家親。」

「是的，大哥。」

「好！好！我也歡喜，衝著你叫大哥的份上，房子我少算十一萬，剩下的你們也不必向銀行貸款，我和父母商量過，他們無息借你，你們只要一個月付兩千五百元，八十個月償清，這樣子好嗎？」

他聽了，大喜過望：「當然好！當然好！謝謝大哥！我可以打電話告訴珈沂這個好消息嗎？」

「昨晚她找我和爸媽談妥的，哎呀！我不該向你透露，壞了她親口向你說的樂趣。佛祖保佑啊，希望妹妹不至於怪罪我這個哥哥。」部長雙手合十，兩眼向上祈求，模樣十分逗趣。

他笑了出來：「珈沂不會的，大哥。」

「你說得沒錯。」部長恢復正經的態度：「我這個妹妹識大體，會是個賢妻良母。」

他有同感。

「妹夫，過兩天尚先生來，我們要陪他去六八行館，你認為我們兩人該怎麼做？」大哥兩眼直直的看過來。

他知道大哥在想些什麼，其實這幾天他也在思考這個問題。

「不如……我只陪吃飯，行館就不去了。」他說。

「這樣子不好，顯得怠慢，而且怕他覺得你自視清高。我想……你也同去六八行館，臨時說肚子痛，有心無力，至於我呢……我做做樣子，雖然也有進房，但在房內純聊天，表面看來有同樂到，你以為如何？」

「好主意。」他鬆了一口氣。

這個尚先生很不一般，中文流利，矮小個子挺著大肚，一臉嚴肅，鼻梁掛著圓鏡框，雙眼從鏡片後不時骨溜溜的打量著，使人渾身不自在。尚保持著那一號表情直到進了川菜館，喝了兩杯紅酒才臉色柔和起來。

「四年前我去泰國玩，第一次愛上香辣食物。」尚以獨特沙啞的聲音指著宮保雞丁。

「像這個很合胃口，配上紅酒。」尚掌心向上開花。

「就是人間美味。」嘴唇還嘟起來。

鄭部長敬酒：「那麼泰國女人呢？」

「不行，不行。」尚猛搖頭：「她們不是我的 Style。」

小高想到部長提過尚喜歡比他高又體態豐滿的女人，不禁在腦中誇張的描繪一個老臉小孩奮力的爬一座宏偉女人山的模樣，差點忍不住笑意。

「完全贊同，她們也不是我的菜。」部長附和。

「你呢？Mr. Kuao？」尚轉頭問他。

「我沒去過泰國，不了解情況。」他其實想說，我有珈沂已經心滿意足，別無他求。

尚憐憫的瞄他一眼，對部長說：

「Mr. Zheng，當成做好事，有機會帶他去見識見識，多開眼界。」

「是，是。」部長口頭應著，戲謔的朝他睨眼。

話題一直繞著女人轉，至酒足飯飽，尚率先站起來拍圓桶肚：

「啊，太撐了，不去洩掉一些不健康。」

「那麼我們現在就去六八？」部長意會。

「還是Mr. Zheng了解我。」尚笑著走去親暱的想勾部長肩膀，但有點遠，改搭腰部。

部長開車載他們兩人到目的地，原來六八行館和林大姐經營的會所只隔一條街。它是一棟寬廣的兩層建築，外觀裝飾著四根大圓柱，進口處是一個圓拱門，頗有外國風味。小高想起來曾經路過看見，那時心裡納悶這棟大房子是辦公用或住家。

走進裡面，大理石拼花地板上擺著法國宮廷式傢俱，主牆面鑲著一面大鏡子，旁邊延伸許多金色的線條浮雕，富麗堂皇。接待員無論男女都穿著雙排釦的深色西服，一個中年婦女盤著髮髻越眾而出。

「鄭先生好久不見，颱什麼貴風把你吹來了？」

「馬經理，當然是我的這位法國貴人。」部長介紹尚之後，低頭向他耳語：

「好記性，我才來兩次她就記住我了。」

馬經理引他們去沙發區坐下，他沒忘記事先擬定的策略，當下彎腰，撫著肚子說：

「哎唷，好痛！」又怕被誤會晚上吃的食物不衛生，隨即補充：

「應該是昨天在路邊攤吃的羊肉爐有問題，今天早上就感覺不舒服，我去洗手間。」

他故意在廁所待久些，出來時遠遠看到尚和部長兩人喝著香檳酒，對幾位薄紗女子品頭論足，馬經理持著酒杯在等候。才婉拒掉，尚起身去拉其中一位女郎。

「Mr. 尚，你決定了今晚的皇后？」部長問。

「沒錯，她就是我命中注定的人選。」尚快樂的回答。

這時那女子側頭向尚微笑。小高看到那夢中出現無數次的模樣，喉頭一緊，心臟猛跳，幾乎蹦出，他衝到兩人背後喊道：「小春姊姊。」

女人好似被電到，回過頭來：「你認錯人了，我不是小春。」

正是這張熟悉的臉龐，他急切的說：「我知道，但妳是小春的姊姊。」

她看他兩眼：「我不認識你。」拉起尚的手往前走。尚本來深皺的眉頭舒展開來。

「我是小春的同學高呈正，以前常到妳們家玩。」他繼續說。

女子沒有再回頭。

部長從後方拍他的肩膀，旁邊跟著一位妙齡女孩：

「碰到熟人了？妹夫。你要知道在這個地方看到熟人通常不會被承認的，你先回去吧，我帶她去做做樣子，等一下我自己來應付尚先生。」

他無意識的點頭，走回沙發區，馬經理仍在等他：「怎麼？遇到老相好？」

「不是，我以為是老鄰居，但不敢確定。」雖然嘴巴這樣講，但心裡十分篤定。

「沒關係，常來這裡走動，久了就會弄清楚。高先生，要不要幫你叫幾位挑挑看？」

「今天不行，我拉肚子。」

「那麼你休息一下，我去忙了。」馬經理親切的說。

才坐一會兒，服務生送來熱茶和書報，本想就此離開，看到有茶拿起來喝一口，心裡伏藏的問題浮上來：「當年不是小春被賣掉嗎？姊姊跑去營救，怎麼反變成姊姊淪落到聲色場所？」任他打破頭都想不通，只好再找馬經理：「等一下可以請剛剛那位小姐跟我談談嗎？只要幾分鐘。」

「何不乾脆找她辦事？兩人關起門好說話。」馬經理眼嘴都露出笑意。

他有點心動，珈沂的身影隨之取代：「真的講講話就夠了，下回我還會帶客人來。」

「衝著後面這句話我不盡力不行。高先生你坐下，我試試看。」

等了半個鐘頭，尚疲憊的走出，沒多久部長也衣衫不整的來到，看見他有點不悅：

「怎麼你還在？」

「我想確認那個女人是不是我小學同學的姊姊。」

部長不語，轉頭問尚：「想吃點什麼嗎？」

「這時候最適合來杯酒。」尚回答。

「記得上回去的 Gentlemen 酒吧嗎？」

尚點頭。

「妹夫，我們先去了，酒吧就在這條巷子的尾端，你處理完也來吧！」

他不想。

部長走到身旁低聲：「不會想上吧？這次我不跟珈沂說。」

他正視回去，部長掛著詭譎的笑容。

「不會。」他搖頭：「我對珈沂有承諾。」

「那我們走了。」

又過了半個鐘頭，終於馬經理領著穿洋裝的小春姊姊過來。

「你們聊，我不打擾了。」馬經理識相的走開。

女人打著呵欠：「找我幹嘛？」

小高看著這個曾經朝思暮想的對象，已從青春少女蛻變為美麗、滄桑的熟女，額頭、眼角都看得到歲月折磨的痕跡。

「小春的姊姊……」他一稱呼便被打斷。

「我的漢文名字叫雲娜。」

那麼真的是小春的姊姊。

「雲娜姊，我小學時坐在小春的隔壁，和小春是好朋友……」

「你講過了。」她翹起二郎腿，又打斷他。

「是的，我初一去南投鎮念中學，暑假回去時聽說小春被……被……」

「賣掉了。」她一副無所謂的模樣。

「我和阿木都很傷心，每次回鄉和阿木在一起都會懷念小春，惦念著她。沒想到前幾個月我去成衣廠驗貨，看到小春在那邊。」

「你看到她了?她近來好嗎?」雲娜立刻改變了態度,急切的問。

「她不錯,當了副組長,結了婚,也有女兒。」

「那很好……很好。」她低語。

「小春說她被賣掉,從未接客,因為妳去看她,帶她逃出來。」

雲娜輕輕點頭。

「那麼……怎麼換成……妳在這裡?」

「干你什麼事?」雲娜回復吊兒郎當,嘲弄的說。

「因為……因為……」他決定講出來。

「我小時候愛慕過妳,所以關心妳。」他感到臉頰熱熱的。

她盯著他幾秒鐘,笑了。

「小學生純純的愛。走吧,我請你喝一杯。」她站起來。

「應該我來請。」

她橫他一眼:「有關係嗎?重點是喝,好嗎?」

他像個小弟靜靜的跟在她後面,從背後看雲娜身材很好,不過走路的樣子有點外八字,她帶他到一家西式裝潢的小酒館,招牌寫的正是「紳士與淑女」。走進去恰被坐在吧臺的尚瞧見了，用手肘搗部長的小臂。

部長和尚過來打招呼。

「我工作和下班是完全分開的。」雲娜冷冷的說。

兩人碰了一鼻子灰，訕訕的走開。

她點了一大杯的 Hennessy XO：「不加冰塊。」

他跟進：「我的要加冰塊。」

隨著酒附送蒜頭花生和烤香腸兩小碟下酒菜。

雲娜隨口問他這些年的遭遇，但他懷疑她真的有在聽，因為她大口喝酒也大口配食，一下子把兩碟小菜吃得精光。

她舉手招喚侍者：「再來一杯，還有，」她指著空盤：「彌補你沒吃到。」她對他說。

「我不用，晚餐吃得太多。」

「反正隨酒附送，不拿白不拿。」

似乎已經不餓了，她改成小口啜飲：「家鄉有什麼改變嗎？」

他提到阿木和一些小學同學的現況，她的表情興致缺缺。

「幾個月前我有去妳家一趟。」他改個話題。

「是嗎？我爸媽過得好嗎？」

「妳爸去世快一年，妳媽一個人孤苦無依。」

「真的？」她的臉皺成一團，眼淚緩緩自眼角滲出，最後有如洪水潰堤。

他從桌上的小紙巾盒抽出一疊遞過去，心也隨著悲戚。

「都是Ya……」擦拭完，雲娜把紙巾揉成一球，放進菸灰缸內搖頭喃喃。

「妳說什麼？」他聽不清楚，身子往前傾。

「我說我爸，他喝太多酒，害了我們這幾個人。」她細聲道：「也害了他。」

小高想到自己的父親。

「我小學畢業後兩年，他就想賣掉我。」雲娜幽幽的說。

這個他知道。

「我跑到臺北打工，小春沒有我幸運，當我從媽媽的口中知道妓院的地址，就馬上去探望她。」

他點頭，小春在成衣廠提過。

「妳趁機帶她逃出來？」

雲娜點頭：「她有告訴你為什麼嗎？」

「不就是捨不得嗎？」不過他沒講出來。

「我原本沒有這個打算，但當小春哭訴，他們隔幾天就給她打女性荷爾蒙的藥針來催促發育，並強迫她在一旁觀看如何接待客人時，我們不禁互擁著流淚。」她拿起酒杯喝一大口。

「換成你是我，你會怎麼做？」她問。

「跟妳一樣。」他肯定的回答。

「你和我一樣的天真。」她淒慘一笑，連續喝酒，把剩下的喝光，又叫一杯，酒來了，她撫著杯子說：「我不敢回宿舍，口袋的錢不夠住旅館，我們姊妹窩在新公園的長椅上，夜漸深，不時有人來言語騷擾。近半夜，一個大學生模樣的人經過，看我們一眼，走過去又回來對我們說，他是臺大法學院的學生，現在放暑假，宿舍有很多空位，如果沒地方去，不妨和他回去住一晚。我不信，他拿出學生證來。」

「結果呢？」

「我看是真的，他很誠懇，樣子也乾淨。他帶我們去男生宿舍的寢室，一個房間內有四張上下鋪，裡面住有其他兩位學生。他們問清我們的狀況，大家都搖頭嘆息，其中一位同學想到他班上有一位女同學家大業大，也許可以安排我們姊妹的去處。他打了電話，對方表示會努力看看，叫我們等回音，當晚在那邊吃了泡麵和餅乾後安穩住下。我和小春睡同一張上下鋪，小春整夜不時說著夢話，我擔心會吵到其他人。」

「妳一定也受到驚嚇，很難睡著。」小高看著雲娜，充滿同情。

「你懂的。」她感激回望過來：「第二天早上有人幫我們買了燒餅、油條、豆漿，快吃完時電話來了，他們轉給我。話筒內一個女生問我，她小阿姨剛生了娃娃，如果我妹妹去她阿姨家幫忙好嗎？我問小春，小春當然同意，至於我，則被介紹去她們家紡織廠工作，和我原來的工作相同，我很高興。」

「你很幸運，碰到了貴人。」他說。

「沒錯，我們依地址去見她小阿姨，環境很好，工作輕鬆，只是幫忙照顧嬰兒和做一點家務。那個阿姨看到小春沒有帶任何用品和衣物，直說沒關係，她會替小春購置。之後我去紡織廠報到，人事主管立刻安排工作和宿舍鋪位，問題是我口袋裡的一點點錢只夠買一些盥洗用品，又不好意思向新認識的舍友借錢。勉強熬了一個禮拜，我在晚上八點左右和舍監報備，要回去拿衣物。」

他頓覺不妙，緊張起來說：「危險！」聲音稍大，部長和尚都回過頭往他那邊瞧。

她點頭：「我知道，所以接近以前宿舍時小心的躲在圍牆角落，看周邊都沒有人時才進入宿舍，三個室友紛紛問我怎麼回事？曠職超過七天會被解聘。我告訴她們家裡出了事必須回去照顧，不能留在臺北了。什麼事？我瞎扯爸爸出了車禍，整理好提著一大一小的箱子走出大門，迎面走來三個男人，不發一語抓住我，罩上長形布袋，扛起來。我驚恐萬分，黑暗中聽到他們打開車門，把我塞入後面的行李廂。」

「完了，完了！」他心頭緊縮。

雲娜臉色蒼白，回溯彼時仍令她餘悸猶存：「車開了一陣子，停了。他們拉我出來，抬我進屋，解開袋子，讓我坐在椅子上，並將我的手腳綁住，對面站著一對男女。女的走到面前，笑著對其他人說：『換一個更好，妳還沒被開苞吧？』我聽不懂。」

小高知道那人講的是「破處」。

「有人解釋給我聽，我不肯回答。那女的說沒關係，檢查就知道了，說著動手，脫掉我的裙子，我趕快回答『還是處女』。她的手沒停住，接著解開我的襯衫，笑容更大了，又跟其他人說，我們的辛苦有了代價，這個可以標到一個好價錢。然後那女的叫別人把我的手鬆綁，拿過來一張紙，上面寫著：

本人〇〇〇欠〇〇〇〇新臺幣卅萬元，同意夜以繼日工作十年，任其差遣作為償還。

我把借據撕掉，那女的再拿出一張，對我威脅，有膽再撕，看看這旁邊四個男人，他們都在對妳流口水，如果妳不簽的話，現在我就讓他們輪流上，好好慰勞他們。」

雲娜說到這裡，顫抖得更厲害，分幾口把第二杯酒喝完，又揚手叫一杯。

小高想問，妳簽了沒？立刻自我打槍，沒簽今天怎麼會在這裡？換成是我，又能怎麼樣？是的，又能怎麼樣？他拿起酒杯喝一大口。他也想問，妳後來有沒有逃跑？又自己回答，換成我一定會，但肯定被捉回來，少不了一番折磨。不然呢？怎麼會在這裡？

他把剩下的酒喝了一半。

他不知該如何安慰。雲娜也沒有開口，眼睛呆呆的看他後面的牆壁，夜漸深，酒吧的客人接連離去，不久部長也扶著尚走過來：「我送尚先生回飯店，妹夫，你還好吧？」

他回答「好。」

部長彎腰看雲娜和她告別，雲娜視而不見。

尚傻笑，以法文說：「我……看……她……醉了……」

部長在尚右側聳肩皺鼻，意思表示這個人也半斤八兩。

「那麼我們走了。」部長對他擺手。

目光看著部長他們兩人的背影離去，他猛然記起故鄉謠傳賣小春的價錢，衝口而出：「不是只有三萬元嗎？」

雲娜這次有反應，她緩慢的把焦距對過來：「什……麼……」

他又講一次。

「加……利……潤……」雲娜吃力的吐出三個字，之後闔上眼。

「八個野鹿！」他第一次用上爸爸罵人的字眼。

雲娜恍然未覺。他一人舉杯小口啜飲，思緒回到小學五年級，初見小春掛著兩行鼻涕，對其敬而遠之，後來雲娜在校門口賣玉米，小春送他一根後，他開始和小春玩在一起。印象最深刻的莫過於在小春家玩捉迷藏，他躲在棉被裡看到永生難忘的一幕，那也是他青春期到和珈沂來往前，唯一自我慰藉的來源。哪能料到小春和雲娜早已互換角色，過著悲慘的生涯。

他發出長長的嘆息，對面居然也有氣聲呼應。他抬眼望去，雲娜整個身體蜷成一團，嘴巴微張打鼾，那神情如一個美麗純潔的小女孩，把他看呆了。

時間一分一秒的過去，全店走得只剩下他們這一桌，酒保和侍者著手清理檯面和地板，他了解不能再拖了，結完帳後叫雲娜，怎麼叫都叫不醒，攙扶著她走出店外，不知雲娜住在何處，也不能帶回自己的租屋，茫茫望著寂靜的街道，斜對面一塊閃爍的霓虹燈吸引住他的注意——快活客棧。

沒有其他辦法了。他吃力的撐著她走進去，櫃臺要資料，他填上「金雲娜」。

「身分證呢？」櫃臺男人問。

他往雲娜的皮包尋，沒有。

「你的呢？」

「我沒有要住。」

「給我你的資料，好交代，不然免談。」男人一副沒得商量的樣子。

房間就在一樓尾端，打開房門，把雲娜身體擺在床上，順便幫她脫掉鞋子，角度不順，她張開眼。

「誰？」語音不清。

「我……」怕她不記得：「小春的同學，剛剛和妳在酒吧內喝酒。」

「是嗎？」她掙扎的屈起上半身，頭靠在床板上露出戒備的神情：

「過……來，我看……看。」她招手。

他走近。

「喔。」她放心了，重新倒下躺平。

「妳好好睡，我回去了，要記得鎖門。」他轉身，忽然手被拉住。

「留下，陪我。」雲娜說。

他沒有把手抽離，接著想到珈沂：「不行，明天還要上班。」

手被拉得更緊。他用力把她的手扯掉，邁開腳步。

「別……別走……」雲娜有點嗚咽。

走到門邊，她啜泣著說：「別走啊……就……一下下……」講得斷斷續續。

他幾乎移不動腳步。狠下心來走出去，關上房門，他聽到裡面傳來淒厲的哭聲：「為什麼你們都……不要我，Yaba……不要我，Yaya……不要我……你也……不要……」

他的心好酸，走了兩步，呆站幾分鐘後折回，打開房門，才靠近床沿，雲娜便起身兩手環抱住他的肩膀，濕答答的臉貼上來，酒氣的雙唇四處探索，終於對上他的，並動手解開他襯衫，他一直把持住，但當雲娜拿起他的手去摸她渾圓的胸部，過去不可計數的思念和激情有如沸騰的岩漿，強行衝至火山口，他再也無法控制，一發遂不可收拾。

9

小高買了蛋餅和豆漿帶去公司，整個辦公室空空蕩蕩，掛在牆上的大鐘顯示早上七點半，通常要到八點小妹才會來到。他感覺又累又餓，把早點囫圇吞完，便坐在椅子上假寐。

昨夜睡得少也睡不好，整晚做夢。起先上演雲娜可憐的過去，然後珈沂出現，他驚嚇醒來，瞪著烏黑黑的天花板，耳朵傳來雲娜規律的呼吸聲，沒多久又跌入夢境，雲娜和珈沂隨即攪在一塊，讓他膽顫心驚，如此一而再，再而三重複著。倒是雲娜睡得深沉，一夜毫無動靜，直直躺著，連翻身也沒。不過最後一次醒來時雲娜已不在枕邊，他起來查看，不在廁所，皮包和鞋子都不見踪跡。他回去躺著，重重心事已無法闔眼，索性穿好衣服去結帳。

「結過了。」櫃臺男人瞇眼瞧他，歪著嘴角嘲弄：「我以為你早走了呢。」

「結過就好。」他回應，趕快低頭走人。

同事陸續來到，看到他早已端坐在辦公桌前，小妹怯怯的和他打招呼，而他課裡的幾個人不是問他發生什麼緊急的事，便是懷疑的看手錶，恐怕時間指慢了。

他辦了幾件公文後去茶水間沖杯熱茶，回到座位時鄭部長召喚他。

「昨晚順利吧？我看那女人醉了。」部長說。

「還好。」

「最後怎麼處理？」

「就叫醒她，招來一輛計程車。」他不想節外生枝。

「我和你講一件重要的事。」

他緊張起來，洗耳恭聽。

「今天早上珈沂打電話給我，她說昨夜和今晨連絡不上你，就直接和我商量，她說你應該不會介意。」

「什麼事？」心中的鼓咚咚的擊起來。

「珈沂說去過你父母的家，覺得麻煩你父母到我家來提親，可能太勞累他們了，要我去問總經理是否願意當個現成的媒人？你以為呢？」

他大大的鬆一口氣。

「好主意，不知老總願意嗎？」當下對珈沂的佩服又多了幾分。

「這是好事，我想老總不會拒絕。」

回座位不到十五分鐘，總經理打內線來，要他過去。

進了辦公室，老總叫他坐在和鄭部長同一張長沙發上，先對他賀喜，詢問兩人交往多久等，再去抽屜裡拿出一本農民曆，仔細對照他和珈沂兩人的生肖。

「恰好這個星期日大吉，你覺得怎麼樣？」老總遞來農民曆給他和部長看。

「總經理考慮周詳，就依總經理的意思，麻煩您了。」他坐著彎身九十度。

總經理得意的笑出來：「算起來你會是我做媒成功的第五位，我是老經驗了，還有……」總經理鄭重說：「你們兩家聯姻也是我們公司的大喜事，你發帖子不可遺漏任何一位同仁喔！」

「一定。」

走出總經理辦公室，部長笑呵呵的擊他一拳，他趕忙致電珈沂報告，順便對昨晚不在家做出合理的解釋。

「今晚過來吃飯吧？」聽完珈沂問。

「好。」頓時充實感充斥全身。

珈沂特別做了他喜歡的燉牛肉、小馬鈴薯和其他兩樣小菜，他胃口大開，吃了一半，沒來由的雲娜身影浮上來，想到這十七年來她孤單一個人在社會上掙扎，還有當他第一次推開房門要離開時所發出無助的哭聲，不禁整張臉皺在一起。

「怎麼？咬到碎骨頭嗎？」珈沂拿起筷子在牛肉鍋內翻找。

「不是，不是的。」他按住她的手，將小春和雲娜的遭遇全部告訴她。

「人家說虎毒不食子呀！」珈沂唉聲嘆氣，過一會問：「你怎麼遇上她的？」

他陳述和大哥一起招待法國買家的經過。

「我藉口肚子痛沒有叫妓。」他特別補充。

「那我哥呢？」

「他說……他說做做樣子，進去單純聊天。」

「你相信？」

他硬著頭皮點頭。

「大哥這樣子不好。」珈沂不以為然：「結婚前和結婚後應該有所分別。」

「我知道，我會信守承諾。」他趕緊保證。

「我相信你。」她握住他的手，陷入沉思。

他很擔心，不知道這個聰明的腦袋瓜又會想些什麼，他乖乖等著。

「我們去妓院問她還欠多少錢？」她忽然冒出一句。

「做什麼？」他很震驚。

「我們來幫她贖身。」

其實今天在公司裡他也動過這個念頭，但是……

「我們買妳哥一半的產權都還需要妳爸媽私人貸款，錢從哪裡來？」

「可以向銀行貸款。」她心意已決：「我們吃完飯就去。」

「我們？妳也要去？」他更驚訝了。

「怕什麼？我行得正，何況還有你陪著。」

拗不過她，兩人一起走入六八行館，他心裡有點不安，珈沂則充滿好奇，東張西望，此時馬經理從櫃臺內走出：「高先生，又看到你，這位是？」

「我未婚妻。」他回答。

「兩位一道來有何貴幹？」馬經理現出困惑的表情。

「我們想見雲娜。」

「誰是雲娜？」馬經理好像不認識。

「就是……就是昨晚和我們帶來的小個子法國人……」話沒講完。

「哦，在這裡她叫 Tina。」馬經理笑了：「她今天沒來。」

他和珈沂對望一眼，珈沂點頭開口：「方便問一件有關她個人的事嗎？」

「來，我們那邊坐。」馬經理帶他們到沙發區。

「什麼事？」

「我們想問 Tina 還欠貴公司多少錢，我們想幫她付清。」

馬經理打開了微鎖的眉頭：「你們誤會了，她沒欠我們錢，我們這裡每一位小姐都是按件計酬的。」

這下子換他和珈沂茫然相覷。

「可是據我所知，她以前是被她爸爸賣給……賣給……」他不好意思在這裡說出那兩個字。

「真的？多久的事？」

「十七年前。」

「即便如此，她應該早就還清了，否則不可能在這裡自由出入。」

「那麼她是自暴自棄？」珈沂輕聲感嘆。

馬經理卻聽得清楚：「我不會這樣說。」語氣中有些怒意：

「這是一個供需的市場，她們……我們滿足了一些人的欲望，有我們……」馬經理頓一下：「可以避免更多社會問題發生，譬如強暴事件，還有，說不定一些男人來這裡紓解後才有辦法維持住他們枯燥乏味的婚姻。」馬經理不經意瞄他一下。

「我不是在說妳，請不要誤會。」珈沂紅著臉抱歉。

「沒關係，我無所謂。」馬經理聲調緩和下來：「你們是她的什麼人？」

「我未婚夫是她的同鄉，Tina 的妹妹是他的同學。」珈沂答。

「只是這樣？」馬經理難以置信。

「是的。」他和珈沂同時點頭。

「那……你們真是好人，我會向她轉告你們的善心。」馬經理有點動容：「至於為什麼她會在這裡，我們從不談這個問題。不過可以這樣想，一個女孩從年紀不大時就從事這個行業，十幾年過後可以自己選擇時，因為沒有其他技能，最最熟悉的便是這個，於是便持續下去，畢竟我們不偷不搶，也有安定社會的貢獻，不是嗎？」講得十分認真。

這時一個櫃臺人員慢步跑來在馬經理耳邊低語，她往門口看，馬上站起來：「我有事，不能陪你們了。」

和珈沂走出行館，她說：「你覺得馬經理有沒有可能也是從小就進入這個行業？」

他有同感。

「都是一群可憐的女人，想起來自己一向都很幸福。」她挽住他的小臂：

「還有，將來你覺得我們的生活變得索然無味時，要坦白跟我說。」

「不會的，和妳在一起天天都有趣。」

「難說，當變成老夫老妻時。」她看起來有些煩惱。

為了逗她，他故意：「和妳說有什麼用？難不成妳發許可證給我？」

不料弄巧成拙，她把手收出，不快的說：「什麼許可證？我們不會改變生活方式嗎？」接著氣沖沖的快速走開，讓他緊跟在後頭，賠了許多的不是。

10

總經理順利達成委託，為了減少雙方父母的見面，珈沂又建議省去訂婚儀式，直接公證結婚，再一起宴客。小高打電話回去，Yaya 沒意見，只是害怕女方會認為太草率。

「沒問題，這是珈沂的想法。」他說。

Yaya 放下心來：「那麼我要趕快去做衣服。兒子，你送的那塊布料終於可以用了，我很高興。」

他也高興：「爸爸的服裝呢？」

「六年前你哥結婚時他做了一套西裝，才穿那麼一次，還很新呢。」

至於珈沂家裡，反應極差，她媽媽認為訂婚是女人一生中最美好的回憶之一，為何不要，而且公證結婚。

「怎麼對妳爸爸的家族、我的娘家和一些朋友交代？」她媽媽強力反對。

她爸爸罕見的不發一語，珈沂只得私下找她爸爸開誠布公，把他家的情況和他父親習慣發酒瘋說了出來。聽完她爸爸要求和他見面，並且規定珈沂不得在場，地點就在民生社區珈沂的住所。

小高戰戰兢兢赴約，珈沂爸來開門，餐桌上擺幾樣下酒小菜、一瓶 XO 和兩個酒杯。「來，我們兩個男人喝酒交心。」鄭爸溫和的笑著，幫彼此各斟半杯。

鄭爸先說自己的求學過程之後問他的，他坦白相告，談起初中畢業後，輟學兩年去工廠工作籌措學費，復學後念高中夜間部，即便大學時也兼差，自力更生。

鄭爸聽得很專注：「我聽老大說你也懂得日文、英文？」

「懂一些，大學有花時間在英文，日文則是到貿易公司上班後去補習班學的。」

鄭爸點頭讚許，又聊一些家庭和事業的看法，這中間頻頻找他喝酒，眼看杯子見底，鄭爸拿起酒瓶要添加，被他婉拒。

「你們不是常常需要招待外國客戶，每人都練就不錯的酒量嗎？」鄭爸疑惑。

「我除外，半杯是我設定的上限。」

「為什麼？」

「酒會誤事。」他把從小看父親沉迷杯中物，導致家庭貧苦、不睦，全盤托出。

「我從懂事起便對天發誓，絕不讓酒影響我的生活。」

「到目前為止，你都有做到？」

「有。」他驕傲的說。

「我只有一個掌上明珠，我疼她勝過她的哥哥和弟弟。她對我說她很愛你，你呢？」

鄭爸盯著他的雙眼。

「我也很愛她。」

「那你可以對我發誓，終其一生你都會將她擺在第一位嗎？」

「會的，我對您和老天爺發誓。」他沒有遲疑，立起右掌。

鄭爸眼睛濕濕的，對他伸出手：「歡迎你，我的兒子。」

籌辦婚禮似乎不難。珈沂主張一切從簡，傢俱全部用已有的，只添加了兩組床單、床罩、棉被、枕頭……等，另外她買了許多大大小小的紅囍字，計畫前一天貼在大門、進口處、床頭板和客廳的主牆及各個花瓶上。

「你不覺得這樣子就喜氣洋洋了嗎？」她說，絲毫沒有一點委屈，倒是他見識過她大哥訂婚、結婚的各種排場，心中充滿了歉疚。

至於禮服，「用租的就好，反正只穿一次。」她堅持。

訂餐廳也不難。她去電她同學父母開的臺菜館，得到特別優惠的折扣，他幫不上忙，樂得逍遙。

在結婚前兩天，兩人去餃子店用餐。膳後街頭散步，明月當頭，他講起當年阿木教他釣田蛙的往事。

「你有邀他來嗎？」珈沂問。

「有。」

「那麼雲娜呢？還有她妹妹？」

「請她們好嗎？」他以為不是好主意。

「我不知道，總以為她們代表你小時候一份重要的記憶。」

「是沒錯。」

「不如，我們現在去六八行館。」

這麼突如其來，嚇他一大跳：「為……為什麼？」

「我想勸雲娜不要再做那種行業，人生隨時都可以重來。」珈沂一臉嚴肅。

他也想過許多次，每回都重重提起，輕輕放下。如果單憑別人的建議就能夠做出重大的改變，這個世界未免太簡單了。書店最暢銷的書籍之一就是《如何改變自己》，結果呢？許多人買了、看了，什麼都沒發生。看看自己的父親，年輕時酒醉鬧事，醒來深深懺悔。頂多一個禮拜，重蹈覆轍，到最後變本加厲，天天留戀酒鄉，他把這些看法一股腦兒傾訴出來。

「妳知道嗎？有時候我難免想，如果我們兄弟身為女兒身的話，會不會也步上雲娜的後塵？」

「不會的，我對你媽有信心。倘若你爸動了歪念頭，她一定據理力爭，甚至帶你們逃離。」

他感激的看她，手指和她緊扣。

「不過呈正，只要是對的事，不管成功率多低，是不是都應該去嘗試？」過沒幾分鐘，珈沂又提。

他嘆口氣：「走吧！」

兩人跨進行館，馬經理迎面而來。

「不好意思，又要麻煩妳了，我們為了……」他忘記了雲娜的花名。

「Tina。」珈沂和馬經理同時說。

「來，我們那邊坐。」馬經理叫服務人員送上熱茶，主動敘述 Tina 在他們來過的第二天被她遇上，她轉達了他們兩人的好意。

「她哭了好久，隔天……」經理嚴肅的看他們兩人：「她說她不做了。」

「所謂不做是她離開這個行業，或……」

「換一個營業場所？」他接著珈沂的話。

馬經理仔細觀察他們之後，問：「你們真的不知道？」

他和珈沂一頭霧水：「假使我們知道，今天來做什麼？」

「她有一些報酬未拿，我以為你們來幫她結帳的。」

原來如此。

「她走了後，有些老客戶對她十分懷念，如果你們碰到她，可以幫我轉達嗎？」

在這種情況下，他們也只能虛應故事。

走出行館，他煩惱的請教珈沂：「會不會我們給雲娜太大壓力，逼得她出走？」

「出走？你的意思是換地方重操舊業？」她的眉毛和鼻子都湊在一塊：

「祈禱她不會這樣做，上天啊！」珈沂抬頭望著天空：「請保佑她走入正途。」

11

婚禮順利舉行，在阿木、鄭部長和珈沂的兩位閨蜜陪同下，一早他們去法院公證結婚，下來只剩晚宴了。他事先和阿木及自己大哥商量好見機行事。剛開始父親表現大致得體，但宴席吃到一半，父親舉杯不斷，說話漸漸不成句子，他跟大哥做個暗號，阿木隨之同來，大哥在父親旁邊耳語：「爸爸，我看到餐廳櫃臺後面有許多高粱酒。」

「真的，那拿一瓶給我。」爸爸眼睛睜得大些。

「我不知道你喜歡哪一支？走，我帶你去看看。」

哥哥和阿木合力將父親撐起來，爸爸百般不願嘀咕著：「需要……這麼……麻煩……嗎？」

「當然要，今天是呈正大喜之日，也得讓你大大歡喜。」

「也對……也……對……」爸爸呆滯的微笑著。

他們出去後就沒回到座位上。

宴席終了，他課裡的年輕同事吵著要鬧洞房，被鄭部長擋掉：

「讓新人休息吧，他們從一大早忙到現在。」

當夜就寢時，兩人聊到他的父親時不約而同舒口氣，珈沂問：

「是誰想到把他架離的主意？」

「妳說呢？」

「不肯講是嗎？那麼我只好自己一寸一寸的探索了。」她邊講邊用手指頭在他的睡衣上慢步爬行，然後循著鈕釦空隙鑽入睡衣裡……

他們琴瑟和諧。婚後有次到小春工作的成衣廠驗貨，小高特別找小春長談，小春完全不知道她姊姊這十幾年的遭遇，當場哭成一個淚人，他原本企圖從小春口中得知雲娜的去向，顯然一點都不能奢望。

一年後他們有了一個胖小子。差不多同時，他的大學同學承襲了父親的磁鐵小工廠，請他幫忙拓展市場，珈沂為了增加家庭的收入，自動請纓，在家裡成立工作室，下班後他也全力配合。沒料到無心插柳柳成蔭，業務逐年蓬勃發展，三年後他辭去工作，成立了自己的貿易公司，業務也拓展至腳踏車零件的外銷，自立門戶後半年，第二個小子緊接著來報到。家庭事業兩頭忙，對雲娜的印象慢慢模糊成一團灰色的影子。

第七年結婚紀念日，珈沂特別邀請鄭部長和他大哥全家聚餐，六個大人和八個小孩把一個大圓桌擠得滿滿，十分熱鬧。他回顧過去到現在，心裡充滿了感恩，當晚他安頓好小朋友睡覺後回房梳洗，躺在床上，奇怪的是沒有珈沂的身影。等了許久才想出去尋找，他聽到門口有腳步聲，一隻手悄悄的伸進來把主燈熄了，藉著昏黃的夜燈，他看到門縫露出一對白、長的耳朵。他心裡有數，珈沂又有新花樣了。果不其然，一個兔女郎蹦了進來，手中拿著一根羽毛。

「聽說你患了七年之癢，你夫人特別拜託我來給你慰藉。」兔女郎嗲聲說。

「胡說，我一直老神在在，對各種誘惑無動於衷。」

「那麼你承認的確有很多誘惑了。」兔女郎跪在床邊。

「真的從來沒有動過心？」她彎腰用羽毛輕拂他的臉頰、耳朵、鼻子到心臟，低胸的上衣半俯著把雙峰完全呈現。

「對外頭的妖精有百分之百的把握，但對家裡的就沒辦法抗拒了。」他故意嘆口長氣後，將兔女郎拉過來擁之入懷。

他們激情相待，事後珈沂靠著他的臂膀問他：「暑假到了，你有什麼打算？」

他想了想：「妳和兒子都喜歡游泳、玩水，不如我們去墾丁？」

他安排了三天兩夜的自由行，第一天徒步墾丁國家公園與鵝鑾鼻燈塔，第二天全耗在白沙灣。珈沂他們三個玩得不亦樂乎，他是個旱鴨子，除了在淺灘和他們戲耍外，大部分都在躺椅上度過，心裡放空，看著藍天綠水和親密家人，悠閒愜意。吃過晚飯後孩子吵著要去夜市，他們四個隨意逛，大兒子玩了空氣槍和撈金魚，一無所獲，小兒子買了一部玩具汽車和零食。他們幾乎走遍整條街，瀏覽過大部分的招牌，他下了結論：「這些夜市的內容大致相同，沒有一點區域的特色。」

「誰說的，起碼那邊有一家特別的。」珈沂指著最邊邊的一攤，就在往墾丁賓館的坡道旁。

他一看，「馬告香腸」。

他笑了：「真的，而且是我家鄉的味道。」

和珈沂一起走近，一個熟悉的身影忙著包食物、找錢，他不由得屏住呼吸，沒錯，相同的身高和五官，只是變得胖些，皮膚也曬得更棕色。而她的身後有一個大約兩歲大，綁著兩條辮子的小女孩自顧自的在玩家家酒，剎那間隱藏在腦海深處的掛念如大浪般捲來將他淹沒。

不知呆站了多久，直到感覺有人輕輕的幫他擦拭眼角。

「要過去打招呼嗎？」珈沂問。

「不，這樣子就好。」他小聲回答。

「真的，這樣子就好。」他在心裡頭一直重複著。

看不見的戰爭 II

對峙

1

亞芳接到簡訊嘆息一聲。她把長髮盤在頭頂，以毛線紅帽覆蓋，又在原來的淺藍圓領T恤套上牛仔夾克，趕去「翔上財務管理公司」。

推開玻璃門和櫃臺小姐報到後走進密室，組員幾乎全數到齊，獨缺小平。

她交代最靠近門邊的阿輝：「趕快催這個懶惰鬼！」

這個剛入隊的新手色色的瀏覽她全身後，吊兒郎當的回答：

「遵命，大姊……頭。」這個姊音拖得特別長。

她壓抑住心中的不快，展現給他一個甜美的笑容：「乖，我的小弟。」

「不，是小弟弟，多一個字。」阿輝邪邪地說。

她裝作沒聽見，問坐在她旁邊的阿凱：「你的帽子呢？」

「在這哪，姊。」慢條斯理的從鼓鼓的褲袋掏出來。

「傢伙呢？」

「準備好了。」順仔指著靠牆的六個狹長形布袋。

她滿意的點頭。

坐在裡邊角落的阿昆最近迷上漫畫，一個人離得遠遠的，靜靜的翻著書頁。有時她難免猜測年紀最小、個子最矮的他是否藉著漫畫來緩解內心的緊張？

約莫過了十分鐘，櫃臺小姐通知：「老大叫妳到會議室。」

所謂的會議室其實是擺著紅木傢俱的泡茶區。理小平頭有點橫肉的老大躬著身子泡老人茶，聽到聲音頭也不抬，伸直手遞來一杯：「阿芳，這個給妳。」

「謝謝大哥。」她接過坐下，一口喝光。

「快炒店的那件交給她。」老大對一旁的馬秘書說。

臉如其姓的秘書交給她兩張紙條，沙啞道：「看不懂的問我。」

她瞄一下，第一張，借款人關ＸＸ，金額四十萬的借據影本。另一張手寫的計算表，欠了半年利息累計共卅二萬，簡簡單單。

「明白了，依公司規定處理？」她問。

「當然。」秘書點頭。

「我跟這個姓關的表姐夫有點認識，這樣子，今天拿不到錢，設備傷它三分之一就好，其餘留待下回處理。」老大更改指令。

「是，遵照辦理。」

她回到密室，小平已在列。

「喂，平哥，以後準時點。」她輕捏他的臉頰。

「大姊，對不起，今天馬桶坐得比較久。」小平紅著臉。

「便祕？今天辦完事姊帶你去吃豬腳，給腸道加點潤滑劑。」

「姊，我也要。」阿凱、順子齊發聲。

「沒問題，聽者有份。」

阿凱開著公司廂型車停在目的地兩個街廓前的停車場。他們分批進入快炒店。接近中午，店裡只有三桌客人，他們其餘五人一起把紅帽子戴上，拿出布袋內的球棒，站在收銀機後的中年婦女有點嚇呆了。

「老闆呢？」亞芳問。

「我爸在廚房，什麼事？」後面有人搶答：

「媽，不用怕，有我在。」這個人對婦女說。

亞芳轉頭看，是一個留著長髮，約廿歲的年輕人，她進店時有印象，是坐在靠窗的檯子，同桌還有一位友人。另兩桌客人見狀不妙，一桌趁機溜走，另一桌躲得遠遠的。

「有幫手，今天比較棘手。」她想。

阿凱他們四個人走過來包圍住，沒有阿昆。老闆兒子的朋友也往這邊靠攏。

「你爸在半年前向我們公司借錢。」她掏出那張收據影本。

「到今天連本帶利共七十二萬。」

形似老闆、胖胖的中年男子穿著圍裙從裡頭走出，他太太畏畏縮縮的退到他背後。

「爸，這是真的嗎？」年輕人問。

「是……」老闆神色倉皇，欲言又止。

「爸，你怎麼這麼傻，跟這些人來往？」

「沒法子……那時要開店，還欠裝潢款四十萬，裝潢公司威脅要假扣押，我四處張羅，借不到，你表舅介紹……」

「喂！別囉哩叭唆！反正欠錢是事實，還出來就好。」阿輝強出頭，往前站一步，順子輕輕拉他，被他撥開。

「說得沒錯。」亞芳看著老闆。

「很抱歉……請再寬延一陣子，生意實在……不好。」

「本金我們一定想辦法還，我們家不是賴帳的人。但是利息太高了，你們是吸血鬼嗎？」老闆兒子皺著眉頭，說到後來現出挑釁的神情。

這種場景屢見不鮮。

「當你爸爸借錢時，公司已經明白表示條件，沒有人強迫他，說到後來，今天到底還不還？」她口氣轉硬。

老闆顯得十分焦慮：「會還……會還……只是今天沒……」

「不還，除非你們降低利息再說。」年輕小伙子血氣方剛的握起拳頭。

「那就抱歉了，兄弟們動手吧！」她率先揮起球棒砸向收銀機，其他敲擊聲此起彼落。突然她聽到順子慘叫，回頭一看，老闆兒子的朋友才收起旋風腿，又擺出一個側踢的架式威嚇著，而順子已抱頭倒地。另一邊小平對上老闆的兒子，這小子連出兩拳都被小平閃過，第三拳使力過猛，身子偏斜，小平趁隙揚棒擊中他的左腰背，痛得他蹲下蜷成一團，然而數十秒內情勢劇變，阿凱被踢中腹部飛出，撞向牆壁，奄奄一息；阿輝被手刀切中腹部，踉蹌退三步，撐著一張桌子邊緣，神情昏鈍。她們損失泰半。

「好一個跆拳道高手。」亞芳想著，往前跨兩步，叫小平、阿凱退下。

「我不打女人，雖然妳是個壞胚子。」這個高手大約一八〇公分，長得精壯，臉露不屑。

她朝他溫婉一笑：「如果我打你呢？都不還手？」話剛說完，她側身一個直拳直攻對方臉部，速度之快即便他慌忙撇過臉頰依然擦到鼻梁。一擊雖未得逞，但對方門戶大開，她再施「疊連手」干擾他的上盤，最後急轉身以左肘錘結結實實撞中他的胸膛。

對方悶哼一聲急退三步，長吸一口氣，臉龐變得嚴肅謹慎，擺出對峙的手式。

「真正對打要開始了。」她不敢掉以輕心，起先佯攻他的左側，他抬起左腿，她退一步再佯攻他的右側，這次他舉起右腿。她反覆測試，發覺都是同一模式。

「差不多了。」她輕喝一聲，飛縱打他的右臉頰，在他沉肩舉右腿之際，她上躍硬是折成落下，變成蹲式，兩手撐地一個掃膛腿迎向他的左腳跟，「叭」的一聲，擊個正著，對方重心不穩往後摔倒，她拔起身子踢向他的頭部，對方立刻喪失知覺。

「沒那麼困難。」她高興的拍掉褲子上的灰塵。

「小心！」後面有聲音喊著，隨即有人自後方抱著她的胸部往前右手推擠，她差點跌倒，回頭看，阿輝的臉貼著她的背部，一張椅子恰從左方飛過，差一寸便打中她。

她立刻甩掉阿輝，轉過身，老闆兒子又彎腰握著另一張椅子，接著瞧見阿昆無聲無息的從後頭掩至，雙手忽的緊扣對方的手臂，輕聲道：「夠了。」

然後居然以前額大力硬磕其後腦勺，老闆兒子身子一軟，阿昆扶著讓他緩緩著地。

這時她聽到巡邏車的警笛聲自遠而近。

「兄弟散了吧，停車地方見。」大家往不同方向逃逸。

她跑到一個小巷子，四顧無人，摘掉毛帽放下長髮，又脫掉牛仔外套，一起放進盛木棒的袋子。施施然走到大街上的便利商店，買一杯拿鐵，安步當車的走回停車場。

阿昆已在車旁等候，其他人陸陸續續歸隊。

「大家都好嗎？」她問。

眾人點頭，阿凱駛出停車場。

「姐，我肚子餓了，我們現在去吃豬腳嗎？」小平說。

「好，阿凱，去『老張飯擔』。」她吩咐。

「大姊頭，妳的功夫真好，還有……身材一級棒。」阿輝坐在後座貼近她的頭髮喃喃道。

「喜歡嗎？」她抑住心中的憤怒回頭淺笑。

「那是一定。」阿輝笑得合不攏嘴。

「好，待會讓你見識。」

「真的？」他的口水快流下來。

「說話算數。」

車子開了十五分鐘切到「老張飯擔」的後巷，停好車。她轉身敲一下阿輝的頭：

「下來吧，現在就讓你瞧個明白。」

「好痛喔，大姊……頭。」阿輝手撫著，走出車子，不知好歹的嘻皮笑臉：

「這個場所不對，是不是等吃完飯去我那邊？」

「不必了，這裡便可以。」亞芳站到阿輝對面，其餘四人自動圍住四個角落。

「來吧！」她朝阿輝招手。

「我……我說的不是這個……」阿輝這才意識到事情大條了。

「其他的你可以想嗎？他媽的。」她大喝一聲，一個弓步迅速衝去賞他胸膛一拳，復出腿重踹他的迎面骨，阿輝應聲倒地。

「休息一下，好點時到餐廳找我們。」她回復平靜：「走吧！」對其餘四人說。

但直到他們吃飽了都不見阿輝的身影。

回到公司覆命，順便稟告老大阿輝的不告而別。

「嚇到了？」老大問。

「不是。」

「那為了什麼？」

「他對大姊不禮貌。」順子代答。

老大看她一眼：「教訓他了？嗯！讓他學乖點也好。不過如果他回來就再用用看，現在找人困難。」

「知道了，我會的，大哥放心。」

「吃過午飯了？」

她點頭。

「那麼等一下去找馬秘書，再去兩個地方催討。」

下午進行得十分順利，泰山那件林哥那組人上星期示警過，這次出動連本帶利付了一半。另一件在三重市的，當她們五人亮出傢伙時債主馬上腳軟，把項上的金項鍊和手腕上的勞力士錶奉上，並答應下星期會還清。

返回公司已近傍晚。阿凱他們三人相約吃牛肉麵後去打電玩，她想去附近超市買一些食材回家烹飪，走沒多久，阿昆從後頭趕來。

「姐，我陪妳走一段。」他說。

她側臉看矮她半個頭的阿昆，頷首微笑，兩人並肩走在一起就如姊弟般的自然。這個阿昆是小組成員中唯一由她引進的。三個月前她經過某個街角，阿昆為了撿瓶罐和一對兄弟模樣的人起了爭執，被他們圍毆，他以手護住頭部卻顧不了下盤，一下子被踹倒於地，她出手解圍，老大初次見到他時上下打量一陣子：「幾歲了？」

「十六。」

「身高呢？」

「一五五公分。」

「有力氣嗎？」

阿昆拱起他的瘦手臂。

老大難得噗哧一笑，走過去捏他的二頭肌，嘆口氣，轉過來問她：「妳覺得呢？有把握帶嗎？」

「沒問題的，大哥。」

「好吧，交給妳了。」

阿昆和她一樣不多話，兩人靜靜的走一個街廓，她想起近午時他克制快炒店老闆的方法：「你的頭好像特別硬喔。」

「姊，那是不得已的，妳知道我人小又沒氣力，很容易被人抓住，所以我索性在人家捉住我的剎那，借力向前猛衝去撞那人的鼻梁或下巴，當對方痛得鬆手時便是我溜走的好時機。」阿昆解釋得清清楚楚。

「我介紹你去學點武術好嗎？」

「姊，謝謝妳，我對武術沒有興趣，而且做這行只是暫時的。」

暫時的？誰不是？她想問「未來你有怎樣的打算？」但沒出聲。

又走了一街廓，超市映入眼簾，阿昆停住腳步，認真說：

「姊，我不進去了。妳頭部氣體的顏色和我的一樣，我們都是純藍色，公司其餘的人不是灰色、黑色，就是別種顏色混著灰色，我們跟他們是不同的族群。」

「什麼氣？」這引起她的好奇心。

「每個人的頭上都會有一些氣，顏色或有差異，即使相似，也有濃度、混濁或清澈，還有發亮程度的差別。」

「真的？你看得到？」

「是。」

「怎樣才能看見？」

「我不知道，記憶中三、四歲時就看見了，姊，我必須走了，我媽要我幫她拿一些東西去賣。」

她猜他指的是撿來的瓶瓶罐罐。

「去吧，以後再談。」

回家後隨便煮點東西，邊吃邊看電視。吃完後關掉電視，放張印度心靈音樂的CD，癱在沙發上，閉起眼睛，流水聲帶來一大片的藍光立刻將她淹沒。

星期六，一如往常，亞芳在七點左右睜開眼，習慣性的先瞄向門口，不像四年前那麼的急迫。「總有一天會將它全然放下。」她對自己許下承諾。

她起來喝一大杯水，做過柔軟體操，換上T恤、燈籠褲，綁上黑色腰帶，穿上黑包鞋，到巷口打一趟最拿手的小虎燕拳，使至中段，從「單龍出洞」、「鷂子翻身」……到「浪子蹴球」、「珠箭齊發」……她對出手不滿意。

「不夠流暢、不夠快、力道嫌弱、落下時也沒有野燕般的輕飄……」

她重複演練多次，就在一次的「鷂子翻身」時，瞥見巷口站立一個俊俏的男子，她無暇多看，等到香汗淋漓的打完拳，巷口掌聲響起，她轉頭搜尋，那男子對她豎起大拇指後隨即離去，望著他的背影，心內莫名的若有所失。

回到住所沖澡、吃早餐，手機來訊，公司上午沒事，下午排有兩樁，她換穿運動服，搭公車去二二八和平紀念公園。今天雲層很厚，太陽偶爾露一點臉龐，加上微風吹徐，難得給盛夏帶來幾分涼意。

榕樹下一群學生已經在拉筋、壓腿，比劃著招式。

「師姊，妳來了。要不要先帶領我們一下？師父說今天有點事耽擱，將晚點到。」徐社長和她說。

她看著這位年紀比她大，就要念大三的學生：「你自己就可以了，何必我來？」

「有師姊在，我怎麼敢？妳入門比我早，功夫也遠勝過我，我還要向妳學習呢。」

拗不過他，亞芳往前頭抱拳一站，社長一聲吆喝，眾人在後頭排成三列，大家跟練一趟「螳螂拳」。她儘量把勾、摟、採、掛……等七手、八短、五捶，打得紮實到位。結束時她看到師父站在大樹下。

「師父，您來了。」她跑去師父身旁，很不尋常的，師父不理睬，這是七年來頭一遭。認識師父那年她讀國中一年級，媽媽在醫院的清潔工作改成夜班，繼父每每在她上床時都要幫忙蓋被，趁機碰觸，令她渾身起雞皮疙瘩。一日行經公園看他們在練拳，她興起一個念頭：「何不學點東西？必要時可以保護自己！」

這一學持續到今天，師父了解她的狀況，一直對她疼愛有加。

「莫非他老人家知道了？」她忐忑不安起來。

師父從保溫瓶倒點熱茶，喝了後走到學生面前：「你們剛剛練的偷手和圈捶做得不好……」老人家示範了兩次，接著帶大家練「十路彈腿」。完了又教社長幾個人「六合單刀」，到中午結束，眾人收拾東西一一離去，剩下寥寥數位。

「妳還沒走？」師父終於對她開口。

她抑鬱的點頭。

「納悶嗎？」師父嚴厲的看她：「我問妳，妳現在做什麼工作？」

果然，遮掩了三年多，該來的終於來了，她默默的低頭，怎麼辦呢？事實就是事實。

「可以告訴師父說，四年前媽媽病逝後，繼父一直偷看她洗澡？直到有一天她氣不過，把熱水溫度調到最高，用漱口杯盛滿潑向牆壁上那個小洞，之後離家出走了。」

「即令如此，也構不成當討債打手的理由。」她自我反駁。

「那麼說，為了生活，起先去咖啡店當小妹，被店主伸出鹹豬手騷擾，憤怒之下把對方狠狠修理，恰被在店裡用簡餐的老大看見了，邀她去公司上班，薪水兩倍起跳嗎？」

「這個講了也沒用。」她把頭垂得更低。

「知道做錯了嗎？」師父口氣有點放軟：「我了解妳媽媽去世後一個人在外生活不

容易，但不能就淪落黑社會。有句成語說：『富貴不能淫，貧賤不能移……』妳懂嗎？」

她不敢抬頭看師父，用力點兩次頭。

「好，妳把那個工作辭掉再來見我，否則……不必來了。」師父下了最後通牒。

告別師父走到公園一個偏僻的角落，想到過去、現在的孤苦無依，不禁悲從中來，蹲地大哭。很奇怪的，周遭的空氣慢慢凝縮冷凍起來，過不久綠葉飄落在她的頭頂和肩膀上，漸漸堆成一個小丘。她停止哭泣，訝異抬頭往上瞧，這時一片碩大的樹葉左晃晃、右盪盪的，不偏不倚覆蓋住她的右眼，然後一切倏然而止。

坐在公車上想著銀行存款，剛入行時每個月存三萬元，後來增加到四萬，現已累積至一百一十幾萬，好可惜，如果能再做三年就可以籌足一間中古小套房的自備款了。

「我這樣算進入黑社會嗎？」她質問自己。

「不算吧，我既沒搶人地盤，也沒聚賭抽頭更沒逼良為娼，我師出有名，這些欠債的人違反承諾，我不過用點手段促使他們履行合約而已。」

「繼續做？那師父怎麼辦？傳出去師弟妹怎麼想？」

好生為難。後來想到賴以為生的功夫全來自師父，這些年來，師父對自己和顏悅色、不收學費，詳加指導，在心中早已是半個父親的地位，若連這個都失去便一無所有了。當下做了決定，月底領到薪水就提出辭呈。她在巷口買個便當，回家後沖杯茶佐餐，吃完略事裝扮，朝公司出發，踏實的心情使得沿路所遇所見都變得美好。經過一家時裝店，聽到店內傳出的浪漫音樂竟然形成一波波的黃色光潮，讓她視線模糊，連撞了兩個迎面走來的行人，不得不連聲道歉。幸好越走音樂越小聲，她恢復了正常，在推開公司大門的剎那，訝異的在玻璃上瞧到了阿輝的身影，她回頭一望卻了無蹤跡。她懷疑自己是否眼花了，這幾天公司都有發通告給他，期待可以歸隊。

「管他的，如果真的有來，等一下就見到了。」

他們延遲了十五分鐘出發，阿輝始終沒有現身，處理下午的那兩樁事還算順利，只有小動干戈，出手前她破例向債務人說：「都這麼大的人了，在借錢之前就應該知道，如果不還，就會有今天。對不起，我們必須動手，要埋怨的話只能怪你自己。」

事後順子向她反映：「姐，跟妳那麼久，第一次看到妳向她們說教。」

「還跟人家說對不起。」阿凱接腔，語氣並不贊同：

「姐，有什麼好對不起，不還就是討打，不是嗎？」

小平和順子雙雙點頭。

她沒有反駁。阿凱的結論正是她曾經立下的教條。離開公司，這一席談話又浮現腦海。

「今天怎麼了？有點多愁善感呢。」她想著：「不能太心軟喔，起碼要撐到月底，否則容易吃虧。」

心思跟著轉移到這三年多在公司的林林總總，想著想著，走到住家附近的小巷，前面站了四個人，分別持著木棒和機車鍊子鎖，來意不善。她往後頭看，阿輝偕同兩人站在另一頭，嘴角掛著歪斜的笑容。

2

明佐被麻雀的叫聲吵醒。他打開床頭櫃的抽屜，從盛米的小缽抓一小把，推開落地門，兩大兩小站在欄杆上，八隻小眼一齊朝他望來，領頭的公鳥頻頻點著頭，他笑了笑往陽臺地板一灑，立刻一陣子拍翅的聲音，牠們著地，快速啄起來。

看床頭的鬧鐘才六點零五分，其實這個鬧鐘可以收掉了。這幾個月來麻雀討食的時間誤差在一刻之內，連寶貴的暑假都不讓他多睡一會兒。今天晴空萬里，太陽在東方斜掛著大臉龐，希望不至於太悶熱。

他把昨夜預置的保溫瓶打開，分幾口喝完，席床盤坐，引光的意象從頭頂罩下，隨之將昨夜留在體內的穢氣細細吐盡，吸一口長氣貯於丹田，閉鎖五秒，漸漸的，肚臍下如火爐般熱起來。他開始鬆氣，熱流散布全身，他好喜歡那種 Easy 又溫暖的感覺，心無罣礙，自由自在，可惜這種舒適無法長保，他體內的能量持續加大，大約過半個鐘頭，汗珠從額頭、腋下甚至腹部爭相冒出。

「兒子，熱是好的。嘗試把它引至腳底，再循背部上胸後勻，當全部脈絡都通暢後自然就不會那麼熱了。」

上回請教了主持道場的爸爸，他如是說。

不過雖然照樣做了，酷熱反而變本加厲，令人有點難受。

「不知道還要多久才能馴服體內這條熱龍？」他想。

沐浴後神清氣爽的坐上餐桌，父親已吃了一半。

「記得要多補充水分。」爸爸關心的說。

他看著爸爸的紫色氣團轉淡，加入黃色，點了頭。

「最近要升段考試了？」

「爸，上星期已經考過了。」

「恭喜！現在是黑帶高手了。暑假有什麼計畫嗎？」

他正想回答，媽從廚房端著煎好的蛋餅走出來搶先搭腔：「小佐他下星期要跟同學去騎腳踏車環島旅行，建新，他邀請我們兩人一塊去，你覺得怎麼樣？」

媽媽頭上的黃色氣團更鮮豔好看了，爸爸的紫氣輕快的閃動著。

「好是好，我想去。但是……」紫氣停滯了。

「下星期三是臺中新道場開幕的大日子，我必須去主持，這樣子，這個月底我們一家三口來個國外旅遊，怎麼樣？我那時有空。」紫氣恢復了顫動。

「可是爸，從下下星期一開始，我答應空手道師父當小學生的暑期班教練，為期一個月，要到八月中才結束，旅遊可以改在八月下旬嗎？」

「好吧，建新……」媽媽很期待。

爸爸看著他們兩人笑出來：「我去道場看行事曆，盡可能挪出時間來。」

爸吃完早餐進房去，媽坐下來陪他吃，頭上黃色氣團濃郁。

他們是上天眷顧的特殊家庭，他常常這樣覺得，全部成員都會觀氣，很多時候不必開口就可以了解對方的感受和同意與否。

前幾天媽媽整理相簿，拿出一張他一歲多時被一個阿姨抱著的相片，他兩手在人家頭頂上虛空撥弄，弄得那個阿姨張大眼睛，莫名所以。

爸爸瞄一下笑得好開懷：「簡直是我小時候的翻版，可惜那時候你奶奶沒有用相機拍下來，否則我們父子倆現在就能比對一下。」

媽媽笑得魚尾紋現出好幾條。接著翻出三張他五歲時的畫作，每個鐵線人頭上都有一團不同的顏色。她說：「我去學校接你，幼稚園老師特別拉我到一旁談，她以為你怪怪的，她曾經叫你把這些頭上的顏色擦掉，看起來比較乾淨，你硬是不肯。我回她，沒關係啦，小孩子有自己的幻想，我聽我老公講過，他小時畫圖也一模一樣，這應該是遺傳到他的基因。老師，就隨他好了。」

不知老師做何感想？一家人全怪怪的，小學三年級時他無意中提及新來的代課老師頭上灰暗的氣：「我們得小心點，這個人脾氣不好。」

說完看到兩個好朋友滿臉懵懵懂懂，他又重複一次。

「什麼氣？」兩人異口同聲。

幾經詢問，他才知道他們和其餘同學無一能見，但是這件事傳開來給他帶來許多麻煩，很多人動不動就找他請教某人是什麼氣，不久連級任老師也加入行列，搞得他不堪其擾。經和父母討論後，有一天他對外宣稱昨夜做了一個夢，一個神明降臨夢中，用左掌心按他的頭，早上起來便怎樣都看不見了。從此他把這份能力鎖在心底。

「小佐，在想什麼？」媽輕碰他。

「想我們是奇怪的家庭。」

媽媽溫暖的看他，他知道媽媽體會到他指的是什麼。

「可是媽，前兩天我看到一個人，我覺得他也會觀氣。」

「是嗎？男的或女的？」她充滿興趣。

「媽，不是妳期望的那個，是個男的，而且很老，差不多阿公的年紀。」他笑了。

「哦，在哪裡碰到？」興趣減了一半。

「就在我們空手道教室不遠的小公園，他在那邊教人練功，有點像外丹功，又像八段錦，嗯……可說四不像。」

「怎麼說？」

他站起來示範，閉目內視，全身發動輕微顫抖，然後雙手頂天，手掌左右方向搖擺晃動，「媽，我回來試做一下，感覺不錯。」

「那很好啊。」媽是個怕曬太陽，不喜歡運動的人。

「那你怎麼知道他會觀氣？」

「媽，我第一眼看到他時就被他全身特殊的紫氣迷住了，那顏色深淺和爸爸、阿公差不多，但明亮許多。當視線要轉移到他教導的動作時，我注意到，他一面教學，眼睛卻遠遠投向我的頭頂，然後我們眼神相對，他對我微微一笑。」

「喔，你碰到了一位高人。」媽媽評論道。

「是啊，我也這樣認為，媽媽，等一下我去空手道教室前想先去找他，妳要不要一起去？」

「小佐，謝謝。我待會要去剪頭髮，中午又和幾個阿姨有約，你回來後再告訴我你的心得好嗎？」

他點頭。

明佐在公車上讀著新買的小說入迷，不小心多坐了一站。下車時站牌旁有一間兩層木造的舊書店，櫥窗擺著托爾斯泰的《戰爭與和平》和杜斯妥也夫斯基的幾本巨作，吸引他佇足片刻，他看一下營業時間「下午一點至晚上八點」。他往回走，轉個彎，在一條六米寬的巷口傳來女性的吆喝，循聲望去，一個面貌姣好的女孩穿著傳統的功夫裝在練拳，動作之快和力量之猛勝過一般男性高手，令他大為稱奇，還有她頭頂飄著一團藍氣，範圍之廣和濃密程度也前所未見。他饒有興趣的欣賞，於對方打完時賞以掌聲。

到了社區公園，那個老人精神矍鑠的站在一個木板釘的盒子上，面前大約卅人排成四列仰望著，他們聚集在兒童嬉戲場旁的一塊空地。星期六早上九點鐘，只有一位阿婆帶著兩個小孫子在溜滑梯。

「我可以參加嗎？」明佐低聲問最後一列右邊的人。

「當然可以，老師義務傳授，不收費。」那個人小聲回答。

他挨著那人站定，抬頭看老師，老師嘴角上揚看過來：

「我們今天有新朋友加入，所以再簡略說明一下，我所教的叫作『通天震顫功』。」

老師解釋，就是藉著伸展的動作，加上放鬆兼自我的顫動來調整體內的氣脈，讓它們逐漸回到自然應有的頻率，等到體會到，並且掌握到這個頻率，再靜下心來捕捉天地之間統一的頻率，如果能夠協調自己的頻率和天地相同，那就達到天人合一的境界了，這絕非一蹴可幾的，但……起碼在努力的過程中可以過得更健康快樂。

「好，我們開始了，大家挺直腰桿，兩膝稍稍彎曲，肩膀放鬆，縮下顎，頭往後上方頂，眼皮下垂成一縫隙，發動身體上下輕微顫動，儘量自然、不做作。」老人說。

他抬頭瞧，那老人如同老僧入定般，氣場穩持，唯一的差別是站立著，全身均勻的抖動，過一會兒每個顫動都爆出小光點，非常好看。

「真奇妙！」他內心讚嘆，隨之依法炮製。陽光從前額照來，他將之引入，想像那光和暖流經四肢百骸，加上雙腳的震動能量，才一下子，他感到平靜與和諧，不輸起床時的打坐。若非被老師走下木盒子的腳步聲，和指導幾個學生的話語所干擾，他差點就達到忘我的境界了。

「好，請大家睜開眼睛看我這裡。」老師中氣十足：「我們來做第一個伸展，配合剛才的顫動。這招源自八段錦中的『兩手頂天理三焦』，兩手向上挺直，手掌平托，抬高橫膈膜，同時保持原先的抖動。做時用心體會身體器官的感受，如能察覺氣流的頻率最好，沒有也沒關係，手動一陣子，手掌可以左右旋轉，有時指尖對齊，有時改為卅度、四十五度，甚至指尖完全相背，看看哪一個姿勢讓自己最舒服，最能產生電流，或者哪一個姿勢讓自己最難受。這兩者都要記起來，在家裡多加練習。」

「好特別的教法。」他想著，依樣畫葫蘆做了各個角度，都沒有什麼異狀，但當兩手上頂，雙臂斜開四十五度時，他突然感到兩掌心正中央好像各放一個凸透鏡，陽光的熱能由此聚焦灌入，兩股力量沿著手腕、小臂、大臂，接著從脇下進入軀幹，然後在腹部交錯，發出強大的電擊把他震退一步，上舉的手臂不自禁垂下來，頭有些昏眩。這時一隻溫熱的手掌即時貼到他的背部，澎湃動盪的力道瞬間安定下來，他趁機以意驅使，從丹田經尾閭，海底關，循著脊椎上升到頭部。這條路徑這麼多年來不知運行過N次，但今天很奇怪的，第一次感覺清爽明淨，沒有燥熱，反倒充實感遠勝以往。

手掌離開背部了，不久老師的聲音從前方傳來，他張開眼。

「下來我們做八段錦的第二招『手臂單舉調脾胃』，動作原理和第一式完全相同，大家一面做一面用心感受，把自己最舒服和難受的姿勢記在腦海。」

明佐先舉左手，掌心托平，指尖朝右，右掌下壓，指尖同方向，顫了一陣子，感覺不錯。他變個方向，這回左掌心仍然向上平頂，不過指尖朝左，右掌維持不變，左掌心又有動靜了，這次熱能從上舉的左手進來，只有一股力量容易駕馭，他讓它從左邊沉入丹田，再從丹田走右側經過肋骨爬上右臉頰，在天眼處停留片刻，重新回到左側，形成一圈側循環，跟著換右手上舉，依同樣方式做右循環，氣的流暢令他輕快無比，漸漸沉入無思無想的境界。

不知過了多久，手臂痠痛，他放下來交互按摩，這才發現課程早已結束，人群散了五分之四，剩下來的人在原地甩手、踢腿、放鬆肌肉，而老師雖和兩位學生談話卻不時笑笑的望過來，他瞄一下手機上的時間——十點十分。

「差不多了。」他問旁邊的人：「這個教課一個星期幾次？」

「每個禮拜一、四和六，共三次。碰到國定假日休息。」

「謝謝。」臨走前他向老師揮手致意，老師立刻予以回應。

接下來的會議比預期冗長，本來仿照去年教練的編排課程即可，偏偏黑帶二段的女助教提出不同看法：「我們在課程中加進一些遊戲好嗎？讓小朋友上起課更覺有趣。」

教練不以為然：「空手道是紮紮實實的武術，不能摻入花俏和虛浮的東西。」

「我們的對象是小學生耶！他們玩性還很重的，教練，我認為寓教於樂，引發並持續的帶動他們的興趣也很重要。」

明佐佩服地看這個大他一歲的女生，清澈的眼睛閃著慧黠的光芒。他加入討論：

「教練，我同意彭助教說的。如果小學生感到有趣、喜歡來，說不定他們會招朋引伴，帶來更多的同學，對於推展空手道會大有幫助。」

「是嗎？」教練有些動搖。

「我們何不先聽聽彭助教的做法再決定？」他建議。

「好……吧。」教練猶豫一下，點了頭。

「那麼我獻醜了。」彭小姐站起來，兩手往上舉，雙腿打直，踮起腳尖，示範一個傳統芭蕾舞的動作。

姿勢優雅熟練，顯然有深厚底子。

「要做到這個程度，先要拉筋。」她說著把右腿腳踝擺到會議桌上，上半身往前平壓，完全與右腿貼齊：「這個動作練好有助於平衡、加強肌肉和踢直、踢高。你們看這個踢腿……」她連續出腳，速度之快令人讚嘆。

「可是勁道……」教練沒有說完。

彭小姐忽然使力，憑空重搥的聲音把兩人嚇一跳。

「教練，沒問題的。」她嫣然一笑：「我們可以買一些五顏六色的氣球綁在三角錐上，當小孩子練習踢的動作，用氣球作為目標……」

明佐在腦海中模擬現場，的確可以吸引小孩子，他想到另一個方式：「也可以將氣球擺在彼此腰間，兩人一組，互相追逐踢氣球，踢中最多次的一方贏。」

「這個妙！」彭小姐拍手叫好。

他們討論熱烈，中午一起去附近餃子館用餐，吃過後繼續動腦。

明佐又想到了「打掉說謊的長鼻子」的點子，童話中的木偶如果說謊，鼻子會變長。他設定的遊戲是一個小朋友拿一支軟塑膠棒在胸前隨意晃動，另一站在對面的人得伺機打到它，還有改良過的「大風吹」、「墊上運動」……這下子換彭小姐投來欽佩的眼神。最後他們選定了幾樣遊戲，下來又是一場馬拉松，三人商議哪一種遊戲應該穿插在去年課程中的哪一段。

下午四點半達成共識。教練露出笑靨，彭小姐去茶水間沖了三杯咖啡，大家閒話家常一陣子。走出武館時他記起今天來時看到的舊書店，決定一探究竟。走沒幾步路，彭小姐趕上來：「明佐，感激你和我站在同一陣線並且提出許多點子，等一下我可以請你吃晚飯嗎？」

「我答應了我媽今天回去吃，不如改天我來請妳如何？」他婉拒了。

「可以啊！」彭小姐爽快答應了：「我念輔大商學系，你呢？」

「臺大外文系。」

好像做身家調查，她問了他喜歡的學科、課外活動……

「我住忠孝東路、復興南路口附近，你呢？」

「在敦化南路近信義路。」他回答。

「那我們可以坐同一班公車，我在你前兩站下車。」彭小姐顯得很高興：「可是你為什麼往這邊走？」

他解釋要去一家舊書店。

「好呀，我也去看看。」

話剛說完巷口傳來女聲的怒喝，他們好奇的往巷內瞧。

「咦？這不是早上練拳的女孩嗎？怎麼被幾個惡漢前後包抄？太過分了。」

「喂！你們在幹什麼？」明佐隨即發聲。

有一人鳥他，「別管閒事，否則連你一塊扁！」

「好，那就算我一份吧！」他握起拳頭。

說時遲，那時快，那個女孩猛然朝最右邊拿拐子鎖的漢子衝去，跳起飛踢，他見狀也向最左邊持球棒的傢伙攻去，棒男意料不到吃了一驚，後退一步，跟著揮棒過來。他從來沒有械鬥經驗，眼看球棒迅速從頭頂落下，他只好側身以左手硬生生側擋，紮紮實實碰一下，感覺好痛，他忍住，順勢扭轉左腰，右拳直奔對方胸膛，擊個正著。還沒來得及歡喜，左右兩邊都有棒風呼嘯而至，倉皇速退兩步，背緊緊貼住巷口店鋪窗戶的鐵窗。一支棒子打到鐵條，發出好大的「鏘」聲，另一支躲不過，為了閃避，他整個身子溜到地上。

「切！」「喝！」兩個女性清脆的聲音同時在兩旁響起。接著他看到那兩個襲擊他的男人，一個被手刀砍到脖子，癱軟在地上，另一個踉蹌彎腰抱著膝蓋，臉露痛苦狀。

他連忙站立，兩位女性也向他靠攏，各自朝外，形成掎角之勢，現在形勢轉變了，對方剩下五人有戰鬥力，雖然他們只有三人，但後邊是磚牆不必防禦，左右兩邊分別由彭小姐和國術小姐警戒，他只須應付正面來的攻擊，對方進攻面變小，他們每人負責一方，容易許多，三人見招拆招，不再捉襟見肘。唯一要額外小心的是，左右兩頭的攻擊被擋而歪掉，可能波及自己，但時間一久，他慢慢能夠眼觀一百八十度，耳聽數方。當國術小姐把一人打到歪向他這邊，他恰有餘暇，便趁機補上兩腿，擊垮一人。另外彭小姐有一次回手使對方右邊向他呈現四十五度空檔時，他蓄勁施以重拳，又解決掉一人。

現在變成三人對三人，公平對待。不過對方氣勢大幅低落，速度與力道都逐漸減弱，不久國術小姐大喝一聲把面前對手擊倒，彭小姐也把對峙者震得東倒西歪，至於他面前的惡漢出手時重心太偏，明顯露出左半身的空隙，他以貫手攻其咽喉，一得逞，復欺近牢牢扣住其臂膀，眼看就可制住，突然左邊腦袋受到重物撞碰，頓時眼冒金星，一片黑暗，失去了知覺。

不知經過多少時間，他睜開眼皮，夕陽的金光直射在臉上，右頰觸著柔軟、有彈性的東西，鼻子聞到女性的體香加一點汗味，感覺像躺在自己的床上，不，比自己的床更舒適迷人。過一陣子適應了光線，他發現四隻眼睛著急的盯著他，正面對著應該是國術小姐的雙眸，右側面的是彭小姐，而他以為的床原來是國術小姐的大腿。

獲悉真實的情況，他的臉紅了，掙扎的爬起來，腦袋左邊疼痛得厲害，他用手觸摸，突出一個半圓，還好，似乎沒有流血，他有點迷糊：「我怎麼了？」

兩個人都開口，彭小姐搶先一步：

「他們逃走時丟過來一個拐子鎖，碰巧打到你，你現在感覺如何？」

「腫了一個包，沒有大礙。所以那群人散了？」

兩個人點頭。

「那麼沒其他事，我走了。」

「我送你回家。」彭小姐說。

「不用，我自己可以。」

「你忘了，我們家在同一條公車路線上。」

「是嗎？」他不記得這件事。

「我也送你。」國術小姐出聲。

「不必，有我就夠了。」彭小姐拒絕。

「如果那群人去召集其他人再來圍堵呢？」國術小姐篤定的看他們兩人。似乎有這種可能，彭小姐無法反駁。

明佐他們坐上公車，這班次正好人不多，三人坐在一塊，閒聊了一會，下車後兩人陪他走到家門口，告別時彼此加了Line。

3

阿國比平常遲了一個鐘頭打開廟門，拿起掃帚清地，總共才七坪的樓板，就使他有點昏眩，扶著廟柱休息片刻。

「昨晚喝得有些過頭了。素雯的酒量真的不賴啊，簡直和他在伯仲之間，兩個人把一整瓶高粱喝得精光。」

感覺好些，他把昨天傍晚晾乾的抹布沾些水，擦一下神壇，擺上從家裡帶來的三樣水果，點香，對「地仙」神像唸唸有詞。

「講什麼呢？雖然你是依我的相片雕刻出來的，不過極有可能，哪個靈已經不請入駐了，請你保佑我們香火興盛，信徒源源不絕。」

將香插在爐內，想到昨天吃晚飯時，素雯對他吐著舌頭說：「早上去菜市場時差點被我家那個老猴撞見，把我嚇出一身冷汗，如果他眼尖的話，說不定那時就被開扁了呢。」

「要不要以後換去別的菜市場？」話一出口就後悔了。

「你還要留她多久？等到她先生上門來大鬧嗎？何況你早已厭倦了。」

他當時這樣責怪自己，現在也是。

「實在懷念和舅舅一起主持大道場的日子，超級跑車、一堆鈔票和女人。」

他重新拿抹布擦拭進口處的小書桌、擺正筆墨和沙盤，順便到門口檢查匾額和竹製的對聯。「地仙宮」掛得端正不倚，對聯則有些灰塵，他到貯藏室取長竿的雞毛撢子，撣掉灰塵。

最懂人間事
莫過地上仙

每次看到對聯上自己的手筆，心中都興起幾分的得意，雖然和道場時期不能相比。

「有什麼辦法呢？」他聳聳肩：「俗諺不是說，天下不如意之事十有八九嗎？」

為了全力輔佐舅舅主持道場，他辭去IBM的工作，兩年後夭壽的倪師父收復失土，連帶的重創他的天眼穴，從此他的專注力喪失一半，不用說重回舊職寫程式毫無可能，想改換跑道追隨在世的父親，走中醫這條路都崎嶇難行。考了七次執照皆名落孫山。

「唉，從繁華到淒涼，歷盡滄桑。」

他聽後面有腳步聲，轉頭，是一個中年婦女，有點眼熟。

「早，宮主。」

「早。」他往記憶裡尋，沒有一點眉目，但這樣的回答錯不了：「妳有好一點嗎？」復以關懷的神情看著信徒，這招鐵定讓她受用。

「有，謝謝宮主。」顏容依舊抑鬱。

「先拜拜吧，祈求地仙加持，然後來請個新藥方。」

趁對方上香之際，他從抽屜拿出筆記本翻閱，查出這七天來問病的信徒，約五十歲左右的女性共三位，分別姓黃、謝和胡。

婦女上完香在他面前坐下。

「好，雙手合十，誠心向地仙稟告，要說出聲來，妳是某某人，所祈求為何事？」他交代。

「地仙在上，我是胡李素妹……」

聽到名字，他了然於心，她的肝有問題，上回他給她開了「甘露消毒丹」加下午喝「小蛤蜊湯」，這回呢？他閉起目來，持著柳枝在沙盤上雲遊。

「這回給什麼藥？」他想起清朝葉天士的方子，記得白芍、白朮、茯苓……還有什麼？「黃耆」肯定有的，紅棗和生薑片也少不了……

想得差不多了，他停止畫符，裝模作樣瞇眼細瞧沙上的痕跡，攤開紙、磨墨、拿起毛筆，開始揮毫：白芍兩錢，白朮兩錢，白扁豆兩錢，生薑五片……

「是時候了。前次的藥方打通了路，這回地仙指示用這個方子可以改善大部分症狀。」他把藥單交給她：「一樣五百元。」

收過錢：「記得用兩碗水以慢火煎成一碗，早晨服一次，晚上再加水煎一次服用。

下午照喝小蛤蜊湯，試兩個禮拜看看。」

「宮主，也是空肚子喝嗎？」

「是。」

望著她的背影，「這個人不是我的菜。」想到這個，不禁回到和舅舅主持道場時來往過的眾多女人，經過了十六年，恐怕也都人老珠黃了吧？

「你自己呢？歲月也沒饒過你呀！」他撥一下垂在前額白色的瀏海，腦袋瓜裡無端端浮起貞女的倩影。

「不知她是否也走了樣？」阿國有點悵然。

4

明佐注意到，彭小姐每次在教課結束前都會提早五分鐘離開，等他解散小朋友後換回便裝時，她已容光煥發的在門口等候。前幾天她以「下來有節目嗎？沒有，一起坐公車回家吧！」作為開場白，今天會是……

「明佐，記得你的承諾嗎？」她笑笑的問。

從那天並肩戰鬥後國術小姐提議大家直呼其名，才能突顯共同患難過的情誼。她自己叫「亞芳」，彭小姐叫「麗亞」，十分巧合，中間都有個「亞」字。

「索性明佐你改名叫『亞佐』好了，我們來個亞洲三結義。」亞芳開玩笑。

「叫『明亞』也不錯。」麗亞也參一腳。

「都沒有明佐好聽，我爸取名比妳們高明。」他回應。

「什麼承諾？」他不記得。

「你臺大人的頭腦沒有被那個拐子鎖影響到吧？」她歪頭俏皮的看他。

「會嗎？我不覺得。」他下意識的摸摸左腦勺。

「那天我們和教練開完會，我說想謝謝你贊同我的想法……」

「我回說那天不行，改天換我請妳。」他想起來了。

「嗯，腦袋沒有變差，那麼我今天有空，你呢？」

「我也可以。」他爽快答應：「妳喜歡吃什麼？」

「隨便，你吃什麼我跟著吃，簡單就好。」

他想一下：「在舊書店附近大約兩個街廓有一家烙餅店，牛肉餡餅和小米粥不錯吃，去那裡好嗎？」

「當然好，時候還早，我們可以順道逛一下書店。」

他正有此意，兩人走著走著，麗亞的手溜進他的臂彎，他的臉微微紅了，他不排斥這樣的發展，但是亞芳那邊怎麼辦？

從上次混戰後下來兩個星期，平均一個禮拜兩至三次，亞芳會 Line 他，問他何時到家，若時間配合得來，她在大樓前面等候。通常他們碰面後就在附近散步閒聊，走累了便去平安公園內的長椅小坐。他問她讀什麼學校？

「輟學了。」她回答得乾脆。

「為什麼？」

「家境不好。」

「現在做什麼？」

「打零工。」

「怎樣的零工？」

她不肯講。

「那上回為什麼有那麼多流氓圍攻妳？」

「其中一個人在打工時曾經對我毛手毛腳，被我修理過。」

他知道亞芳的能耐：「把那個人修理得很慘？」

「大概吧！」

「難怪他們出動大批人馬。會不會妳的工作環境不理想？」

「是，不過我只做到下星期，目前在找工作。」

他想到爸爸的道場。

「櫃臺工作可以嗎？我幫妳問一個長輩看他那邊有沒有空缺？」

「是嗎？」她轉頭看他，眼睛內似乎閃著淚光：「謝謝你。」她小聲說著。

隔了幾天亞芳邀請他去看一場電影。傍晚他們先去麥當勞填飽肚子，再進戲院，劇情是溫馨的家庭喜劇，亞芳看得投入，漸漸的身體靠過來，頭微微倚著他的肩，他聞到洗髮精的香味。不知怎麼的，他突然想伸手攬住她，幸好沒有做，否則太唐突了。

散場後他堅持送她回家，她已經不住原來的地方。

「怕那群人再來？」

她點頭。

新家和看電影的西門町只有十五分鐘的路程。那天晚上她對他說了一些晦暗的過去，讓他聽了心鬱結了整夜。

麗亞在書店裡不停的拿不同的書籍來討論，顯然她喜歡文學和哲學，對於叔本華、尼采和羅素頗為推崇。至於小說，除了《戰爭與和平》外，她推薦《高加索的囚徒》和《伊凡・伊里奇之死》，當下他掏腰包將這兩本買下。

那間烙餅店好像是為了麗亞開的，每樣都符合她的胃口。到結帳時，兩人共吃了三碗小米粥、三盤牛肉餡餅、兩份平味烙餅、一籠牛肉蒸餃，和一大盤炒青菜，而這些約三分之二進入麗亞的胃囊。老闆娘對她眉開眼笑，讚賞有加，臨走前還掏出手機要求合照紀念。

「不要忘了再度光臨喔！」老闆娘叮嚀。

麗亞心情很好，在公車上有說有笑，話語中偶爾穿插一句：「吃得過癮但也好脹啊！」然後打個嗝，摸一下肚子。

到了復興南路，她拉他一塊下車。

「我還要兩站才到家呀！」明佐懷疑她胃液分泌太多，直衝腦袋，搞不清楚了。

「我知道，你跟我在這裡下，我陪你走回去。我們吃太飽需要散步來幫助消化。」

他不禁笑了。

「到底是誰吃太飽！」他想著沒說，看她的臉龐紅通通的，好像喝了酒，滿有趣。才七點十分，天空剩下一抹紅霞。微風徐徐吹來，趕走了幾分仲夏的酷熱。麗亞提到她姊姊在柏克萊大學念會計，追隨她父親的腳步。

「也許我也會走相同的路，你呢？」說著手又溜進他的臂彎。

「我父母都沒有出國留學過，我不排除，可是念什麼呢？我沒有主意。」

「英文好，出國念什麼都可以。不如轉到商科或會計，我們一道切磋。」

「會計對我來說太枯燥了，商科嘛……也許。」

「你接下來升大二，跟著大三，在那年該打定主意才好規劃，知道嗎？」現在口吻變成老大姊。

「知道。」

「那好。」她靠得更近，明佐感受到她柔軟的胸部。

「你有去過迪士尼樂園嗎？」她問。

「有。」

「加州的迪士尼？」

「日本的。」

「將來我們去留學時可以一起去逛加州的，我姊姊說好萊塢的環球影城也不錯……」她一口氣提到許多景點，如優勝美地、紅杉樹國家公園、金門大橋、阿爾卡特拉斯島等。

「也可以去拉斯維加斯，我們去小賭一下試試手氣，順便看國際出名的Show。」

她已經把這些假設當成未來，陶醉其中。他不想掃她的興，抬頭望著兩旁臺灣欒樹的葉子隨風搖擺，頗似小公園那個老人指尖的顫動。

「哪天去找老人家好好學習，探究其中奧祕。」他突然想到亞芳，「下次如果她也有空，順便帶她去見識，看她對這種功法有何評論？」

他們走著、聊著，過卅分鐘，他住的大樓映入眼簾，但是怎麼了？在行人道旁的樟樹下出現亞芳的身影，他今天沒收到她的Line呀！

明佐懷疑自己眼花，連續眨了三次眼，啊，如假包換，他的心臟跳動加快，耳朵清楚聽到「碰！碰！」的聲音。

5

經歷街鬥後亞芳心情不錯，不但認識了兩個新朋友，而且意外發現和她同年的明佐是一位傾訴的好對象，英俊的他會靜靜的聆聽，隨著談話內容的變化，不只面容，包括眼睛都會流露讚許、同情、感傷、高興的情緒。然而那天他問「妳在做什麼？」她卻心虛不敢回答，支吾帶過，從此心中老存著一個大疙瘩，幸虧時間一天天消逝，月底漸至，她的心情越來越輕鬆。

今天晨起精神抖擻，練完拳去沖澡時居然哼起《何日君再來》的曲調，在用大毛巾擦拭身體時才驚異的問自己，怎麼會這首歌？想了好久，原來是那個壞胚子的繼父，過去在家裡閒著無聊愛唱的一首曲子。

繼父已成明日黃花，跟自己不再牽扯，而討債工作也會在今天之後變成一個深埋的記憶。她看手機，公司祕書安排她這組早上一個行程，下午兩個，估計五點前便能交差。

中午她和那群兄弟在廖媽媽客家菜大吃一頓，盤子見底時她叫了一大瓶臺灣啤酒，把每人桌上的小杯子斟滿。

「兄弟們，今天是姊上班的最後一天。這幾年承蒙大家的支持和協助，我們平順的度過。謝謝各位，現在大家把杯子端起，姊祝福各位未來美好，乾杯！」她一口喝光。

阿凱、順子、小平持著酒杯呆住了，阿昆也皺眉頭，繼而展顏笑著對他們三人：「既然大姊做了決定，我們來謝謝大姊以往的照顧，大家一起乾了吧！祝大姊一帆風順，大家後會有期！」

「一帆……風順，後會有期。」那三人囁嚅的說。

「大姊，為什麼到最後一天才告訴兄弟們？」阿凱一副受傷的表情。

「真的很抱歉，我想了好些日子，今天早上才下定決心。」

「早講也不能改變事實，反而影響到我們的心情，對吧？」阿昆接著說。

「那以後誰帶我們？」小平問。

「不知道，我想公司會安排一個更勝於我的人。」她安慰他們。

「那麼……下午這兩件，妳還和我們一起去嗎？」順子提問。

「當然。」

餐後，阿昆趁其他人不注意時靠近她，悄悄說：「姊，我和妳同進退。」平平靜靜，一副老搭檔的模樣。

下午的第一樁頗為棘手，旅行社擺明生意不好，無法還錢。

「你們不是有遊覽車嗎？」亞芳指著停靠門口的那輛。

「那是向黑熊老大租的，有種你們將它開走。」

「所以你們就想賴帳？」

「不然怎麼辦？人肉鹹鹹，挾去配？」

沒法子，她叫兄弟將桌椅、電腦砸個稀爛。

另一個稍微好些，雙方對峙了一陣子，他們動手將耀武揚威的老闆制住，老闆娘才去開保險箱，將金條、鑽戒和一些現金捧上，大約還了三分之一。

回到公司四點四十五分，向會計領了薪水，她告知：「我做到今天為止，謝謝妳過去的幫忙。」

「這個我不管，反正妳等一下要向老大報告下午處理的結果，那時直接向老大說吧。」會計擺著撲克臉孔，按了內線鍵：「馬秘書，阿芳回來了。」

「叫她五分鐘後進來。」電話裡傳來聲音。

在等待時她傳 Line 給明佐：「有空嗎？五點半見。」他沒有回應，可能在忙。

進去時老大已持著一杯老人茶，挺直手臂：「給妳，阿芳，那兩件處理得怎麼樣？」

她照實說了。

「嗯，旅行社有些麻煩，他說黑熊是吧？我跟他見過幾次，也許他有股份也不一定。我打個電話探探口氣。」

她贊同，順便提出辭呈：「大哥、馬秘書，謝謝你們的提攜，我就做到今天。」

「什麼？妳不做了？」馬秘書先張大嘴巴，繼而向老大使眼色：

「老大，阿芳這幾年勞苦功高，既然她要走了，我們是不是給她加發獎金？」

「哦，哦……那是應該的。」老大遲疑了一陣子，終於點頭。

「那，阿芳，妳領了這個月的薪水了？」馬秘書問。

「領了。」

「來，拿來給我，我叫會計加發一個月給妳。」

她很高興把薪水袋遞過去。

沒料到馬秘書拿到後迅速變臉：「阿芳，妳太不懂事了，我們公司豈是妳說來就來，說走就走？念妳過去對於公司也盡了些力，這樣子好了，我建議公司對妳網開一面，老大，我們先將她這個月薪水保管起來，讓她再為公司效力一個月。這個月我們努力找恰當的人來遞補，一個月後給阿芳兩個月薪水如何？」

老大原本緊皺的眉頭舒展開來：「馬秘書的提案合情合理，就這麼辦！」他揮揮手請她出去。

她想辯解幾句。

馬秘書臉一沉：「老大決定的事不會改變，出去，我們要討論其他事情，妳就等候任務通知。」

她的胸口一股氣衝上來，拳頭握緊，怒目看著馬秘書。

老大見狀打圓場：「阿芳，下去吧，相信我是不會虧待妳的。」

她還能說什麼？只好黯然走出，阿昆守在門外，看她出現關心的問：「姊，怎麼了？不順利嗎？」

她沮喪的說：「他們扣留我這個月薪水，逼我再做一個月。」

「被我猜到了，我認為他們不會輕易放掉妳。姊，沒關係，我們再想想看。」一副少年老成的模樣。

「是啊，只能如此了。」她垂頭回答。

在回家的路上，她又 Line 給明佐，依舊沒回音。鬱悶之氣難消，反正下來沒事做，「不如去明佐家門口等候。」她想。

她捱餓等了許久，終於看到熟悉的兩個身影從遠方走來，那不是明佐和麗亞嗎？兩人靠得很近，而且……麗亞的手臂還伸入明佐的臂彎內，有說有笑。她心頭一酸，兩行清淚滾滾而下。呆站了幾秒鐘，亞芳把淚一抹，隱入夜色中。

6

明佐連續一個月，每星期三次都到小公園學習「通天震顫功」。老師依自己的體會重新詮釋了「八段錦」和「甩手功」，他收穫滿滿，並將其技巧和心態運用在靜坐上，感覺體內之氣比起以前更加充沛，運行大週天時也快速順暢。

前幾天早餐時，他們父子雙雙從臥房出來坐上飯桌，爸爸對他深看一眼：

「明佐，你最近突飛猛進喔！」

他跟父親講老人的特殊功法，還有老人的慈祥和能量。

父親顯示出極大的興趣，問了許多問題，還要他示範。

「好特別，這是一個高人，能夠化腐朽為神奇。哪一天你幫爸爸引薦一下好嗎？」

「當然好，可是爸爸，他說他認識你，早在十七年前就和你見過面了。」

自從明佐第三次去練功，老人常在練畢邀他到附近茶藝館聊天，老人介紹自己姓黎，是個退伍軍人，年少時曾拜師學藝，這套功法是中年時所創。

「十七年前？之後我們有見過面嗎？」父親十分訝異，苦思著。

「這我也問過。我知道父親觀氣的能耐。像黎老這號人物你看過後肯定印象深刻。」

「他怎麼說？」

「黎老說那次見面兩人僅僅錯身而過。」明佐看到父親眼睛亮光一閃。

「我想起一個人。」果然父親接著說：「他的氣場和我們一樣，紫色的？比我們深而亮？」

明佐點頭。

「那應該是他沒錯。那時剛下定決心幾年後接掌你外祖父的道場，剛走出大門便巧遇這個你稱為黎老的人，全身散發的氣場十分驚人，不在你外祖父之下。」

「他說他有關注我們道場的發展，正派、積極導正社會風氣，很替你高興。」

「喔！」父親露出歡喜的笑容。

「爸爸，我等一下就要去找黎老練功，你想一起去嗎？」

「今天不行，你大師伯要從高雄道場來找我商量一些事情。」

「沒關係。我和黎老很熟，你什麼時候有空跟我說一聲，我來約約看，相信黎老很樂意和你相見。」

他們四人坐在茶藝館，黎老叫了一杯包種茶，一對吳姓夫婦點了東方美人，明佐則要了家裡常喝的普洱茶。但這家店供給的是新茶，不若家裡的濃郁甘甜。

「所以老師，總結來說，你所教的不外乎伸展放鬆加上氣的震動？」吳先生剝一個花生，含在嘴中，深思熟慮的說。

「是。」黎老笑笑回答。

「可是你沒有教大家氣的吐納，譬如腹部呼吸等等，大家可能沒法子體會什麼是氣動？」

「你有學過氣功吧？」黎老問。

吳先生點頭。

「那麼對你而言體會氣應該沒問題。」

吳先生頗為得意。

「你也學過太極、形意、八卦這些內家拳？」

「這倒沒有。」

「為何稱為內家拳？因為練這些拳練久了，自然就有內功，而傳授的老師一般不會特別教導吐納之術。」

「為什麼？」這下子換明佐有興趣了。

「因為只要你放鬆又專注於肢體的變化，你就可以體會到氣的流動。」

「放鬆又專注？這兩者不是互相牴觸嗎？」

「不會的。」黎老微笑：「來，借你的手一下。」黎老把桌上吳先生的手拉起來伸直：「放鬆、不用力，靜靜的觀察手掌的感覺。」

明佐主動照做，頓時覺受到血液的湧流和指尖上的氣動。這其實和靜坐時沒有兩樣，他領悟到心的品質決定一切，而姿勢怎麼擺無關緊要。他閉上眼睛讓意念更為純淨，再加一點觀注在手掌上，頃刻掌心變熱轉紅。

「不要小看姿勢的重要性，正確的姿勢會起加乘的效果。」黎老的聲音在耳邊響起，好像針對他的想法而說。

明佐趕緊張開眼睛，吳先生的手臂放下，一臉茫然。

「老師，你的意思是我的手臂伸得不對？」吳先生問。

「啊，我說得太離題了。」黎老一臉抱歉：「回到方才所說的，為什麼內家拳的老師不教吐納，因為人活著，氣便一直在體內作用，平日我們忙於外在事務而忽略了，藉著練拳姿勢的變化，放鬆、靜心就能體會到它。」

「我想，老師所說的專注和我們一般所說的全神貫注有所不同，比較起來像靜靜的品嚐其中滋味，不帶其他的雜念。」明佐想幫助吳先生理解。

「就像品茶一樣，只是對象變成自己的身體。」黎老面露讚許接下去：

「而你掌握到氣的流動，日積月累，慢慢的憑著意念便可以增強並驅使它。」

吳先生低聲咕噥：「不藉著腹部的鼓動，會不會太天方夜譚？」

過不久他們夫婦藉口有事先告辭了。

「同一句話，每人的體會都不同。」黎老寬容的微笑著。

「是啊，每人的基礎不一樣，了解的程度便有差異。」明佐有感而發。

「譬如姿勢，如果你全身的氣充沛在脈絡中通行無阻，姿勢自然無關緊要，但若氣不足或遇到阻礙，姿勢確實可以幫助改善。」黎老靜靜的看過來。

他想到靜坐時要坐如鐘，想到黎老苦心教授的通天震顫功，頓感慚愧。

「老師說得很對，我錯了。」

「不，你領悟的很有道理，心境是元帥，姿勢是兵將，兩者相輔相成。」

他佩服得五體投地。

「最近打坐時還熱得難受嗎？」黎老問。

「老師怎麼知道？」他思忖著。

「自從和老師學了通天震顫功，改善了許多。」

「熱是一種天賦，很多人手腳冰冷，求都求不來，你得天獨厚，擁有好多世了。」

他被挑起好奇心，渴望了解：「老師知道我的前世？」

「我從你的現狀推論，要達到這個境界絕非一朝一夕的功夫。」

「真的？」他半信半疑。

黎老岔開話題，問他空手道暑期班的情況。想起那些小朋友的天真可愛，他講得眉飛色舞。

「可惜下星期就結束了。」

「明年不會再辦？」

「應該會。今年學生和家長反應不錯，我們教練受到鼓舞，計畫明年加開一班。」

他們談了許久，不知不覺到了中午，黎老看一下手錶，明佐直覺不能繼續耽擱了，臨走前向黎老說：「我父親想和老師見面，不知您何時有空？」

「石大師想見我？太榮幸了。」黎老笑得很開心：

「不必相約。我知道你父親的道場在哪裡，我們很快會在那邊碰面。」

明佐下來沒事，晃到舊書店，買一本喬艾斯的舊作走出來，不知不覺逛到轉角六米巷口，那是他第一次見識到居然有女孩子能夠把拳打得虎虎生風的地方。

「快要一個月沒見到亞芳了，不知她過得好嗎？」

記得上次請麗亞吃飯後一起散步回家，明明遠遠瞧見亞芳在住家大樓前等候的身影，那時驟然一驚，奇怪的是走近時亞芳已然不在。他以為是自己眼花，回家查手機的Line，發現她發了一連串的訊息，顯然那天她心裡有事，急欲找人傾訴。他隨即打電話，沒接，又寫了訊息，無反應。隔天檢查，「已讀」但不回。

「她生氣了？」為什麼生氣？看到麗亞親暱的和他走在一塊？還有，為什麼自己在當時有那種心理反應？

「我們互有期待？」這個念頭壓迫他的心，令他十分困擾，然而日復一日亞芳音訊杳無，只剩下一點影子。

「是嗎？不過是個影子？」他問自己。

這時迎面而來的公車前頭顯示斗大的字「往西門町」，他不假思索的跑回公車站牌，恰好來得及跳上。

明佐在上次看完電影和亞芳分手的地方徘徊了幾分鐘，他不知道她的正確地址，而且這個時間她也可能打工去了。他突然覺得荒謬，「來這裡幹嘛？」

接著想到龍山寺，距離上次和媽媽去拜拜已有四年了。他掏出手機查路線圖，決定走一趟。才從武昌二街轉到康定路，他感到胃翻騰得難受，卅公尺外有兩塊招牌：「蚵仔麵線」和「阿貴快炒」。他一向不喜歡黏黏稠稠的食物，走近快炒店發現人聲喧嘩，裡面有五個戴著紅毛線帽看似奇怪的人，手中都持著球棒，其中帶頭的是個女的，身材和亞芳極為相似。他不禁睜大眼睛細瞧。

「啊，不折不扣便是她。」他的心跳猛然加快。

這時從店裡角落有六個壯漢放下碗筷，推開椅子走到亞芳那群人的對面，雙方劍拔弩張，空氣中幾乎可以嗅到血腥味。「上次圍毆亞芳的那群壞蛋又找上了？但為什麼雙方選擇在快炒店？」明佐苦思不得其解。

7

才早上十一點半，阿國已經筋疲力竭。上午總共來三個信徒，一個為了小孩收驚，他叫她準備小孩的一套衣物夾著姓名、生辰八字和住址的紙條，先來擺一天，收費三百元。另外兩個求藥方，一個據他判斷應該是青光眼，他在沙盤上畫符，腦中不停的回憶：石決明二十四克，白蒺藜、白朮各十克，決明子十五克，防風、羌活、蟬蛻……什麼花……白芷各六克，細辛三克，生地十克？

他沒有把握。拿起筆來把記得的寫下，當然什麼花就省略了，事後查中醫辭典原來是「密蒙花」，還有生地是二十克，而非十克。

「有什麼關係？反正下回可以改正。吃了幾帖若沒改善的話，叫他去找眼科檢驗看看。」他聳聳肩。

另一個年輕陌生的女人為了經痛而來。這就簡單了，他不知開過N次，每次效果都不錯。粉紅玫瑰一點五錢、丹參一錢、山楂、枸杞……再加上生薑，他快速寫出。

望著那個女信徒窈窕的背影，有點心動。

「她結婚了嗎？希望沒有，和婚姻中的女人來往有太大的風險。」

昨晚證實了這句話：玩火燒身。大約午夜十二點剛過，他聽到急劇的敲門聲，以為是哪個信徒家裡發生什麼要緊事。開門一看，一個身高和他相若，但體格壯碩許多的中年男子手中持一把屠刀瞪著他，「我來找素雯。」對方說。

「誰是素雯？你找錯……」他裝蒜，話沒說完，那男人推開他走到客廳，看沒有人，直接上二樓，他沒跟去，站在木頭長椅後一直盤算該留或該溜？

他聽到女人的尖叫，男人的低吼，還有刀子砍在傢俱、床或櫃子發出極沉的重擊聲。

「不會成為命案的現場吧？」他極為不安，逃出去報警的念頭更為強烈。

「報警不好吧？宮主和已婚的女信徒同居，一定登上社會新聞版。」才想著，聽到兩人的腳步聲。還好，人沒怎麼樣，現在更不能當面落跑，會引人恥笑。他挺起胸膛，但內心小鹿亂撞。

「她就是素……雯？」他結結巴巴。

「別裝了。」那男的狠狠看過來。

「我女人不懂事，如果你下次還敢……」男的持刀逼近，他節節後退。

「我就……」刀停留在他臉前兩尺處：「兩人一起做了。」

他嚇出一身冷汗，晚上惡夢不斷，弄得今早沒有胃口，只喝一杯豆漿。不過現在事過境遷，他又可以海闊天空，任他挑選新歡的對象，想到這裡他吁出一口悶氣，露出笑顏，這時胃腸也咕咕作響，準備接納新的食物了。他去隔壁的金紙鋪，拜託老闆娘阿珠代為照顧，出門前不忘把抽屜和捐獻箱內的金錢收進荷包內。

「就阿貴快炒吧，那裡的蔥爆松坂豬和赤嘴蛤仔炒絲瓜讓人垂涎三尺。」

進入店內坐下點餐，店內客人不多，一上菜，沒一刻鐘他把一碗白飯和兩盤菜掃得精光。茶足飯飽，拿起桌面上的牙籤剔齒之際，店裡走入五個戴著紅毛線帽、手持球棒的人，帶頭的是個年輕女郎，她的頭頂泛著湛藍的氣體，背後站著四人中的一個小個子也有同顏色的氣，不過稍微淡些。

「好玩，我碰到同類了。」

他鄰桌六位男人同時離席，雙方一陣叫囂，外邊圍觀的人三三兩兩，這時一團紫氣擠了過來，是一個年輕人，雙眼憂慮的投注在女孩身上。

「啊，越來越有趣了。」阿國把板凳挪到牆邊，身體後仰靠在牆上，雙手安適的環抱在胸前，氣定神閒的準備看一場好戲。

8

亞芳的公司對快炒店發出最後通牒：近日內請將欠債全數繳清，否則後果自行負責。什麼是後果？通常是沒完沒了的糾纏和迫害，對負責追討的人也是一大負擔。

這次拖到了通知後的第五日，公司叫她立刻解決。當踏入店內，眼光瞄到角落的圓桌，除了老闆的兒子和上次對打的跆拳道高手在座之外，另有四人，看來都是練家子。

「不太妙。」她對自己說。

阿昆也露出警戒的神情，輕觸她的手肘，朝牆角使了眼色。

她還沒開口，六人已在面前一字排開。

「欠債還錢，天經地義，你們準備好了嗎？」她冷靜的對老闆娘說。

老闆兒子跨前一步：「我們會還，也準備好了，不過條件是你們先簽這張同意書。」

她拿來一看，寫得落落長長，有一句特別標出「雙方同意利息改為銀行放款利率。」她笑了。

「那麼你們以前簽的同意書全都是放屁？都大人了，就這麼說話不算話？」她直接面對老闆娘，老闆也從廚房走出來站在太太旁邊，神色緊張。

「不符合法律規定的事，我們有權利反對和更改。」老闆兒子硬聲道。

「法律我不懂，我只知道當你爸爸借錢時完全明白狀況，沒人強迫他。借了錢到期不還再反悔，就是你們家的作風？」她嘲笑，不等對方再開口：「不如這樣，既然你們準備好了，那麼現在把本金加銀行利息交出來，我回去請公司放你們一馬，怎麼樣？」

「錢沒有，等你們公司簽好這份同意書我們再想辦法。」老闆兒子說得斬釘截鐵。

「說到後來就是要賴而已，毫無誠意，大夥兒上吧！」話聲未落，她迅雷不及朝最裡邊一人掄棒衝去，棒落撂倒一人，耳朵同時聽到手下乒乒乓乓砸毀碗盤的聲音。

下一秒她發現兩人將她左右包抄，老闆兒子和其他兩人對上她四個兄弟，包抄的兩人對她猛烈夾擊，逼得她暫退到後邊桌旁，一時無法觀看全局。

經過數次對招，左側一人抬腿攻來，動作有點遲疑，她把握機會以左手橫擋時順勢屈膝到對方胯下，右棒重擊他另一隻站立的大腿鼠蹊部，對方悶哼一聲往後退三步，跌落在地露出痛苦狀，她再滑腿掃向右邊那人，雖未得逞，但那個傢伙嚇一跳，閃到一旁。

她終於可以抽空看其他夥伴，阿凱、順子平癱在餐桌上，剩下阿昆一人面對老闆兒子，小平呢？小平呢？視線往左挪，小平就躺在地上，一動也不動。這時對手調整戰略，先是兩個成員往她靠過來，左邊那個跆拳道高手左手揉著大腿從地上爬起來，右側敵手也擺出攻擊架式，很快的構成四對一的形勢。

亞芳猛吸一口氣準備朝最左一人衝去，那是距離大門最近的通道，不料，她瞥見門外擠著一個臉龐。

「那不是明佐嗎？」才一恍神，右邊、左側一腿一拳同時攻至，先機已失，她倉卒持棒對腿，雖然球棒被踢飛，但順利向左挪移，一手撥掉迎面而來的拳頭，轉身閃入那人的中堂，一記單龍出洞結實正中他的胸部，那人往後仰。她鬆一口氣，定睛審查對面情勢，不看還罷，看了心頭揪緊。

「還有兩人跑去哪裡？」待四顧張望，冷不防後肩受到硬物大力衝擊，她撐不住身體往前撲，隨即左邊飛來一腿，踢中她的腹部，她和一張板凳幾乎同時跌落在地，滾了兩圈。

從來不曾遭受如此的挫敗，她忍住劇痛，咬緊牙根，準備承受接下來一連串的傷害，忽然左右各有一陣騷動，暫時沒有其他攻擊，她蹣跚站立起來，發覺左邊對手倒下一人，取而代之的是阿昆的背影，右邊對方也掛掉一人，換成明佐對面站立，緊張的望向後方，她剛轉身。

「他媽的！」一聲怒喝，又有凳子飛到，她閃躲不及，一張正中她的右膝，她清楚聽到骨頭發出清脆的撞擊聲，右腿為之一軟，另一頭阿昆也悶哼出來。

明佐迅速靠過來，撐住她的右肩。

「差不多了，該走了。」他低聲道。

「姐，認命吧！」阿昆右手扶著左肘走到她身旁。

他們一起向門口撤退，對方僅剩的兩人站在圓桌後方沒有追趕之意，門外一干觀望的人讓出一條缺口，奇怪的是，餐廳內急急跑出一個中年人，前面瀏海有一小撮白髮左右搖擺，格外引人注目，她依稀記得敵我雙方激戰時這人坐在牆邊，誰也沒幫。

「到我那裡去好嗎?不遠，我有清創藥酒可以幫妳包紮一下。」那人微喘著氣，誠懇的說。

那人帶他們走一個半街廓，是一間設在老舊公寓一樓的宮廟：地仙宮。壇上的地仙像儼然就是那人的翻版。他從壁櫥內拿出一小罐中藥酒，打開瓶蓋，藥香撲鼻，和螳螂拳師父跌打損傷藥味相似。他把她的長褲捲至大腿處，右膝又紅又腫，很像發酵後的壽桃。

「不立刻處理會更嚴重。」他皺著眉說。

經過反覆的塗抹和揉捏，紅腫似乎有點消退，那人拿出紗布將傷處綁紮住。

「這樣子妳會比較容易走路。」他說：「還好骨頭沒破碎，這幾天有空過來換藥，應該一、兩個星期可以痊癒。」

她十分感激，向他請教尊稱。

「呵！呵！我的信徒都叫我『阿國仙』。」

阿國仙突然慎重的對她說：「我們很有緣分，妳知道嗎？還有你。」他指阿昆：「我們頭上泛著相同顏色的氣體，不是嗎？這代表我們極有可能來自同一個地方。」

她莫名其妙，不過阿昆點頭，明佐好像也同意。

「妳不懂觀氣？」阿國仙察覺到了。

「來找我吧，我可以教妳。妳有很多的潛能沒有開發出來，不用它們等於暴殄天物，開發後妳整個人會脫胎換骨。」他轉頭看阿昆：「你也是。」

「那他呢？」她指著明佐。

「他不一樣，他和我們應該不是同一地方來的。」阿國仙回答得有點不屑。

「我們不都生活在臺北嗎？」她不理解。

「我說的是前世。」阿國仙答。

「前世？」她想知道：「那你說我們前世活在什麼地方？」

阿國仙兩眼朝上。

「那是？」她問。

「天上。」講得直接了當。

「這好玩！」她想像穿著仙女裝的樣子，如果明佐也是天上飄逸俊秀的男神仙該有多好，「那他前世在哪裡？」亞芳問的是明佐。

阿國仙欲言又止，然後開口：「不知道，反正不和我們同一國。」

他們從地仙宮走出，她和阿昆把毛線紅帽脫掉，從褲袋拿出薄布袋，連同牛仔上衣收納在裡面，現在變成秀髮披肩和粉色T恤上衣，就算方才和她對陣的人也很難認出來。她肚子很餓，對其他兩人說：「我們去吃碗麵好嗎？」

阿昆露出笑容，明佐點頭。

她帶領他們走入「老莊牛肉麵」，吃了一半，想到其他弟兄。

「不知小平、順仔他們有沒有逃出來？」話甫出口，覺得用「逃」字不妥。

「走出來。」她改口。

「姐，我認為不妙。我們出來時他們仍在昏迷狀態。」阿昆搖頭。

「希望他們不會……」她不曉得用什麼字眼好？被警察抓走？不行，明佐就坐在旁邊。明佐，對呀，他怎麼會出現在「快炒店」門口？他了解多少？還有，從出手幫忙到目前他幾乎保持沉默，她看他一眼，眉頭微鎖。

「姐，我們管不了那麼多。記得我跟妳講過嗎？我們和他們是不同類的人，今天阿國仙也確定了這點。」阿昆回答。

她記起來，阿昆有一次講他們兩人的氣和公司其他人的差別。那，明佐是什麼顏色？以後她要請教阿昆。

明佐眉頭皺得更深，他大口把麵吃光，站起來掏出五百元放桌上。

「亞芳，我有事先走了。你們慢慢吃，還有……」他帶著哀戚的表情看她：「以後不要再做這行了，這樣子對妳不好，非常不好。」他加重語氣。

亞芳知道他洞悉了一切，頓時紅了眼，淚珠噴湧而出，生平第一次感到冷冷的心酸直透脊髓。

9

明佐和麗亞盤坐在黎老公寓的地板上。客餐廳牆壁漆白色延續至臥室前的通道，地板好像是加色的混凝土，整個室內空空蕩蕩，只擺一張長條形的矮茶几和四塊蒲團，此外有一套餐桌椅和一個書架，上面排滿了書本，種類很多，有宗教、哲學、小說、遊記……十分繁雜。

黎老拉開白紗窗簾，露出大陽臺，右邊角落一棵雞蛋花正欣然綻放。他把落地門打開兩尺寬，透透氣。他在一次前往小公園時巧遇麗亞，麗亞問他下來做什麼，他坦白告知。麗亞本來要去練舞，聽了大感興趣，便跟隨去練「通天震顫功」，一個星期來都沒缺席。黎老似乎也喜歡麗亞，今天練習結束，特別邀請他們到家裡聊天。

黎老在廚房內沒多久就端出三大杯熱騰騰的包種茶和一盤蘇打餅乾。

「老人獨居，一切簡單。」黎老笑著說。

「生活簡單才不簡單。」明佐由衷地說。

「並且打掃得一塵不染。」麗亞十分讚嘆。

黎老喝一口茶：「嗯，濃度正好。明佐，近來氣的運行順利嗎？」

「自從向您學了『通天震顫功』後通順無礙，謝謝老師。」

「不再熱得難受、汗流浹背？」

「不會了，有趣的是熱沒有消失，反而潛入四肢百骸內所有細胞內，每個細胞微微震動，十分舒服。」

「不錯，你的天分沒有忘記。」黎老笑得很欣慰。

「老師，這個天分是『與生俱來』的意思嗎？為什麼每個人的天分不同？因為前世的關係嗎？真的有前世嗎？」麗亞不鳴則已，一出聲便提出一連串的問題。

「如果沒有前世，妳就憑空成為現在這個樣子？」黎老笑了。

「現代醫學不是說因為『基因』的緣故嗎？」

「那基因怎麼形成的呢？」黎老問。

「不是來自父母嗎？」

「父母的基因從何而來？妳又如何遇上妳的父母呢？」

「父母的基因來自內外祖父母，至於我如何成為我父母的小孩？不是因為他們的性行為嗎？」麗亞振振有辭。

「妳有兄弟姊妹嗎？」

「有。」

「妳和妳的兄弟姊妹完全一樣嗎？」

「有些不一樣。」

「為什麼？」

麗亞歪頭想一下：「可能基因突變或組合時產生變化。」

「為什麼基因會突變？為什麼組合時會產生變化？」黎老維持他一貫溫和的笑容，不徐不疾的追問。

明佐欣賞他們之間的對話，他從小就聽媽媽講她和爸爸在天上相識，於此世再到人間完滿了姻緣，對於前世早就深信不疑。

麗亞陷入苦思。

「妳想親自體驗嗎？」黎老這句話讓麗亞嚇一跳。明佐內心也為之一動，他想知道自己的過去。

「真的可以？」麗亞的眼睛發光。

明佐看到她頭上原本紫色摻黃色的氣體變得更黃了，還加入綠色，深感有趣。

黎老朝他會心一笑，「不如我們先讓她了解，人體有氣體的存在？」黎老好似和他商量，他不自覺的點頭。

「什麼氣體？」麗亞莫名所以。

「明佐，你說說她頭上泛著什麼顏色的氣？」黎老派給他一個任務。

他照實說了，紫色偏黃。

「氣在哪裡？」麗亞懷疑。

「在妳頭的上方，延伸至頸部。」黎老接口：「麗亞，我們只是想和妳說妳體會不到的，不一定就不存在。」

「所以老師……同樣看得到？」麗亞後知後覺。

黎老瞇眼笑了，額頭出現五條直紋。

「那你們分別是什麼顏色？」

「老師是發亮的深紫色，我的是中紫色。」

「我也有紫色？那……」麗亞思考一會兒。

「有可能……我們前世在同一個地方？」她展開笑靨。

明佐內心被扎一下。他想到亞芳、阿昆和阿國仙的氣偏藍。

黎老沒回答，站起來：「想開發自己的潛能嗎？」

「想。」麗亞肯定的回答。

「腰挺直，坐如鐘，縮下顎，頭往後上方頂，兩肩放鬆，心也放鬆，吐一口長氣，眼觀鼻，鼻觀心……」，說時審視麗亞，做不好的地方，輕輕以指背敲那個部位。

「不錯。」黎老滿意了，左手放在麗亞頭頂，右手拇指按住她的天眼處。

「體會到什麼？」黎老問。

「一股麻麻的熱流從頭頂灌下來，停留在……兩眉中間上方。」麗亞答覆。

「想像這股熱流匯集起來成為一個光點，可以嗎？」

「可以。」麗亞閉起雙眼。

「再想像光點中心結實，慢慢擴大，如同一個小太陽，放出百千束的光芒。」

「如同小太陽。」麗亞喃喃自語。

「老師！」她驚呼道：「真的放光了！」

「沉穩下來，現在分一點注意力在丹田，其餘仍專注在發光處，慢慢享受它。」黎老叮嚀。

麗亞的表情變得柔和了，嘴角微微往上揚。

明佐在觀聽同時照樣在心裡模擬，他本來就熱氣充沛，這時也感到暖洋洋的。

黎老把放在麗亞身上的手緩緩拿開，麗亞好似不覺，繼而走到他身邊耳語：

「明佐，換你了。我們來玩一個遊戲，你能把熱氣往外逼嗎？」

他才想問怎麼做，腦海已傳來聲音：

「吸一口氣遍布全身，把氣轉換成熱，以意念想像透過每一寸皮膚往外散。」

他做了，好像不難。

「就是這樣。」黎老低語。

過一陣子明佐覺得熱量減退，他自動吹口長氣，鼓動丹田，熱如長江大海滾滾而來，他甚至聽到熱氣往外竄發出「嘶、嘶」的振動。

「現在想像熱形成一個保護網，就像……就像一個不透明的蛋殼從外把你包在其中。」

「蛋殼包住自己，那我不就成了一隻未出生的小雞？」

後腦被碰一下。

「專心。」

他收攝心神想像自己被熱包覆。

「平均！你放太多注意力在頭部和丹田了。放鬆心情，觀注身體每個部位。」

他追隨指示。

「對，現在完成橢圓形了，維持住它。」得到黎老的讚賞他微笑起來，但沒懈怠。不可思議的，他心中生起一種前所未有的安全感，是的，安全又充實。而這個充實感好像使圓形更穩固。

不知過了多久，引磬聲在耳邊響起。明佐張開眼睛看到黎老大大的笑臉，還有，麗亞張開嘴巴驚訝的望來，她的額頭掛著汗珠，上衣脇下已濕透。

「天氣變得更熱了。」他開口，喉嚨乾澀。

「不，是你把溫度升高了。」麗亞說。

他狐疑的看黎老，黎老笑著點頭，遞來一杯溫茶，他啜飲，頭有些昏眩。

「第一次難免如此，多練習後就不會了。」黎老說。

明佐閉目休息，聽到麗亞說：「老師，謝謝您讓我開了眼界，您和明佐的氣體真的是紫色，而且在您的教導下，明佐釋出的熱氣實在驚人。」語音恭謹。

「看到了？清楚嗎？」黎老愉快的問。

「已經可以分辨出顏色。」

「熟練後會更明顯。」

「了解，老師，我可以像明佐一樣練出熱光罩來嗎？」

「理論上每個人都可以，但所需花費的時間、精力會有很大的差異。」

「為什麼？」

「關係到每個人的資質，或者說，前世的努力。」黎老答。

「真的？前世的努力？」麗亞停頓片刻：「那麼，老師可以讓我知道我的前世嗎？還有明佐……」

「不急，不急，就快了。」黎老呵呵笑。

「老師，那是什麼時候？」麗亞走到黎老身旁，拉著黎老的手臂，噘嘴撒嬌。

「欲速則不達。你們回家努力練一段時間再說。」黎老不為所動。

10

亞芳沒有再回去公司。悶在家裡這兩個禮拜時常想到上個月的薪水被扣押，加上這個月的三個星期分毫未得，難免有些心酸。不過比起她三個昏迷留在快炒店的手下，她和阿昆算幸運了。阿凱他們三個被抓進警局，並被起訴「損毀他人財物及傷害」的罪名。

「愛莫能助啊！」她嘆口氣，若非明佐現身幫助，她極有可能淪落同樣下場。

想到明佐，她嘆了更長的氣。上次他匆匆吃完牛肉麵離開，有什麼緊要的事？不是仍在放暑假？趕去和麗亞見面嗎？麗亞，人家出身好，又讀大學，換成自己是明佐會選誰？答案昭然若揭。但是明佐怎麼會出現在快炒店這個區域？來找我嗎？

她的心頓時怦怦作響。

來找我又怎麼樣？反而更糟，自己從事的行業都被知道了，她的心越發酸楚。

「不管這麼多了，先解決目前的困難。」她對自己說。

首要之事便是搬家，現在的居所太靠近快炒店，經過兩次前往索債，惹出一些風波，她已經不敢再踏入那個街廓，每次出門也把自己裝扮得較有女人味，很久沒穿的裙子重新上身了。

第二件事攸關民生問題，她總不能坐吃山空，這件琢磨起來比任何事情都更急迫。

她接連幾天買報紙，專找別區的房子和工作。第四天去師大旁邊巷子的西餐店應徵，店主是個卅多歲的女人，態度親切，順利被錄用。接著隔天看到南海路的一間套房出租，環境清幽，雖然超出預算她咬牙付訂，心想若以後撐不下去，可以考慮找個室友分攤。

三日後一切就緒。第一個休假日她約阿昆一起前往地仙宮致謝，帶了自家店的一盒手工餅乾當伴手禮。他們抵達時阿國仙正襟危坐，桌前放著一個沙盤，手中持著柳條，閉目唸唸有辭，對面坐著一個中年婦女。

她平心靜氣聆聽，抓不準阿國仙在說什麼。過一會兒柳條動起來，走近看也瞧不出什麼東西。一會兒，阿國仙放下柳條，瞇眼瞧沙盤，提筆揮毫，在紙上寫著：生地兩錢，浮小麥……大棗……百合……

「原來在開中藥處方單？他還是個會治病的乩童呢。」心中多了幾分敬意。

阿國仙送走了問事的香客，對他們笑著。

「膝蓋好了嗎？」他問。

「完全好了。」她總共來換藥兩次，每次都得到親切的對待：

「非常感謝您的照顧。」她把禮物遞過去。

「自己人不必客氣，妳知道我為什麼說『自己人』嗎？」他炯炯有神望過來。

「因為您認為我們來自同一個地方。」阿昆說。

「小子，不錯！你看得到，對吧？」阿國仙甚為嘉許。

「看得到什麼？」她問阿昆。

「姊，他說的是人身上的氣。」

第一次來地仙宮，離開前阿國仙曾講他自己和她都來自天上。所以阿昆也是？難怪她和阿昆十分投緣。那麼為何明佐不是？她更和他一見如故呀！才想再發問確定，話到嘴邊，阿國仙說：「想練功學觀氣嗎？我願意教妳。而且……」他把她從頭看到腳：「妳有很大的潛能，將來不可限量。」

她被挑起了興趣：「也可以知道自己和別人的前世嗎？」

「可以。」阿國仙點頭。

「要拜師嗎？」她問。

「當然。」

「我應該準備什麼？」她以前和螳螂拳師父練武時，師父體恤她年幼且家境清寒，不要求她正式入門。聽說加入師門的拜師儀式有點繁雜，要準備師父師母的貴重禮物，起碼擺一桌宴席，還要行三跪九叩。

「妳已經拿禮物來了，只要向我叩拜，跟我唸師訓，牢記在心就好。」

「我也可以學嗎？」阿昆有點緊張。

「沒問題。」阿國仙很高興，把他的椅子搬到神壇正前方，挺直坐著：

「一起向我跪拜三次。」

「下來跟我唸著：我，唸出你們的名字，嗯，好，在此發誓，拜安毅國為師，從此尊師重道，以師志為己志。」

「這樣子就可以，起來吧。」

還滿簡單的。

「老師，以師志為己志是什麼意思？」她不解。

「就是，老師的志向，你們當學生的要儘量幫我完成。」

「那，你的志向是什麼？」她有點不安。

「我的志向不是一般世俗的，你們程度未到，現在和你們說也不能理解。」

亞芳和阿昆互看一眼。

「在法律範圍之內？」她問。

「那是一定的。妳把老師看成什麼人？」阿國仙臉色沉下來。

「不，不……我沒有這個意思。」她有點躊躇，然而想知道自己和明佐前世的關聯勝過一切。

「我會以老師的志向為目標。」心裡暗地想：「迫不得已時大不了脫離師門。」

「我也是。」阿昆接著應允。

阿國仙臉色稍霽，起身喝一杯茶後回座：「現在教你們全身順氣法門，首先吐出三口長氣，然後慢慢吸氣，吐氣時腹部凹陷，吸氣時腹部凸起……」

其實和螳螂拳師父教的「腹部呼吸」完全一樣，只是當時她毫不在意，因為她只要吸一口氣便覺得力量源源不絕。

「這是第一步。腹部凸起時止氣停留，停越久越好，想像腹中生起火苗，慢慢燃燒成熊熊大火。」

這裡有些不同了。

「大火後想像火勢蔓延至會陰，就是上半身直立時的最底部，繞過臀部爬上脊髓，升到頭頂，再從頭頂降到雙眼正上方，俗稱『第三眼』，然後鼻子、喉嚨、胸部，回到腹部完成一個循環。這樣一般稱為『大週天』。」

這個好玩，好像人體是一個大圓圈。

「達成大週天時，我要你們當火氣走到第三眼時，特別在那個地方駐留，想像第三眼有許多針在竄動，同時擴及兩耳，把第三眼和兩耳連線，連成一個正矮胖的三角形。」

阿國仙走到桌子拿紙筆勾一下，展示給他們看。

「奇妙的三角形。如果你們把這個地方練到氣體充盈，細胞發麻，你們就可以看到別人身上散發出氣體的顏色了。」

「就是練這個喔……」阿昆語氣有些索然無味。

「我的法寶還很多，這不過是其中之一。」阿國仙嚴厲的盯著阿昆：「雖然你有些天賦，會觀人的氣，但你不知火氣的運作，對不對？牢牢實實的練習之後才能教你們第二步。」

阿昆訕訕的點頭。

11

從第一次在快炒店見到亞芳，阿國仙便知道他碰到了瑰寶。她身上散發出藍色的氣濃密均勻，並且從頭頂一直覆蓋至上半身。年近半百，他未曾見過，連舅舅在世時都輸半籌。許久未見自己的仇人倪師父和小石，記憶中他們的氣和亞芳相比好像不分軒輊。

另外她身旁的阿昆氣也不弱，分明是可造之材。他隱藏在內心的期望蠢蠢欲動。

他把握機緣對亞芳示好，終於有了回報，把亞芳和阿昆收為弟子。這廿年來雖然也收了一些不錯的弟子，但沒有出類拔萃的，真正厲害的人是舅舅和他自己，舅舅早已仙逝，而他喪失了當年的功力。

「我起碼知道如何教導，對吧？說不定這個雙人組經過調教後，更勝於以往的舅舅和自己。」

「可以嗎？」他問自己。

「不試試看怎麼知道？」他努力思索、整理過去的經驗，歸納出適合他們兩人的教法，所花的心思比主持道場時更多。這兩人來地仙宮接受指導，一個星期一次，才四個星期亞芳已經開了眼竅，可以分別每人身上泛出氣體的顏色，而阿昆全身的火氣升起，漸漸充沛。

下來要教的就是「入夢」了。聽到藉此可以進入對方過去的記憶，甚至影響對方在夢中的感受，亞芳無所謂的說：「老師，我們了解別人的記憶要做什麼？」

「妳不是想知道自己和別人的前世嗎？」他反問。

「這個方法可以？」她睜大眼睛。

「起碼會透露一些東西。」

亞芳明顯的興奮起來。

雖然只是單純的望向對方瞳孔中心點，不過要使自己眼睛產生像黑暗中拍照時的閃光，那可需要強大的第三眼力量。記得當年倪大師傳授他這個要領後，足足半年才成功。

「好，妳把臉湊過來，用第三眼盯住我的瞳孔。」他對亞芳說。

她把長髮往後撥，走過來面對面，他聞到了青春少女甜甜芬芳的氣息，腦中立即現出她玲瓏身材的影像，心理差點把持不住。

「不行。」他對自己說。「現在不行。」將口水嚥下，鎮定心情：

「運用妳的第三眼，好像要穿透我的瞳孔。」他對亞芳囑咐。

試了好久沒有作用。

「這個不容易，回家練習吧，下次再試。重點要放在第三眼和雙耳之間的修行。」他安慰道。

「老師，是不是該我了？」阿昆躍躍欲試。

「當然，你來吧。」

在阿昆和他對眼前他注意到亞芳走到一旁，盤坐於地，雙手結了奇怪的手印，他未曾見過。「誰教的？她另有老師嗎？」他默默的想。

阿昆無功而退。這時亞芳站起來：「老師，我想再試一次。」

不待他回答，她已經來到面前，臉色凝重。

「好……吧。」才說完，他感覺她雙眼上方隱約有一股力量投射過來，雙方才對了焦，他像被電到，頭往後仰。

「哦，有了。」他叫了出來，但心裡沒有驚喜只有納悶：「這到底是哪一號人物？」

12

亞芳充滿期待，眼睛和別人相視居然會產生亮光，實在是奇妙的體驗。

「在做夢時才會看到嗎？」她跟阿國仙確認。

「是的。」

「要熟睡嗎？萬一淺眠時會發生嗎？」她又問。

「以我的經驗，今晚妳一定可以入眠，而且妳我在夢中絕對相會。」

「沒有例外？」

「沒有。」

「那從現在到上床這段時間，我是不是不要喝咖啡、茶……等這些刺激性、妨礙睡眠的飲料？」

「隨妳。」老師有點不耐煩。

走出地仙宮，阿昆對她說：「姊，妳好厲害，一下子就超越我了。」

她低頭瞧他的表情，沒有一絲絲的嫉妒。

「你想了解我們前世的關聯嗎？」她問阿昆。

「想……也不想。」他歪頭想幾秒鐘：「我的意思是，知不知道都沒關係，反正我這一生把妳當成親大姊看待。」

「謝謝。」她拍他的肩膀：「工作順利嗎？」

阿昆兩個星期前去搬家公司應徵，被錄用了。

「不錯，姊，老闆稱讚我思慮周到，他說考核我一段時間後，也許提拔我當組長。」

阿昆歡喜說，帶著幾分的童稚味。

亞芳及時在十一點趕到西餐廳，做些清掃和擺盤的準備。她有點心不在焉，把抹布遺忘在櫃臺上，被老闆唸了一次，另外也掉過刀叉，給客人送錯餐點。下午兩點半後是休息時間，她不想小憩，走路到大安公園逛兩個多小時，日正當中，閒逛的人不多，樹蔭下只有兩對情侶或朋友聊著天，她胡思亂想，什麼樣的前世將他們此生湊在一起？

五點回到工作崗位，一直忙到打烊，抵家後洗完澡，守在電視機前直到有睏意，她再堅持半個鐘頭，感覺撐不下去，躺在枕頭上，剛閉上眼睛立即出現如阿國仙瞳孔般的月亮，月亮下端有一團東西發出嘎嘎聲響朝她滾來，聲音越來越大，她有些害怕想拔腿逃離，但腳不聽使喚，才一瞬間，東西已至，巨牆高的藍灰氣團像狂風暴雨般將她淹沒，她僵直站立，閉起雙眼……

不知過了多久，聲音漸小，終至平息。她張開眼，發覺自己站在雲端，身後帥旗飄揚，底下白雲綿延無際，典雅天宮矗立在遠處，而這中間數里之遙仙影交錯，她凝視著己方那群鮮豔盔甲的陣線正節節後退。

「冷帥，局勢對我們不利。」發話男子站在她的左後側，她回頭看，長得像老廿歲的阿昆，個子也不高，身穿淺藍勁裝，語調不見緊張：「也許我們去助一臂之力？」

「正有此意。」她話聲未了，身子已往前飄蹤老遠。

「眾兒郎速速保駕。」耳後傳來該男子的傳令。

風聲颯颯從髮際呼嘯而過，她在戰場前兩百公尺處煞住，戰況比原先判斷好很多，雖然她的陣營折損約六分之一，不過其餘人馬已經穩住陣腳。領頭的衛將軍虬鬚根根豎立，壯碩的右手臂青筋鼓起，舞動大刀，以一敵三，打成平手。他的副手午偏將把長矛使得宛如靈蛇出洞，而對手拿著一對鐵筆或擋或刺，進退有據，也平分秋色，比較詭異的是天宮的右行者持一把銀劍對上己方的貞女和戈先鋒，右行者一面閃躲貞女短劍的襲擊，另一面卻不時幻起滿天劍影將戈先鋒裹住，一邊好似和貞女玩耍，一邊卻見戈先鋒血流滿地。

這當下，淺藍勁裝的男子率領護衛隊來到身後。

「昆軍師把全部人馬投入，立可扭轉乾坤。」她對他說。

「冷帥，請看。」他指著正前及左右遠方各有一大片雲快速駛來，上頭站滿密密麻麻的兵馬，中間飄揚著天王旗。

「天宮何時增加這麼多生力軍？」她心底暗驚卻不露聲色：「那更要全力進攻，但不可戀棧，兩個『羅預』（註2）後全軍撤退。」

「遵命。」昆軍師一聲令下，護衛隊傾巢而出。

一個羅預後，天宮將士開始潰敗。

兩個羅預到了，吹起收兵號角，全部回到她的陣內，唯獨戈先鋒不肯罷休，掄著雙斧繼續纏鬥右行者，導致貞女不敢撤退。眼看天兵天將即將大軍壓境，她瞬間衝入劍影，左手抓住戈的衣領，右手以護腕甲連擋三劍，硬生生將戈拖離。突然一面大斧朝她天靈蓋劈下，她往右閃，左手順勢向下一甩，戈仰面跌倒，訝異的看到他那張國字臉上懸著一對充滿紅絲、怨懟，幾近瘋狂的雙眼。

註2：「剎那」為一念，廿念為「一瞬」，廿瞬為「一彈指」，廿彈指為「一羅預」，廿羅預為一須臾，一日一夜為卅須臾。這是時間單位，換言之，一羅預等於二點四分鐘。

13

從大二上學期開始，麗亞每個週末都來邀約，星期六固定去黎老家，星期日不是看電影就是踏青，搞得明佐幾乎沒有自己的時間。他盤坐在黎老的客廳，接過麗亞傳遞來的熱茶時心裡盤算，下課後該以什麼藉口來推託她可能提出的要求。

今天黎老神態放鬆悠閒：「你們兩個上大學的人對於當前的教育有何看法？」問題倒很嚴肅。

「很難因材施教。」明佐回答。

「大部分的學校對於體育、音樂、美術不太重視。」麗亞也說。

「都對。」黎老點頭：「你們都涉獵過一些身心靈的練習，你們想，如果教育以這個為根本，再依各人天分和興趣教以一些學術科的話，會不會更好？」

「什麼是老師說的身心靈的練習？」麗亞問。

「以身體來說，脊椎是身體的中樞，行坐臥的姿態處處影響到健康，而運動時怎麼開啟細胞的能量十分重要，至於肌肉和筋骨的訓練則在其次。」黎老回答。

明佐知道老師意所何指，麗亞一副懵懵懂懂，追問到底。

他腦海裡不禁描繪出一幅景象：上課時先生揭櫫「應無所住而生其心」的目標後帶領同學靜坐，自己腦中控制不了胡思亂想，而學生們如蚯蚓般不時蠕動，最後個個東倒西歪。

黎老簡明扼要闡述了「靜心」對學習的幫助後，朝明佐一笑：「理想終歸理想，現實要達成有有很長的距離。」

他點頭：「是很難，單單老師們……」

「就可能抗拒到底。」黎老接口說完和明佐一起朗朗而笑，麗亞隨之加入。

「那麼，老師……」麗亞等黎老喝一口茶：「經過這段時間，時機是否成熟了，可以讓我知道我的前世嗎？」

「前世有那麼重要嗎？」黎老笑瞇瞇的回看她。

「嗯……」麗亞沉思。

明佐猜麗亞是為了滿足好奇心，又不好意思明說。

「不是知道過去才能計畫更好的未來嗎？」她想出一個不錯的理由。

「過去已在妳身心烙了印，知道太多反而纏住現在的妳。」黎老身體往前傾盯著她，嘴角卻泛出笑意。

麗亞詞窮，煩惱又著急。

「好吧，不逗妳了，妳有許多前世，妳想知道哪一世？」

「不能選很多世嗎？」

「不能，只可以選一世。」

麗亞想了一下，看著黎老和明佐，臉頰緋紅，吞吞吐吐的說：「我……想……知道和他……有關的前世。」她指著明佐。

黎老很開心：「幸好妳選了我們兩人中的一個，不然就穿幫了。我根本沒有宿命通，無法對妳道出每一世的經過，連一世都不行。」

「所以老師是騙我的？」麗亞十分失望。

「如果說很多前世，的確是逗妳玩的，如果說妳和他的，不算是。」

明佐已經知道黎老將會教什麼了。他媽媽提過外公和爸爸都會這個方法。

「妳得自己嘗試走入前世。」黎老轉頭問他：「你會吧？」

明佐搖頭。

「想學嗎？」

他又搖一次。

黎老沒有勉強：「那麼配合麗亞呢？」

他只能答應。

「你們兩人站起來，面對面。」黎老說：「更靠近點。」

他們聞到彼此的氣息。

「麗亞，運氣，集中在妳的天眼處，然後往明佐的瞳孔看，有弄清楚他的瞳孔顏色和飄在四周的氣體嗎？」

「瞳孔有，但沒見到他的紫氣。」

「那麼再專注點。」

麗亞閉目靜心，明佐耐心等待。他已看清楚麗亞的瞳孔，也瞧到她的淡紫帶黃的氣。過幾分鐘她張開眼，目光晶亮，重新湊臉過來。他努力迎合，望進對方的瞳孔，突然他眼內閃出一道光，麗亞身子不自禁往後仰。

「有了。」耳邊傳來黎老的聲音。

他回神，看到黎老歉疚的表情：

「明佐，對不起，我沒想到『強入弱易，弱入強難』的道理。」

他聽不懂。

「簡單說，今晚的夢境由你主導，而非麗亞。」

他明白了：「反正夢中相會一場，由誰主導都無所謂。」

麗亞搞不清楚：「什麼夢？」她問他們兩人。

「哎呀，我忘記和妳說，要互相了解兩人的前世，我只會入夢這個方法。」黎老說。

「入夢？什麼入夢？」

「麗亞，黎老的意思是我們今晚會在夢中相遇，而這個夢境將顯示我們前世的關係。」明佐替黎老解答。

「真的？」麗亞又驚又喜，「那麼我該穿外出服去睡嗎？」

黎老莞爾：「妳平常穿什麼就穿什麼，夢境中不會現出來。除非妳自己是主導者，並且力量強大又執意如此。」

他們離開黎老家時麗亞對他說：「好盼望夜晚的到來。明天一早我打電話給你，看看我們所夢是否一切相同。」

他有點困擾，本來不想學的偏偏「無心插柳，柳成蔭」，為什麼不學？

「過去已成過去，還回去幹嘛？」心裡立刻有回應。

「既來之則安之，怕它做什麼？」他隨即又想。

雖然如此，晚飯後他偷偷問媽媽，當年爸爸進入她夢中有何難過的感覺？

「沒有啊！就跟平常做夢一樣。」媽媽說。

「那麼爸爸呢？他會難過嗎？」

「應該不會吧？你自己去問他。」

他考慮再三，最終沒問。

當晚如平常一般就寢，剛闔上眼，一顆好大、淺紫帶黃的月亮懸在夜空，十分詭異。過一會兒，月亮下方興起一團風暴，震耳喧天的朝他襲捲而來，他當下企圖躲避，繼而勉強自己猛吸一口氣，挺起胸膛，迎面走入。

風暴過後，萬里晴空。他站在樓閣中觀看底下雲海千變萬化，或為廣大平原，或為帆船點點，高山起伏、波濤洶湧，或條狀綢帶延展無限，他的心境沉澱下來，變得清淨光明。接近入定時聽見背後輕軟的腳步聲，臨近時又佇足不前。

他回身，一個宮女巧笑倩兮的面對他，有點面熟。她眉毛、眼睛、鼻子所有的輪廓和身形，都和兩天前在天王殿的女將十分相似，但裝扮有著天壤之別。

「左行者這麼快便將我忘記？」她開口。

連聲音也幾乎一模一樣。那天他去向天王稟報和修羅交手的成果，天王對他十分褒讚，一個面貌姣好的女將站在天王右側，聽完後嘴唇噘起：

「有這麼厲害？可否讓我見識一下？」她說。

「小麗，不可無禮。」天王輕輕斥責。

「乾爹，人家只是想增長見聞。」她走過去搖晃天王手臂，又走到後邊按摩天王的雙肩：「又不是要拚個你死我活。」

天王好像受用這一套，對他說：「左行者，那就勞駕你教導這個刁蠻的小女子好嗎？點到為止即可。」

那女將迫不及待的往殿中一站：「我不用兵刃，你習慣使什麼就亮出來吧！」表現大器。

「我也不用。」他回答。

「那麼，看招。」話聲剛落，她的左腿立刻飛踢過來。

他往右瞬移，變成正面對著她的側面。她迅速轉身，一記旋風腿從右上方橫跨下來，他身體重心往後坐，變成麒麟式對待，讓她撲空。

「好，注意了。」著地後她改以連環腿攻擊。

躲了四招，第五腿沒看出是虛擺一道，第六腿反而後發先至。眼看躲不及，他索性側身欺近，先以雙手橫壓，再用右手背甩向她的眼鼻，千鈞一髮之際他更改念頭，硬生生煞住。不料這一停頓，她的直拳已擊到腹部，剎那間他往內縮，雖消掉一半的力道，仍不自禁往後退一步。

「我輸了，姑娘好功夫，令人佩服！」他作揖稱讚。

「小麗看到了嗎？這才是勇者風範。」

「是的，乾爹。」那女將點頭肯定，一對美目卻凝視著他。

「不敢忘記，妳是天宮內唯一在比試時打敗我的人。」他微笑。

她笑得如芙蓉盛開：「左行者的確有大肚量。乾爹要我告訴你，花合之際在天王左殿設宴，請你務必參加。」

「遵旨。」

「那我先告辭了。還有，我也會參加喔。」臨走前她特別提醒。

當晚他盛裝提前來到宴客場所，席設天王殿的議事廳，幾位宮女忙碌的穿梭其中，每人的餐點擺盤了將近一半。他和兩位先到的小隊長打過招呼後走到外邊的大露臺仰望天空。今夜的天空一片湛藍，遠方的星光顯得格外耀眼。

他依往例找到獵戶座，順著三星朝南方看去，天狼星就在遠處閃爍著藍白色的光芒，對他一眨一眨的，彷彿在訴說某種神祕的訊息。

「還是喜歡看天體？」一個熟悉的聲音在後方響起，隨即來到身旁。他不用轉頭便知道是好友右行者。他們兩人在天王軍中都有「玉面行者」的稱號，同為天王最穩靠的左右手。

「看了心胸廣大啊，看了也才知道自己的渺小。」他有感而發。

「沒錯，有道是三十三天天外天，九霄雲外有神仙。」沒任何聲響，利軍師神出鬼沒的擠到他們兩人中間，朝他們一笑。

「我們四大天王天的壽命是最短的，同樣在欲界天內他化自在天是我們的三百六十幾萬倍，更不用說色界天、無色界天還有涅槃了。」

利軍師武功蓋世不輕易出戰，只是偶爾對他們指點一、二，而且聽說他靈修的造詣極高。

「想來利軍師已計畫在未來更上一層樓。」右行者猜測道。

「你們不想嗎？任何有志之士都應該朝這條路走。不過不是往上升，而是往下降。

只有在人間五濁惡世才能快速修成正果。」

「萬一從此墮落呢？」他問。

「天人就不會墮落？福報享盡自然下沉，天理本來如此。只要心存善念又寡欲清淨修行，何怕惡道臨身？」

他和右行者相視，不約而同的點頭贊同。此時笙樂響起，宴席即將開始，他們三人偕同入內。利軍師的位置在天王左下方，他和右行者則分居下邊兩列之首。

過不久天王一人快步進入。他們這個天王不愛排場，也不喜歡繁文縟節，揮手令大家坐下，簡短慰問他們捍衛天宮的辛勞，舉杯致意後晚宴便正式進行。

他環視出席者無一是女將，奏樂者呢？他逐個審視，也不見天王契女小麗的身影。

「也許她弄錯了，這裡不是她該來的場合。」他想，拿起酒杯逐一敬上司、同事和屬下。酒過一巡，舞者出場。十個宮女身著淡粉色絲綢，揮舞著鮮豔彩帶，跳起夢幻柔媚的宮廷舞。過了一會，從後頭閃入一人，穿著白色緊身戰袍，音樂驟轉，急促鼓聲響起，那人踮起腳尖在不停的旋轉中，雙手使出各種武功招式，而十位宮女如十朵花瓣散開，彩帶此起彼落，彷彿花開花合，那人站在中間則像花蕊與強風對抗，十分好看。

他看得入神，心想：「如果和這樣的人對打，直攻下盤便可輕易得逞，但她的手臂真奇特呀！」

此時他注意到一個舞者的彩帶從外往回拋得太過，彩帶落在她的腳旁，只要一移位……說時遲，那時快，她的腳移動了，正好踏在彩帶上面。下一秒，那舞者拉起彩帶，她的腳尖被扯離，整個人失去重心，踉蹌往這邊跌落，他立即拔身而起，躍過小餐桌雙手承攬住她的纖腰，再側面瞄向自己桌上餐點，幸好，沒有半點食物跑出盤子，一切穩穩當當。當頭擺回時，那女人也抬起上半身，兩人臉頰差點碰在一起。那女人滿臉通紅，他這才有機會正眼瞧到她的長相，原來她就是天王的契女小麗。

14

「人生何處不相逢，有緣千里來相會。」亞芳自從入了阿國仙的夢境後，每次去地仙宮都不自禁想著。天上人間，最終仍然湊在一起。那麼明佐呢？我的前世和他有何牽連？為什麼相遇後常常會浮現他的人影？

「亞芳，請專心點。」阿國仙輕聲提醒。最近他的態度大幅改變，為人師表的傲氣少了三分之一，臉上也常出現和藹的笑容。

「是。」她答道，回到現實。

上星期阿國仙鄭重的向她和阿昆說：「我想了很久，我們三人投胎在人間又成為師徒，一定有很深的用意。我知道你們兩人在前世已經有很高的修為，只不過暫時忘記了。所以我目前的任務便是幫你們把過去找回來。今天開始你們就依我所教的方法練氣，碰到不能克服的障礙請提問，我依自己的經驗給予建議。我以為只要你們體內的氣足夠充沛，你們潛伏的記憶自然將指引你們下一步該怎麼做。」

亞芳看一下阿昆：「真的會這個樣子？過去教導現在？」

「應該會。」阿國仙十分肯定。

「那麼我們還要每星期來這裡一次？」她問。

「不必，你們有問題來找我就行了。」阿國仙頓一下：

「等你們恢復了過去差不多的水準，我想我們三人可以做一番大事業。」

「什麼大事業？」阿昆表情很謹慎。

「呵！呵！時候到了再和你們說。」阿國仙賣關子，但是笑得十分開心。

這個所謂的大事業勾起了她內心深處的渴望。她好想有一個安適的窩，以及能夠發揮才華的領域，不必看人臉色，不過自己的才華是什麼？武術？什麼時代了，教人打拳能有什麼收入，像公園的師父生活得一點都不優渥。以它來討債？更不必說。至於練氣，世間人重視柴油米鹽，誰理會這一套？如果不是前世的關係，她也許根本沒有興趣。

「雖然如此，靜坐練氣帶來了前所未有的平和、愉快的歸屬感。所以……管他的，練就對了。或許阿國仙在這個世界多混了幾十年，他已看到了契機呢。」她告訴自己。

有了結論，她把晨間的練武取消了，改以長時間打坐，晚上又坐一次。兩個月後變得很不一樣，做功課時感覺全身很多地方痲痲的、脹脹的，下坐時吐口長氣，身子變得輕盈，連走路都好像要飄起來。

餐廳老闆注意到她的改變，有一天對她說：「亞芳，有什麼好事發生？妳戀愛了嗎？」

她坦白告知沒有。

「起碼有喜歡的人吧？妳整張臉都光亮起來。」

「是嗎？」她跑去鏡子前，的確，面部開朗，皮膚細緻緊繃，然後聯想到明佐，她瞧到眼睛內的哀愁。

「就這樣放棄我不甘心。」她思考了兩個晚上，終於打定主意重拾課業，第三天早上去補習班報名，做考大學夜間部的準備，「希望可以縮短和麗亞之間的差距」。

從此她的假日都耗在補習班內，一天上四堂課，剛開始有點吃不消，幾度想要放棄，不過回家靜坐後便打消念頭。

這一天上完課沒來由的想起明佐。她壓制住，過不久又冒出來。一而再，再而三，不堪其擾。她放棄對抗，拿出手機Line給明佐：「等一下有空吃晚飯嗎？」

盯住手機螢幕五分鐘，正考慮是否直接通話時，噹的一聲：「可以，在哪裡？」現出字幕。她選一家西餐廳，約好六點半。抵達時明佐已在座，朝她微笑。

「近來好嗎？」他問。

她把在餐廳工作、搬家和補習班的種種，一口氣全講了，隨著敘述，她察覺到他的臉色越來越柔和，甚至放鬆愉快。

「恭喜妳，亞芳，我想妳會越來越好。」他看著她的頭頂說。

「原來他也會觀氣。」想著，自己也回看過去，發現明佐的是紫氣，有些亮度，而且籠罩著上半身。而自己呢，則是藍色。

「所以我和他在前世是不同界的人，沒什麼瓜葛？」內心不禁湧起苦澀。

兩人的餐點陸續端上，喝完濃湯，主菜也來了，她點了牛排，明佐的是海鮮。

「妳還有跟以前的夥伴來往？」他問。

她搖頭：「只有阿昆，你見過的，我們三人一起去廟裡的。」

「我記得，他不錯，感覺像妳的家人。」

這倒是，從前世到今天，阿昆都忠實的守在她身邊。

「那個地仙宮呢？妳還有去嗎？」

她點頭。

「廟公有教妳一些東西？」

原來他注意到了，她承認。

「小心那個人，他的心術可能不正。」

「為什麼？」

「我看他的氣藍中帶灰，這代表他常有一些算計他人、圖利自己的想法。」

「真的？」下次去宮裡她得好好觀察。

「妳打算讀哪一科系？」

「企業管理，我對做生意有興趣。」

他問現在修什麼課，老師教得如何。亞芳趁機請教念書的祕訣，明佐侃侃而談。

「以後妳有功課上的問題，我樂意幫忙。」

她好久以來沒有這麼快樂了。結帳時被明佐搶先一步。

「那麼我陪你回家。」她說。

「不，今天換我送妳回去。」她的內心舉雙手同意。

下了公車後，本來想邀他到住所，但是想到室內的凌亂，她提議去逛植物園，公園夜晚散步的人不少，有點微風，搖曳的樹葉晃動著路燈的光線，她覷眼瞧去，夢幻也令人昏眩。不知不覺的她和明佐越走越靠近，過一段時間走累了，兩人坐在臘葉館的臺階上休息，整個上課的疲憊漸漸侵門踏戶，她慢慢闔上雙眼。

等到她感覺涼意而甦醒過來，頭正倚著明佐的肩膀，他的右手環抱著她的肩膀，牢靠舒服。她抬起頭來想偷瞧，明佐也恰巧朝她看過來，兩張臉龐幾乎湊在一起，明佐的大眼睛就在自己上方三寸。她集中精神對焦他的瞳孔，剎那間兩人同時電光一閃，頭都往後仰。

「怎麼一回事?」她好生納悶。

「原來妳也會。」明佐笑著對她說。

她才明白明佐早就洞悉此中奧祕了。

15

明佐感到肩膀有所動靜，他轉過頭來和亞芳的臉頰差點黏住，她的朱唇微啟，鮮嫩欲滴，當下有股衝動想用自己的雙唇將它封住。然而接下來的電光使他恢復清醒，腦內興起一個疑問：「是那個廟公教她的嗎？或是與生俱來的？」

繼而一想，反正能在夢中和她相會，重溫前世的因緣，倒是一件歡喜的事。

充滿期待，回家立刻沐浴，當水滴從頭滾落全身時，他問自己：

「現在把自己弄得香噴噴的，會有助於夢中呈現出來的形象嗎？」

不等回答，他搖頭啞然失笑。擦乾身體穿上睡衣，在床上盤坐，把腦袋放空，注意力完全置於丹田，不久一股熱團在肚臍下方升起，漸漸的，全身變得暖烘烘的，他感到睡意來臨，倒頭就睡。

沒有藍色月亮掛在天際，也沒有藍色風暴鋪天蓋地的襲捲，天氣晴朗，因為接到探子來報，戰情吃緊，他率自己那班人馬全力飛馳，奇怪的是，越接近戰場氣溫越冷。

「天氣可是十分祥和呀！」他自忖。

等到目視可及，他不敢相信自己的眼睛。現場一片冰冷，雙方兵將全部在打哆嗦，武器不是放在身旁便是跌落於地。對峙的人只有右行者和一位年輕貌美的女子。右行者也沒有揮舞他的長劍，反而和女子面對面，距離約十公尺，閉目盤坐，好似一起約好練功似的。唯一的不同是一波又一波強有力的冰團不停的發自女子，右行者覆蓋全身的真氣越來越弱，眼看即將擋不住。

「這本非右行者的擅長。」

他氣沉丹田，閉氣三秒鐘，熱氣轟然爆發後，緩步走到右行者和女子中間，如刀割的寒氣立即迎面而至。迅速盤坐好催動真氣，慢慢的，他身體外圍發出火光，形成一個小圓，小圓擴散成大圓，直接和女子發出的冰氣相撞。他聽到冰氣融解，變成水滴掉落。沒多久，聲音停止，取而代之的是風蕭蕭中帶著冰塊相互擠壓，尬尬作響，體感越來越冷了。他卯足全力將圓圈撐得更大，全方位進擊，但他的火力往前跨伸了一段便無法繼續，雙方僵持在那個點上，不料抗衡不了幾分鐘，他的火力便被突破，開始退後，打從他練成「先天火功」之後，從來沒有遇到如此強的對手，實力甚至勝過自己一籌，他警覺到這樣僵持下去，他的真氣勢必消耗殆盡，對方也好不了多少。

他更改戰略，將火力撤回，只籠罩身體四周，範圍縮到最小，可是其中真氣密密實實。對方誤以為他全面潰敗，見獵心喜，全力進攻，企圖一舉突破他的保護殼卻屢屢徒勞無功。對方接著調整方針，把擴散的冰氣從四周收回，凝結成斧頭般一波一波的砍過來，但也無效。

他聽到後方右行者吐一口氣，鬆展著筋骨。大約過一刻，雙方陣營普遍都有動靜。他繼續氣守丹田，熱氣僅僅籠罩身體外圍。又過一刻，他聽到水分蒸發的「嘶嘶聲」，他知道勝券在握了，等到聲音停止，張開眼睛，身前已沒有白寒的條狀，四周空氣恢復暖和，一堆水急湧過來，他趕忙騰空而起，趁機俯瞰戰場，雙方人馬皆困頓不堪。對手呢？遍尋不著，但在底下正前方有一個冰球。他降落好奇趨前探看，透明的冰球內坐著一位白衣美貌少女，動也不動，似乎沒有呼吸。

「不行，這樣下去會窒息。」他伸出雙掌重新運氣，熱力從掌心直透冰球表面，將它融解。水在腳邊匯集成溪，這時他顧不得鞋子被浸濕了。終於人完全露出，他把手指放在對方鼻下，還好仍有一絲氣息。

「送佛送到西天吧！」他將右掌置於對方天靈蓋上，左手拇指按住她的天眼穴，閉目集中心力引導熱的運行，從百會依序而下，經鼻、喉嚨、胸腔到丹田。他把熱力停駐在丹田特別久，她那邊如同一塊冰岩，很難突破。

「也許加一點關愛來幫助。」他腦中喚起父母對他的愛，同事之間的情感，同時真氣照樣源源不絕的送出。這一招有效，他隱約聽到冰岩裂解的聲音，跟著整塊離析潰散，慢慢的，她的丹田有了溫度。下來就容易了，等她的丹田儲存足夠的熱氣後，他引導這股熱行經她的脊椎和四肢百骸一周。

完成時他張目，那女的也望過來，臉龐疲憊柔和，雙唇已有一點血色。

不知何時右行者站在他的右側，持劍對那少女朗聲道：「上天有好生之德。這次左行者慈心救妳，希望妳好自反省，不要再來冒犯天宮。現在率領妳的部下滾吧！」

那少女蹣跚站立，她後方的旗手慌忙將令旗豎立，他注意到上面一個斗大的「冷」字，四周鑲著多重的銀邊花飾。走沒幾步，她回頭來深深看他一眼，他突然興起惺惺相惜與不捨的感覺。

目送修羅軍走遠，右行者和他整軍帶隊並行，在回程時嘆口氣：「我們原本占盡優勢，有望殲滅對方，沒料到他們新領軍的冷帥越陣坐到最前端，空氣頓時變得酷寒，雙方人馬漸漸喪失行動能力。我揮劍直擊，但無法近身，最後只能棄劍運功抵禦，幸好你及時到來，否則大家可能同歸於盡。」

「我也差點陷落。如果賭氣和她硬拚的話，今天一定陪葬在此。」他十分感慨：「還好，這個冷帥沒有埋伏另一支軍隊，等到大家都凍結住再長驅直入。」

「說得也是，不過……」右行者旋即搖頭：「恐怕另一支軍隊進入戰場也被凍住。」

「那有可能。」他笑出來。

「除非……」右行者沉思一會兒：「她找一個像你這樣的人配合，當敵手不能行動時，這個有火功的人仍然能夠行動自如。」

「所以……」他想講個俏皮話。

「所以我應該對你好些。」右行者立刻搶答。

兩人相視莞爾一笑。

明佐睡得十分香甜，多年來第一次沒被鳥叫聲吵醒。起床時太陽高高掛起，他看手錶嚇了一跳，匆匆梳洗完拎起背包，用塑膠袋裝兩片土司中夾荷包蛋，就往外跑。

坐上公車吃著早飯，腦袋回到昨晚的夢境，不只冰火對陣而已，之後他在率隊巡邏時，發現她一個人隱蔽的身影，藉故擺脫隊員去一探究竟。從此兩人常常相遇，但僅止於寒暄或靜默的觀賞雲海晚霞。

「原來我們在天上屬於不同陣營卻又在地上相遇。」他想。

當天他的課程一個接一個，連中午用餐的時間都只有廿分鐘。直到下午四點結束了最後一堂課，他掏出手機看 Line，亞芳早上就傳來訊息：「傍晚有空嗎？」

這時鄰座拍他的肩膀：「明佐，看看誰來了？」

他往外瞧，麗亞笑吟吟的站在門口，他恍然想起自己忘了待會跟黎老有約。

16

困在冰球內時，亞芳十分後悔自己執拗性子闖出來的後果。記得一年多前她練功走火入魔，修羅王趕來救她後對她說：「女兒記住，這功夫雖然威力強大，但要有所節制，否則妳會作繭自縛。」

言猶在耳，她又犯了同樣的錯誤。當神智漸漸模糊之際，突然一股熱氣傳入體內，燃起了生機。只不過這股力道雖然結實但不若父親的強大兇猛。果然，沒多久碰到瓶頸，這樣下去不是這個人知難而退，便是耗盡力量也被冰冷侵蝕，陷入與自己相似的狀態。才在心裡嘆口氣，居然聽到冰塊裂解的聲音，跟著溫溫的暖勁從皮膚滲透進來，當它停留在胸腔時，她想起去世的母親對她的愛和兄長對她的照顧。她全身不由自主的抖一下。不久解脫了，她看到了一個修長的身影站在前面，正把手掌從自己頭頂收回，眨了幾次眼睛，慢慢適應外邊的光線，她看清楚那個俊秀的臉龐不就是剛剛和她對抗的人嗎？這時一把劍撩亂她的視線，有人發話：「……左行者慈悲……不要再來！」

她吃力的起身，把那個救她的人牢牢記住。下來她有空時便隱身守候在邊界等他的到來。

亞芳起床時帶著笑容。今天星期一，店內公休。下午補習班有兩堂課，五點半就有空了。她向明佐發出簡訊，沒有回應。

「可能星期一較忙。」她想。

十點十五分抵達地仙宮，阿昆已在廟門口，進入廟內，阿國仙難得在神壇前打坐，爐內的香只剩尾端一截。聽到聲音，阿國仙起身，表情嚴肅。

「我們現在知道在前世大家已經在同一個團隊內，你們兩位還是我的上司。所以這世的重逢，我以為有多重意義。」他說。

她和阿昆都有同感。

「你們以為有哪些意義？」阿國仙問。

「請您來引導我們，啟發我們。」亞芳回答。

「啟發什麼？」

「修練。」阿昆說。

「那麼引導什麼？」阿國仙追問。

「也是修練？」阿昆語氣不太肯定。

「引導做一番事業，那也是我們這次下來人間重要的任務。」阿國仙牢牢盯著他們兩人說。

「什麼任務？」阿昆有點興奮。

「你們知道在我們社會中，最能影響人心的是什麼機構嗎？」

「學校。」阿昆反應很快。

「那只是教一些工具而已，不能碰到人心深處。」阿國仙嗤之以鼻。

「宗教。」亞芳出聲。

「不錯。但宗教又可分寺廟和道場。寺廟給一般普羅大眾上香祈求用的，道場才是真正教導的場所。」

「老師想開創道場？」

「何必開創？我們修羅仙道原本就有一個大道場，學員一萬多人，我和去世的舅舅即為第二任主持大師，只不過最後被別人用計奪走了。」阿國仙恨恨的說。

「怎麼會這個樣子？」阿昆惋惜道：「所以……我們要再把它奪回？」

「不能說奪，應該說物歸原主。」阿國仙說：「不過只能仰賴你們兩位，我在最後一次超物質戰鬥中受了重傷，功力損失了十分之七。」

亞芳大約知道所謂的超物質講的是什麼。

「我們能力夠嗎？」她問。

「當然不夠。」阿國仙：「你們要恢復天上功力的五成以上才有機會。」

「我有哪種功力？」阿昆不懂。

「亞芳可以知道。」阿國仙篤定的說。

她明白自己練的是什麼，至於阿昆的，只有進入阿昆的夢才能了解。

「如何恢復？老師可以教我嗎？」

「這個我沒辦法。」阿國仙搖頭：「你們要靠靜心往內探索。今天談得差不多了，我們一起打坐吧！」他率先坐下來。

亞芳閉目，想到夢中的「冷功」有點害怕。如果再把自己冰凍起來，誰來救她？但老師說恢復五成就有機會，五成應該不至於到冰凍自己的程度，還可一試。可是如何找回天上的功力？她止住思緒，安心靜坐，慢慢的身體微熱起來，她隨即心生懷疑。

「不是要冷嗎？熱和冷卻是兩個極端呀。」

她想很久，無解。腦袋瓜跳到昨天的夢，她等左行者的到來，左行者也沒因為她是不同陣營的主將而拒絕。他陪她一起坐著，一起觀賞雲海，偶爾四眼相對，眼光也暖暖的。老師方才說他和我及阿昆在地上重逢，一定是有特別使命。我們三人的使命在於拿回道場，那麼我和明佐的任務是什麼？

「繼續天上沒完成的因緣？」

想到這個心頭更熱了。

……

「好了，我們今天就到這裡。」耳邊傳來阿國仙的聲音。

走到廟外，阿昆問她：「姊，妳知道妳在天上練什麼功嗎？」

「大概。」

「妳知道怎樣去練？」

她搖頭。

「起碼比我好，我連該練什麼都不知道。」阿昆一臉鬱悶。

她拍一下這位前世、今世小老弟的肩膀：「沒關係，過幾天姊來幫你。」

下午每上完一堂課便看手機，明佐仍然沒有回應，到了五點下課，她又發出一條訊息：我反正沒事，五點半在你家大樓前等你。

她搭公車前經過一間麵包店，想到可能會等很久，進去買了兩個三明治和兩瓶飲料，如果幸運早點等到明佐的話，就可以和他分享。她在明佐家附近找一棵枝葉茂盛的大樹下坐著，拿出今天的課本，看沒幾分鐘抬頭張望一次，進度極慢。等到七點肚子餓了，吃了一個三明治，喝掉一瓶飲料，行人開始變少，鳥叫聲逐漸消失，取而代之的是零星的蛙鳴。天色已暗收起書本，氣候也不再悶熱，她屈起雙膝，想到夢境，盤算著待會兒見到明佐時，先印證雙方夢中所見是否相同？

又過了許久，她看手機沒有動靜，時間顯示八點五十二分。她的胃又有感覺了，心想，這麼晚就算他回來也該吃飽了，她把剩下的食物嗑光，拿出手帕擦拭嘴唇，正思考該留或該走，遠遠有兩個人影朝她這邊走來，男的身影很熟悉，女的也不陌生。她躲在樹幹後，等雙方距離約五十公尺左右，她確定了那是明佐和麗亞，而麗亞的右手伸進明佐的左臂彎。她覺得心跳加快，臉頰熱熱的，雙眼不自主的盯在他們身上。過去的許多不如意一一湧現腦海，媽媽的早逝，繼父的變態，討債的辛苦，螳螂拳師父對她的最後通牒……心中充滿了淒苦。

麗亞有新的動作。這個女人居然……居然把身體緊靠過去，把頭直接倚在他的肩上，而明佐不過稍微動一下就算了，沒有推開。

「這算什麼？我們從天上到地上……」

她傷心至極，憤怒伴隨而至。不自覺的緊握拳頭，心裡詛咒：

「他媽的，這個人世間處處和我作對，幾乎每件事、每個人都在利用我、沒有人在乎我、沒有人鳥我。」一股寒勁從腳底直透頭頂。

「乾脆把這個世界冰凍起來，才不會再傷害自己。」念頭才起，寒氣越來越強，從內腑滲透到表面，她感覺快受不了。

「爆裂吧，毀掉這一切。」她吸口長氣，閉住，把氣強力逼到全身每寸皮膚，慢慢的，絲絲冰冷跑到外面，仲夏的氣溫突然下降，不久，頭頂上的樹葉一片片飄落，就在眼睛起白霧之際，她聽到快跑的腳步聲，還有明佐的呼喚：「亞芳，是妳嗎？」

她陡然一驚，僵硬起身拔腿就跑，顧不得手中課本散落於地。

17

明佐在 Line 上寫了許多訊息，又打了數次電話給亞芳，均無回音。現在和麗亞雙雙坐在黎老的客廳中，啜飲著茶，請教人體散發出來的各種不同的氣體顏色，各代表何種意義？

老人家詳細解釋，和父親所說的大致相同。

「那麼和這個人以前在哪一界出身有關係嗎？」他問。

「哪一界？你指的是什麼？」黎老的好奇心被挑起來。

「譬如天界和修羅界。」

黎老笑了：「每個界裡面存在著各式各樣的人。硬要區別的話，只能說在每一個界內的每個顏色比例會有不同，甚至沒有某個顏色。」

麗亞有所領悟：「我想在地獄道內，很多人必然帶著灰色或黑色，甚至是純灰和純黑。」

黎老讚許的點頭：「紫色應該在地獄道內極稀少，甚至沒有。即使在人間也不多，金色和白色也是。」

「所以修羅界紫色的也不多？」

「有一些。」黎老回答：「你想想，在你的周遭也許就有。」

明佐驀地想起外公，點了頭。沉默一會兒，他才問起最關切的話題：

「老師，人的氣不是熱的嗎？怎麼可能使附近氣溫變低？」

「你碰到了？」黎老表情變得嚴肅：「這樣好了，你看著我。」黎老吊眼敵視，嘴角下垂，神態冷酷，同時頭上的氣體不再震動，好似凝固起來。他真的感到咻咻涼意。

「沒錯，但比這個勁道更強。」明佐有點興奮：「老師，這怎麼辦到的？」

「這是意念驅使呀，孩子，和運氣無關。要比我剛剛的勁道更強的話，這個人意念必定非常堅定強大，絕非尋常人。」黎老陷入沉思，過一會說：

「只不過他用錯了方向，如同你的體會，冷和我們身體是相衝突的，功夫用得越深，對自己的傷害就越大。」

「那麼假設這個人是女孩，我們不是說男屬陽女屬陰嗎？有沒有可能，女人使出陰功不會傷害自己？」

「那也在一定的範圍內，超過仍然不行。道家說天地萬物陰陽調和，陰離不開陽，陽也離不開陰。兩者相輔相成。這麼看來……」黎老停頓一下：「你遇到這個女孩了？」

明佐承認。

「該來的終於來了。」黎老低聲自語。

「輪到你們該努力了。」聲音忽然變大。

「我們一起用功吧！」黎老端正自己的身體，雙目低垂，他和麗亞趕快跟隨，姿勢相同，腦袋瓜卻還盤繞著方才的話題。

「摒除萬念啊，孩子。」耳朵裡傳來微細的聲音。

他警惕起來，正襟危坐，不久全身熱烘烘的。

「像上回練習的那樣，築起一個保護罩。」聲音又說。

他做起來駕輕就熟。

「不錯，催動丹田，把這個罩體弄得密密實實。」

他照做，額頭汗水滲出。

「運用你的體感去挖掘什麼地方比較脆弱、火力不夠？」

他往體內探索，大腿到腳底這部分確實較弱，他往這方面加強。

「好的，現在無懈可擊了。想辦法維持這個力量久一點。」

「多久才算？」他的內心不禁嘀咕。

隨著時間消逝，他感覺油盡燈枯，汗水到處流竄，前胸後背都濕答答的，讓他十分難受，他把氣放掉，鬆開雙腿，室內悶熱。

黎老瞇眼笑笑的看他：「辛苦了。」起身把陽臺落地窗打開。

麗亞掩著嘴巴吃吃的笑：「明佐，你現在像一朵出水芙蓉，曲線畢露呢。」

他低頭看自己，有點後悔今晨外出時沒有加穿一件內衣。

黎老走進臥室，拿一件 Polo 衫出來。

「換掉吧，不然容易感冒。」

去浴室擦乾身體，換上衣服後神清氣爽。回到原位，黎老遞來一杯溫開水：

「明佐，你從今天開始有一個重要功課——你要想辦法把氣弄得源遠流長。起先練功時你用力鼓動丹田，那是必須的，但等到築起完整密實的罩體，你就得改變方式。雖仍然專注在丹田和罩體上，不過放鬆自己，改以半閉氣的方式進行。」

他立刻盤起雙腿想實驗，被黎老笑著制止：「孩子，今天夠了，你回家有空時慢慢體會吧。」

告別黎老和麗亞坐上公車，她若有所思問道：「你這個獨特的功夫是在天上就精通的吧？」

他點頭。

「所以可以這麼說嗎？天資聰穎的人大多是累世修來的？尤其是愛因斯坦這種出類拔萃的人？」

他早有同感。像愛迪生、霍金，甚至一些哲學家、文學家、宗教家，比比皆是。有人說佛陀是經過幾個大劫修練成就的。兩千多年前他早已成佛，但為了示現人類、推展佛法，才重新誕生在這個世間。

他把這些話講出來，麗亞頗為贊同。等到公車快到麗亞要下車的站牌時，明佐想到另一個問題：「妳有找到在天上擅長的功夫嗎？」

「有啊！」她笑得開心：「就如同在我們一起做的夢中我曾經表演的，舞蹈旋轉功。當我靜坐至內力充實後，我發現過去的功力一點一滴的回來了。不要小看我這個旋轉功喔，我可以移位迅速，令對手防不勝防，很難預測我從哪裡出手攻擊。哪天我示範給你看好嗎？」

他當然說好，很為她高興。

18

亞芳過了好幾天陰鬱的日子，人家都說現在是秋老虎發威的大熱天，她反而穿上長袖襯衫和薄外套。

阿國仙注意到了，他表面淡淡的說：「亞芳，妳把冬天帶來了。」眼睛卻銳利的盯著她。

阿昆跟著說：「姊，真的耶，妳一走進來就變得不那麼熱。」

阿國仙難得的起身去沖茶，遞給每人一杯，慈祥的問他們兩人的近況。

阿昆說轉行去做超商，特別喜歡大夜班，沒有客人時可以趁機練氣，不覺得累，一個月下來功力有些進展。亞芳隨興的談一點餐廳和補習班的事。

「課業上有什麼困難嗎？我也許幫得上忙。我是有碩士學位的人，在 IBM 當過主管。」

兩人聽了肅然起敬。

「好的，如果有需要的話一定來請教老師。」

「那麼妳有碰到某位有特異功能的人，來啟發妳的潛能？」

她搖頭。

「或者妳在練氣上有什麼新進展？」阿國仙追問到底。

「老師，這和練氣沒有直接關聯。」她嘆口氣：「倒是和心境有關。」

「什麼樣的心境？」阿國仙臉上表情興奮。

她沉思後，分析當時的狀況：「應該是悲哀和憤怒吧！」

老師沒有問她為何引發這種情緒，卻催促她：「妳現在試試。」

她不想，阿國仙板起臉來，甚至有些動氣：「叫妳試就試，這關係到我們幾個人的重大任務。」

她無奈的順從，一股心酸湧至：「真的沒有人關心我，明佐、老師……全部都是。」

她往悲哀裡鑽，深到盡頭時開始反彈，憤怒加入陣營，兩股力量交叉翻騰，她的雙眉緊蹙，嘴角下抿，胸膛打個寒顫，冷流逐漸遍布各處。她感覺全身繃得好緊，不舒服又擺脫不掉，於是吸一口長氣，心裡起了念頭，「散出去吧！」

心念才起，每一寸肌膚振動著，須臾間寒氣洩得乾乾淨淨。過一會兒，她拍拍長褲站起來：「大約就是這個樣子。」

她看到阿昆雙手抱胸，緊縮著身體，阿國仙不知何時把打坐時護膝的毛毯當成披肩，室內溫度降低許多。

「就這個樣子？時間太短，力量也不足。」阿國仙並不滿意：「妳可以將它維持得更久又更冷嗎？」

「我不知道怎麼做？」她前幾天才第一次經歷到，現在不是前世，而且在前世發揮得淋漓盡致時，下場都沒有很好，得靠明佐來搭救。想到明佐，她心痛起來。

阿國仙低頭想很久後抬頭對她說：「還是要練氣。氣如果充沛，就可以源源不絕供應動能。況且我回想妳剛才要把冷釋放出來也有吸口氣。」

她仔細想，的確有這回事，「不過……」她欲言又止。

「沒有什麼不過了，就這麼辦，回家後好好練習，我們師徒要大展身手了。這中間有任何障礙，老師一定幫妳解決。」

聽了這幾句話，亞芳心頭稍安。走出宮廟，阿昆緊挨著她，抬頭說：「姊，這就是妳在天上的獨特功法，對嗎？當妳發功時，我忽然有似曾相識的感覺。」

她黯然的點頭。

他們兩人不知道阿國仙也走出廟門在背後眺望，此時他內心喜悅如含苞待放。

「終於看到春天了。」他想。回頭瞄一下自己一手創建的小宮廟，居然有幾分嫌惡。

19

明佐埋頭苦讀一個星期來應付期中考，到週五全部搞定。那天用過餐，陪媽媽看連續劇，劇情演的正是「天上人間」。

「媽，妳在天上練的是什麼功？」他有些好奇。

「哪有什麼功？就是使一對短刃。」

「多短？」

她歪頭想一下：「大約卅公分。」

「那麼人家拿大刀或長劍來對付，妳不會害怕嗎？」

「現在想起來會，那時還好。」

「怎麼說？」

「記得夢中在天上殺敵，我眼明手快，幾個閃躲就能欺近對方身邊，劃傷他的手腕或身體。」

「可以演練給我看嗎？」

她不肯。經他百般懇求，媽媽嘆口氣站起來，左右側身滑步旋轉幾下：

「大概就是這回事。」

他好像看到另一個麗亞。

「媽，妳這輩子沒想再去練功嗎？」

「幹嘛練功？我又沒有被派去與人爭鬥，可以舒舒服服過日子，為何不放棄而要自尋煩惱。」媽把眼光挪回螢幕。

「為什麼自尋煩惱？」他把雙腳從地板縮回到沙發上，蜷起身子，不知不覺用手托著雙頰，反覆思量。

「兒子，媽媽有一個想法從來沒對別人說過，包括你的外公和你爸。自己也不知道這個想法對不對？」媽別過頭來，十分正經。

「什麼想法？我很高興媽媽和我分享。」他真心真意。

「我是想……一個人花時間、精力來提升自己，以為自己從此高人一等，可以養尊處優，結果一大堆新煩惱接踵到來，比以前更多。」

「怎麼說？」他似懂非懂。

「譬如在俗世間，你當公司的櫃臺人員，平常只要應付來訪的客人，填填表格，打打電話，責任少，日子過得輕鬆。但是因為你力爭上游，創立公司變成老闆，各部門的事全跟你有關，所有的成敗由你扛，行政、財務、推廣、人事……一大堆事讓你應付不暇。」

這個他懂。

「又譬如在精神領域上，你只是一個凡夫還好，如果有一天你通靈了，看得見神鬼，神鬼也知道你看得見他們，一旦有事就會想到你。神希望吸收你作為他的幫手，鬼呢？或者希望藉由你和他世間的親人溝通，或者想從你這邊得到什麼利益。以前不會碰到的情況全來了。媽媽的一個同學就是如此。她的師父幫她開了天眼，以後就沒完沒了，弄得她煩不勝煩。」

這個也有道理，但總覺得有一些東西沒被媽媽考慮進去。看完連續劇，媽又轉到另一部影片，本來想等爸爸回來再聊一下這個話題，不過天色已晚，有些睏意，他回房準備就寢。躺在床上雜念紛飛，他索性坐起盤腿，把注意力集中在丹田，慢慢的全身暖和起來，特別舒服。

「這是媽媽沒有講到的部分，這種快意，沒有經驗的人不能體會。」隨之黎老在一個星期前的叮嚀浮現腦海，他鼓動丹田築起護身罩，把每一個地方弄得密密實實後，才放鬆下來。

「以半閉氣的方式維持？怎麼做？」他把呼吸變緩。

「半閉？那應該從鼻、嘴著手。」他把每一口氣輕輕含在嘴內數秒，注意力分散在鼻子、下顎及肚臍，肚子自然微微起伏，這時原先體內熊熊火焰四處亂竄的情況反而穩定下來，不知不覺中，他在心裡發出「嗯」的聲音。

「真的，黎老說得沒錯，這方式不輸用力催動。」

他知道自己走對路了，放下心安住於護罩內，而「嗯」聲在耳內延續，綿長不絕。

不知過了多久，他聽到兩個人走路過來的聲音。

「兒子還沒睡？」爸爸在門口敲門，他來不及張口回應，門把轉動著，開了。

「哇，兒子，你的房間怎麼這麼熱？不開冷氣怎麼行？」

媽拿起冷氣遙控器時，他張開眼睛。

「且慢！」爸爸制止她：「這熱氣是明佐自己創造出來的，現在驟然開冷氣會讓他容易感冒。」

「怎麼可能自己產生這麼大的熱氣？」媽滿臉懷疑。

「妳生了一個奇怪的兒子。不管他，他可以自己處理，我們睡覺去吧。」爸推媽出門前，笑著看他一眼。

20

明佐父親石大師在道場開示完後，帶領全體學員靜坐。他先聆聽道場上空嗡嗡的無聲之聲由弱轉強。

「今天大家都很用功喔。」他想。他把這個宇宙能量當成小天使，嗡聲越盛代表小天使聚集越多，群湧而來保護他們。尋常這個時候他會想像嗡聲由頭頂化成光進入，充斥他體內，但今天不行，他想看個究竟。

石大師半闔眼，三分之二的專注力放在丹田，三分之一放在天眼處，他一面調息，一面等待。大約兩個星期前，註冊處送來新進學員名單，他隨手翻閱，無意中發現幾個老面孔，那可是許師伯和阿國的黨羽，在他和岳父光復道場後他們便不再現身，也停繳學費，現在回鍋了。有什麼企圖？念頭才起便被自己反駁。

「怕什麼？今天的我不輸當年的岳父。」那時他這麼想，但為了預防萬一，還是約最早申請的三個人見面。

「石大師，我們是認真求道的。當年被許大師誤導才離開，但幾經尋尋覓覓，我們發現這裡的氣場最強，請讓我們回家，接受您的教誨。」帶頭的閔先生和他年紀相若，說得誠誠懇懇，其他兩人頭低垂，表現得畢恭畢敬，人家已經這麼說了，很難拒絕。緊跟著又有七個人陸陸續續歸隊，總計十人，占全體學員的千分之一而已。

然而上週六他提前兩分鐘下座，發現道場上空有兩個出竅體四處盤旋，他不動聲色，瞇眼盯住，當引罄聲響起，他看著靈體回到身軀內，赫然是閔先生和他的一個夥伴。散會後他請這兩人到內室。

「你們功夫練得不錯。」他開口，這兩人洋洋得意。

「不過本道場希望學員能專注於靜坐，不是享受靈體的遨遊。」

「依倪大師和我自己的體驗，練習這個心態要正確，否則對提升自己沒有幫助。」他補充一句。

「石大師知道破瓦法嗎？」閔先生問。

「略知一、二。」他回答。

「那麼靈魂出竅和破瓦法有何不同？在密宗，它可是修行的重要法門。」閔先生聲音大起來，有些咄咄逼人。

「你說的沒錯，兩者類似。修破瓦法可以在去世時免除四大分離的痛苦，直接修中陰身法。當然也可以在世時脫離身體欲望的羈絆，修自性。但如果把它當成一種樂趣，或窺探別人的方式便大錯特錯，反而對修行是個大阻礙。」

閔先生訕訕的不再抗辯，可是從兩人臉色得知，他們不以為然。

他耐心等待，雖然只放了部分的注意力在丹田上，那邊也悄悄啟動了，暖氣充滿全身，他整個放鬆下來，一些思慮慢慢的從腦中溜走，就在靈臺即將大放光明之際，他想到今天非得弄清楚的事情。他將闔起來的眼皮撐開一點，瞇視會場。哇，不得了，今天有八個靈體飄浮在半空，兩個現武士打扮，演練著各種招式，有幾個在戲弄靜坐的學員，還有一個停泊在天花板的角落睨看全場。他瞬間起了念頭，要不自己也出竅，將他們一一折服？繼而想，不如靜觀後續的演變。

「不會僅止於此，這是山雨欲來風滿樓呀！」

他對自己說：「我想看看誰是主使者。」

21

亞芳在家裡有照阿國仙的指示努力練氣，但內力增長無助於發出冰冷的強度。要不要模擬測驗一下？她搖頭，沒有快樂幸福已經很糟，為什麼非得把自己往悲慘裡推入？所以在地仙宮裡阿國仙一再催促她展現成果時，她百般不願。

「我知道沒問題。」她說。

「有問題、沒問題，豈是妳說了算？老師可是在當年的大決鬥中敗陣，才會淪落到今天這個地步。」阿國仙雙眉緊鎖：「妳知道妳要面臨的對手是誰嗎？」

「是誰？」阿昆急著得到答案。

「鏡花道場的住持。」阿國仙悶悶的說。

「我最近在報紙上看到他們相關的報導，好像拓展到臺中地區了。」阿昆道：「老師，他們為什麼稱作鏡花？那是什麼意思？」

「水中之月，鏡中之花，《金剛經》裡有這一句話，意思說世間萬物都不是真實的存在，我們自以為是的東西全是意念的反射，連道場也是。」

亞芳和阿昆有聽沒有懂。

「你們沒有佛學基礎，很難一下子跟你們解釋清楚。」阿國仙嘆口氣。

「這句話引申至道場，大概是說來道場不過是個過程，最好學生會了之後，不再執著只有在道場才能夠修練，回家後也可以自修，甚至無時無刻都可以修。」講到這裡阿國仙現鄙夷之色：「這些人自命清高，明明這麼大的道場一定要有足夠的學費才可以維持，假使學生會了之後不再前來，那麼住持和職員都喝西北風？」

「還有你們知道在佛經裡面講天界的差異嗎？」阿國仙問。

兩人齊搖頭。

「我們修羅仙和四大天王天、忉利天……等全在欲界天內，我們之上有色界天和無色界天。就直接談無色界天好了，那裡的天人不再有身體、男女之別，他們所處的空間也沒有任何形體的器物，欲望降到很低，可是仍然要接受輪迴。」

「沒有形體，那人和人之間如何區別？」亞芳疑惑。

「每個人都是光或氣體，在那個階段他們自有覺知來分辨，我們不必猜測。重點是修練到那個地步仍要墮入輪迴。那麼你們覺得，我們這個世間所有的宗教界大師有超脫無色界嗎？」

他們一副霧煞煞，阿國仙以為在對牛彈琴。

「老師是說這些大師……可以化成氣體？」亞芳現出不可思議的表情：「而且看所有實體也都是氣？」

「對。」阿國仙臉色稍微緩和。

「我想不可能吧！」亞芳猛搖頭。

「沒錯。連無色界的境界都達不到，整天佛言佛語，有人還以佛自居。看看他們的生活，大寺廟、眾多弟子簇擁、供養，許多人服務著大師的食衣住行，這和欲界天人有何差異？」阿國仙越發激動。

兩人一起點頭稱是。

阿昆開口：「所以他們可以說是掛羊頭賣狗肉？」

「完全是。更可悲的，這些人在地上複製欲界天卻不自知，仍自以為是佛陀的忠實信徒。修羅仙不那麼虛偽，我們行事一向坦蕩蕩。如果拿回道場，第一件事就將道場改名，叫『仙羅道場』，或者叫『幸福道場』。一般大眾最喜歡幸福這兩個字了，他們完全不知道佛陀對幸福這兩個字的定義和凡夫截然不同。」

「那麼佛陀對幸福的定義是什麼？」亞芳問。

「說來話長，今天就聊到這裡。該辦正事了，亞芳，好好練習給我看。」阿國仙板起臉來。

想到修羅的人間大業，亞芳勉為其難。

「好吧！」她盤起雙腿，丹田微微運氣，腦袋瓜往悲傷的事鑽。她想到小學一年級父親去世，從此沒有父愛。好幾回假日去朋友家，看到她們父女的互動，常常不自覺露出羨慕的表情。後來兩人因故鬧翻，好友便在其他同學面前模仿她，大肆嘲弄。

四周溫度開始下降。

沒有父親後，母親為了應付家裡的開支，常常在醫院值夜班，甚至主動代班，放學後回到家空空蕩蕩，渴望母愛而不可得。

氣溫變更冷。

後來母親再婚，繼父只帶來一點經濟挹注，她的家務如煮飯、洗衣、打掃反而加重。更慘的是五年後母親也走了，剩下她和繼父同處一個屋簷下，她發現繼父偷窺她洗浴。

阿國仙和阿昆覺得寒意瑟瑟。

她離家自力更生，幸好螳螂拳師父在幾年前傾囊傳授，憑著武術，她謀得一份討債的工作，可是最終紙包不住火，師父知道後大怒，要將她逐出師門。她在這個世界上唯一關懷的人也要和她劃清界線。那時她覺得徹底茫然無依。

寒風刺骨。阿國仙起身拿兩件毯子，一件自己披上，一件給阿昆，兩人盤坐運氣。

雖然如此，阿國仙發聲了：「很好，但仍不夠，再加強！」

亞芳下意識催動丹田，無濟於事。

「勁道沒有用時，改用其他辦法。譬如想傷心的事。」阿國仙提醒。

「傷心事已想過……」

才起了念頭。

「譬如誰做了對不起妳的事，讓妳為之忿恨不平。」

她腦海隨即浮上明佐和麗亞靠在一起走路的樣子。

「明明在天上跟我在一起，地上又重逢，卻……」

千愁萬恨湧上來。

「這是我下來的目的嗎？」

她心裡發出一聲悲嚎，氣溫驟降。阿國仙和阿昆訝異的看到周圍的空氣凝結成透明的結晶體，感覺如同困在冰窖裡面。不久冰冷侵肌透骨，阿國仙轉頭看阿昆，臉部和露出的手腳肌膚轉成慘白僵硬。「自己也好不了多少，不能再下去了。」

「可以了，停止吧！」阿國仙趕緊說。

亞芳不察。

阿國仙又喊了兩次，依然沒有動靜，他費了好大的力氣站起來，步履艱難的走到亞芳身旁推她、敞開喉嚨叫，都無效。他只好用力甩她的臉頰，清脆聲音傳來，腕骨一陣劇痛，正愁接下來怎麼辦？這時亞芳張開眼睛，呼出一口長氣，連呼出的空氣都讓人有如刀割針扎，不過，慢慢的，室內回溫了。

阿國仙靜靜等待亞芳舒展筋骨後，以尊敬的口吻稱讚：「太厲害了，我們會震撼萬教，一鳴驚人。」

講完激動的淚流滿面，喜悅溢於言表。

22

石大師在吃飯時問明佐的媽：「妳還記得阿國嗎？」

「那個人怎會不記得。」臉上十分不屑。

「是叫阿國仙嗎？」明佐連忙問。

「什麼仙不仙的。」媽媽有點不耐煩。

「是這樣子，我最近因緣湊巧去一間地仙宮，那裡的住持，大家都叫他阿國仙。」

「應該不是同一人。這個阿國是電腦工程師，曾經是你外公主持道場時的得意弟子，心術不正被逐出去。明佐，這種來歷不明的廟以後少去。」爸爸對他說。

「這個阿國怎麼了？」媽媽問。

「他託人送來一張帖子，說這個星期六上午大家共修時要來拜訪，切磋心得。」

「拒絕他就好了，這種人少跟他來往。」顯然媽媽對這個人評價極差。

「拒絕會讓人以為怯懦，假使他硬闖，工作人員攔他，他又大聲起來會很難看，何況……我想他已經派人潛伏在會員中了。」

「潛伏？怎麼一回事？」媽緊張起來。

爸把前兩次共修時，幾個學員靈魂出竅遊蕩，甚至作弄他人的情況道出。

「你有教他們靈魂出竅嗎？」媽續問。

「當然沒有。妳爸爸一向認為學這個對靈修沒有幫助，我怎麼會去教？」

「那麼真的是阿國興風作浪，怎麼辦？不理他們？」媽憂心忡忡。

「我雖然沒有教，但是一些修行不錯的學員可以看見，事實上已經有許多人來和我反映這個亂象了。假使他們不顧一切，靈體出竅挑戰，我不出面將之挫敗的話，會有損威信。」

「那怎麼辦？」

「認命吧，我自認寶刀不但未老，反而更銳利。」

「以一敵八，或者更多？」媽的臉快哭出來。

「放心，如果……不幸輸了，他們也無法把道場拿走。自從上次的教訓後，我們對於登記在組織內的會員代表，審核十分嚴格。」

「但是萬一他們重創你，就像當年我爸和你對戰他們一樣呢？」

爸爸聽了不語。

「也許那是他們真正的目的，先毀掉你，再策動學員來歸附，從而取而代之。」

媽媽曾經和明佐說過這段歷史，他聽了也擔憂起來：「我幫得上忙嗎？」

爸搖頭：「你不懂靈魂出竅，來了也沒用。」

「你可以教兒子呀！你不是常說他天賦異稟？多一個幫手總是好的。」媽急切的說。

爸爸沉思片刻，終於答應。

吃過飯一個小時後，爸爸帶他到書房兼禪堂，把要領和他說了。其實並不複雜，簡單說不過是把內氣往華蓋衝。爸要他試做。

可能氣上行得過猛，他在「氣戶穴」和「缺盆穴」附近覺得鬱悶難受，爸爸出手幫他撫順。下來經過「印堂」時，頭突然暈眩起來，爸爸即時處理，然後一路上走到「神庭」，停滯不前。他閉目全神貫注，效果不佳，此時爸爸的一隻手搭上他的後腰，一隻手按到他的後腦勺，暖流從腰椎平穩而上，抵達「神庭」時豁然開朗，挾著雙股勁道不費吹灰之力一舉衝破「百會」，當他靈體出來時那種清新和快樂，人世間沒有任何字眼可以確實形容。

他在空中俯視室內，感覺很不一樣。外邊浩瀚的天空吸引著他，正想往外飄走，發現一個穿白色綢緞，腰滾藍邊鑲金帶子的靈體擋住他，手中拿一把銀色長劍。

「這不是夢中所見的右行者嗎？」

他笑了，看看自己，同樣白衣，腰繫紅色金邊帶子，額頭綁一條束帶，從窗戶玻璃的反映，看出來也是白色。

右行者向他發出意念：「左行者，我們來看看你記得多少天上的功夫？」語畢向他刺出一劍。

他倉皇閃躲，右行者一劍接一劍，由慢漸快，連續不斷。他從踉蹌到穩健應戰，到後來也能在來劍未盡時便欺近右行者的近側，令其撤招。

「好啊，左行者，功夫仍在，但你怎麼不主動攻擊？」

「我沒有兵器，怎麼攻擊？」他以意念回答。

「近以手腳制敵，兼用掌功。」

右行者提到掌功，他不自覺的立起右掌，運氣吐出一絲白縷。

「力道太弱了，想辦法加強。」

他接連試了幾次，稍稍改善，心裡自知那不能傷人。

「辛苦了。我們今天就到這裡，回去軀體吧。」右行者說。

返回倒很容易，意念一動便進入身子，只是覺得疲憊。

爸爸看著他：「今晚好好睡吧，明天再練。記得靈體要練習適應噪音和冷風，否則容易被嚇得縮回。」

當他躺在床上時想，自己一定會好好練習，不只是為了捍衛父親的道場，而是為了那種沒有肉體束縛的自由和輕鬆，還有……回家的感覺。

那天他做了許多夢，天上飛翔、戰鬥，在天宮裡和軍師喝茶談修行……還有和冷帥在雲端並坐時，連續碰到天宮和修羅的巡邏隊自遠方飄來，他們趕緊捲起一堆雲覆蓋住全身。事後冷帥對他堅定的說：「我不喜歡這樣子躲躲閃閃，我們在人間相會吧！」

「我們在人間相會。」這句話醒來時還在耳邊嗡嗡作響。

隔兩天傍晚，明佐和麗亞坐在黎老的小客廳練完功，黎老給他們遞來一杯熱熱的柚子茶：「我朋友送的，味道不錯。」黎老說。

他仔細端詳黎老的身形和講話的神態，和天宮德高望重的軍師十分相似。想到夢中軍師和他解釋修行的次第，不禁脫口：「老師，靈魂出竅對於修行是好或壞？」

黎老盯著他，第一次讓他覺得目光深不可測：「出竅只是一種應用，重點在於使用者的心態，如果心純正，出竅可以讓他得到肉體的解脫，了解到物質世界的虛幻，但如果心不正，拿來為非作歹，那就糟糕了。」

這個明佐知道：「譬如窺探他人隱私，用來享樂或圖利。」

「也可以看女子出浴？」麗亞紅著臉問。

「應該可以。」明佐答。

她的臉更紅了。

「所以明佐，你爸爸教你了？」黎老維持他一貫溫和的語氣。

「是的，我媽要我爸教我。」他考慮片刻，決定講出來。

「因為我爸接到一張挑戰帖，而對方已經在道場內安插許多精通此道的人。」

「你爸沒有教他的學生？」

「沒有。」

「那會是我寡敵眾的局面。」黎老面色凝重：「時間訂在什麼時候？」

「這個星期六上午十點。」

「在道場？當著眾多學員面前？」

「是，我媽以為他們別有用意。」

黎老點頭：「我可以去嗎？」

明佐想了一下，爸爸應該不會反對，也許見面就會有似曾相識的感覺：「十分歡迎。」

「我可以跟嗎？」麗亞期待的看過來。

「當然，我們和老師在道場門口會合。」

晚餐時他和父親提了這件事。

「你確定這樣子好嗎？」爸爸問。

「沒錯。」爸爸沒再說什麼。

吃過飯後他回去練習新功課。出竅已經很快速，行進間躲閃和進擊也俐落，唯獨掌功雖有進步，但他自我評估，大約只有以前的三成左右。

23

亞芳和阿昆在地仙宮前等阿國仙，星期六是餐廳的大日子，她說好說歹的央求老闆娘讓她請假半天，好不容易得到允許，不料這個策畫人卻沒出現。等了廿分鐘，阿國仙姍姍來遲，一身黑色新道袍，一把鬍子也刮得乾乾淨淨，差點讓他們認不出來，可是面容憂慮，眼袋嚴重下垂，可能昨晚睡得不好。

「我們走吧！」阿國仙招手喚計程車。

「老師，不開廟門嗎？」阿昆問。

「開它做什麼？我們就要入主大道場了。」阿國仙隨手搖兩下，看都不看：「亞芳今天得好好表現，不要讓我失望，不，應該說不要讓修羅仙們失望。」

得到父親的許可，明佐在星期六上午九點半，於道場門口迎接黎老和麗亞。櫃臺小姐不認識他，經過通報直接帶入內室。穿過大堂時，偌大的空間擺滿密密麻麻的坐墊，他被震懾住，對於父親能夠正確指導這麼多學員不禁產生敬意，麗亞則一路張大眼睛好奇的四處觀望。

爸爸著黑衣滾金邊的道袍在內室門口等候，看到黎老時雙手合十，開心笑著：「我們終於見面了。」

黎老也十分愉快。他們寒暄一陣子，主要都是父親探詢黎老這一生的經歷，黎老簡短相告，從投筆從戎到退休在社區公園教些基本功，不期和明佐相遇等等，明佐初次獲悉黎老的完整生平。

「是不期嗎？還是在您的掐指神算內？」爸爸笑著問。

「緣分使然，我們不都隨緣走嗎？」黎老也笑著回答。

「說得也是。」爸爸點頭贊同：「這位小姑娘是？」

「麗亞，我的學生，明佐的朋友。」黎老說。

明佐報告和麗亞的結識經過。

「你再看看她，覺得眼熟嗎？」黎老問。

爸爸凝神盯著麗亞的天眼處，微笑道：「不錯，我們應該認識。」

麗亞被看得很不自在。

聊到差五分十點，爸爸說：「我們去大堂吧。」

他們一行人剛現身，整齊宏亮的聲音齊喊：「師父好，師父吉祥。」餘音在空中環繞，把明佐嚇一跳。環視整個空間，穿著灰色兩件式運動服的學員擠滿整個空間，不下數千人，大家都恭敬的雙手合十。

父親囑咐隨行弟子在高臺上多擺一張座椅，邀請黎老上坐，但被黎老拒絕，堅持和明佐、麗亞一起坐在第一列右邊，雙方僵持一陣子，後來黎老在父親耳朵旁悄悄說幾句話，父親才勉強同意。

「各位學員，」父親一開口，全場靜下來：「有讀過佛經和靜坐功夫不錯的人都知道，我們無時無刻都被欲望驅使，不只身體的行動如此，連細微的念頭都是。你們說，你們有真正的自由嗎？」

「沒有。」一部分人回答。

「很好。幾乎世間所有人都以為，所謂的自由是想做什麼就可以去做，不受任何約束。那是因為他們從來沒有探索過自己的內心，不知道有清淨心的存在，誤認那受業力汙濁的心便是真心。」

「把汙濁的心當成清淨的心，你們說，這是不是認賊做父？」爸爸問下邊的眾學員。

「是。」這次差不多全部的人都如此回答。

「有了清淨心，自在和快樂隨之而來。你們來這裡辛苦練習，到底是為了求自在快樂，還是想滿足你們汙濁的欲望？」

「為了自由和快樂。」聲音整齊劃一。

「然而在修練的過程中有些人會得到神通。」

父親接著解釋天眼通、天耳通、他心通等等，最後講到靈魂出竅。明佐本想看看大家的表情但又不敢隨意張望，他往前望著父親，想到爸爸在家裡和在道場裡是多麼的不同，再定睛看父親背後牆上掛的那幅大畫像，外祖父盤坐在雲端，兩眼低垂，嘴角微微露出笑意。

「有了神通並不意味修行程度變高了，我們的修行應該是以心的清淨程度來區分高低，和有沒有神通毫無關係……」

這時明佐聽到幾個人從後方走來，越走越快：

「講到這個就和你過去的行為互相矛盾了。」有人大聲反駁，聲音有點熟悉。「上回你和你岳父不是靠著靈魂出竅，比武勝利，把這個道場從我和我舅舅手中強行奪走了嗎？」

明佐轉頭看，發現是地仙宮的住持阿國仙。

麗亞用手肘碰他，臉湊過來在他耳邊小聲說：「看看這個人旁邊站的是誰？」

明佐望一下更詫異，亞芳恰好和他四目相對，她的臉迅速脹紅得像豬肝一樣，另外亞芳的夥伴阿昆則站在她的後面。

「他們跟來做什麼？幫手嗎？」明佐內心覺得失望和悲哀：「還有這個阿國仙，真的是爸媽提到那個卑鄙不堪的阿國嗎？但是他為何說外公和爸爸把道場從他手中搶走？」

這時和他坐在同一排中間一位鬢髮灰白的學員起身朗聲道：

「阿國，你講的話顛倒是非，這個道場是石師父的岳父倪大師創立的，你和我都是同一期的學員，反而是你勾結外人，也就是你的舅舅用卑劣手段把道場奪走，上一回石師父和倪大師只不過以其人之道還治其身，把道場拿回來而已，這裡有許多老學員都目睹了前後的事件。坦白說你們的手段十分醜陋！」發話人加重語氣。

「這個你不懂，亂世用重典，情非得已。追根溯源，我舅舅本是倪先生的大師兄，倪先生用盡心機，排擠中傷我舅舅，把師祖要幫我舅舅開道場的機會篡取了。算起來這個道場本來就是屬於我舅舅的。」阿國講得臉不紅、氣不喘。

「不過算這些陳年老帳多沒意思。我們來道場學習的又不是財務的相關項目，而是心靈的能力。當道場的大師不就應該是能力最高的人才夠資格來擔任嗎？」

「說的沒錯！」這次居然有一些人大聲附和，聲音來自後方，明佐回頭一看，起身站立了十餘人。

阿國臉上露出奇怪的笑容：「這樣子，姓石的，我入門比你早，我就不出馬了，以免被說成師兄以大欺小，我只派我的徒弟來對付你和你的徒弟們，公平嗎？」

「公平！」後面那些人又喊道，接著陸續走出十人強行站上高臺，把父親圍起來後，坐下盤腿。

「姓石的，你也可以請你的徒子徒孫上臺呀！」阿國洋洋得意。

明佐心情緊張起來，但是父親從從容容，平靜的說：

「阿國師兄，若是你又想來靈魂出竅比鬥的話，我必須指出，我們師祖自從教了你舅舅之後便改弦易轍，不再傳授了，因為他老人家認為練習這個技巧無益於修行……」

這時阿國那十個學生，一個個靈體先後跑出身軀，全副武裝，或拿齊眉棍，或挺著劍，或舉著大斧，還有持著像魚叉的兵器，繞著父親嘲弄、耀武揚威，囂張至極。

父親搖頭嘆息一聲：「好吧，既然如此……」閉目盤坐起來。

明佐知道差不多了，也在丹田運氣往百會衝，當他躍出時父親剛和一群靈體開打，爸爸閃躲迅捷，或退、或左、或右或斜側，瞬間重創三人。他從背後掩襲，也把兩個靈體撂倒，然後父子聯手，一個使劍輕俏專點要害，一個拳腳加掌功，頃刻全數解決，不拖泥帶水，乾淨俐落。

亞芳一腳踏入道場，心裡忽然不安起來。她依稀記得以前明佐提過要幫她在道場找工作，後來不了了之，希望這不是同一間道場，她暗自祈禱著。

進到大堂，有人在臺上講話，而臺下數十排禪墊上都坐滿人，場面壯觀肅穆。阿國仙腳步加快，領他們往前逼近。當阿國仙發話時她注意到前方第一排有一個女孩，身影熟悉，那個人轉頭望她一眼，她看清楚了，是麗亞。然後麗亞親暱的向身旁的男人靠攏，幾乎臉貼著臉在咬耳朵。那個男人正是明佐。她的血液立刻大量往上衝，變得熱烘烘的，接下來阿國仙和另一個有年紀的學員站起來對言，她都有聽沒有懂，後來全場莫名其妙變得安靜，她慢慢定下心神，卻依稀看到幾條白影在空中追逐交錯，最後剩下兩條，一條往左前方飛來落入明佐身體內。她弄不清楚怎麼一回事，卻又見麗亞掏出手帕去擦拭明佐的額頭。才剛剛平息的憤怒重新生起，夾雜著濃濃的哀傷。

「經歷過這些苦難，我到底得到什麼？」她的腦中一直反覆著這句話。

身旁有人用力拍掌，把她嚇一跳，原來又是阿國仙，他開口：「師弟功夫了得，可喜可賀。然而你說練習出竅對修行沒有幫助，但嘴巴說一套，實際做另一套。大家都看到了，第一，你有沒有教人？怎麼沒有，坐在第一排右邊第二人，方才不也出體來幫你嗎？第二，這麼多年來你的功夫比以前更厲害，如果平常沒有練習，哪來這樣的成果，嘿嘿，師弟，你口是心非啊！」

臺上穿黑袍的師父不疾不徐的回應：「我平常真的沒有練習，但這麼多年來修行有些進展，運氣和意念比以前更精純，導致出竅後行動比過去更敏捷，所以讓你誤會了。至於幫我的那個人是我兒子，他不是道場的學生，從來也沒接觸這方面，這次會教他是因為我和內人提到，你已經安插十幾人混入道場，他們在全體靜修時靈體出竅，擾亂他人，內人了解你一貫的伎倆，她知道你又想以多欺少，因而說服我教犬子的。」

亞芳聽了十分震驚。「臺上站的是明佐的父親？這道場是明佐家的？那等一下該怎麼辦？」她心亂如麻。

「嘿嘿，我的小師妹雖然美麗，不幸常常判斷錯誤，看錯人。」阿國仙續說。

小師妹？亞芳捉摸不著，難道指的是明佐的母親。

「我問你，師弟，練氣和意念，孰高孰低？」

「當然以意念為高。阿彌陀佛僅以個人強大的意念便造就了西方淨土。」

「那就好。靈魂出竅比試不過是個序曲，藉這個來拆穿你的謊言，現在我叫另一個學生讓你見識意念的運用，也使這個道場所有的學員清楚分辨出誰才是高明的師父。亞芳！」

阿國仙回身推她一把。「該妳了，讓他們大開眼界。」

亞芳茫然向前兩步，感覺許多目光朝她射來，內心十分惶恐。又想到明佐見她出來和他父親對抗，不知會不會產生惡感？她不禁撇頭朝他偷瞄，不看沒事，一看萬念俱灰！麗亞正趴在明佐肩膀不知講些什麼，側胸緊緊靠著明佐的胳膊。

「到這個地步沒什麼好顧慮了。」她頹然坐下，悲哀的想：「即便同歸於盡也無所謂了。」

明佐看到阿國仙推亞芳到最前面，不禁納悶。

「天呀，他要她做什麼？」亞芳捱貼過來在耳邊嘀咕。

亞芳盤坐，不一會兒氣溫驟降。明佐知道她的企圖了，內心一緊，一直冷靜觀察的黎老這時輕拍他的右手背：「該你出場了，解鈴還需繫鈴人。」

他不知道黎老第二句話是什麼意思，但是感覺像宿命一樣，很多事情都得去面對，逃也逃不了。他走到離麗亞三公尺前坐下，麗亞朝他黯淡的望一下便閉起雙目，如老僧入定，過一會兒空氣變得冷凝，許多學員猛打哆嗦。

明佐嘆一口氣，把內力往丹田滙聚，閉鎖三秒鐘，火炬驀地漫發全身。他顧及全體學員沒有帶禦寒衣物，因而擬定戰術。明佐把火力往前伸展，形成一片火網將亞芳罩住，溫度回暖，現場掌聲響起。

亞芳皺起眉頭，抿著雙唇，她也改變方式，在眾目睽睽下空氣中現出一把白森的大刀，朝明佐當頭壓下，大家不禁目瞪口呆。明佐聽到冰刀慢慢挺進融化的嘶嘶和水滴掉落的聲音，趕忙撤回防禦，把火力集中形成一塊盾牌。再次目睹這個稀世奇觀，敵我雙方都發出驚嘆聲。可是對明佐而言並不好玩，他用盡心力消解、阻擋，最終對方仍然寸寸朝著臉遞伸過來，讓他感受到巨大壓力，室內更趨酷寒了。

明佐內心焦慮，苦思對策，這時耳邊傳來黎老如蚊子般的細聲，卻清清楚楚：

「像平日練習一樣，建立起純防護的金鐘罩呀，孩子。」

他馬上照辦，從頭到腳築起橢圓形的護體，密密實實。從外觀看起來彷彿是一顆發亮的雞蛋，大家嘖嘖稱奇。

亞芳的冰刀順利挺到明佐頭頂上，她遲疑片刻，把刀下移到胸膛，繼續伸展，不料到胸前兩寸時好似碰到發燙的岩壁，不但不能前進，還消融了部分，她使盡全力，撼動不了分毫。

「我就這麼沒用嗎？在世人面前丟我們修羅界的臉！」

她想到天上的爸媽，想到這次下來受了這麼多苦難卻一無所得，她內心發出悲嚎：

「這是什麼世界，對我如此殘酷？」

意念初動，大堂內立即寒氣襲人，漸漸侵肌透骨，功力較淺的學員無法忍受，只得去外頭大廳避難，其他資深的便依平日所學運功取暖。即便如此，亞芳依然沒有進展，她持續往悲哀情緒裡鑽，室溫一直往下掉，這時很多在座的人想離席已經太晚了，他們發覺身體僵硬得無法動彈，包括阿國仙在內，他眼看他的徒眾們臉上蒙上一層寒霜，他想到自己應該也好不了多少，如果當年不是被倪師父摧毀了天眼穴，應該不至於衰弱到這個地步。不過又能怎樣呢？他奇怪的發現自己居然連怨毒的心力都使不上來。

亞芳也感到不妙。她的丹田熱力慢慢流失，現在冰冷由外侵入到內腑，她忽然想到和明佐的夢境裡有類似的場景，這次看起來她將步上同樣的後塵，被自己創造出來的冰封住，然而……然而……這次明佐會來救她嗎？會……還是不會……

明佐閉目專心鞏固他的火牆鐵壁，同時享受其中的舒適溫暖，無暇顧及其他。

「孩子，可以張開眼了，看看你的對手。」耳邊響起黎老的聲音。

他不看則已，一看驚呆了，除了外邊白茫茫的一片外，對面立著一個大冰球，依稀看到亞芳盤坐於其中，這簡直是夢中大戰的翻版。

「不行，這樣子下去亞芳會困死在自己的冰世界內。」

明佐著急站立，顛簸一下差點跌倒，他趕緊順一下血路，特別是腳部。慢慢走到冰球前，寒風刺人，他運起火功去融化，隨著表層冰水的滴落，他漸漸看清楚亞芳的現況：頭髮像一根根重疊的細冰柱，臉色青白，沒有一點血色，而且似乎沒有呼吸，就像一尊人造的雕像。他心急如焚，火功反而減弱。

「孩子，靜下心來，用意念引導丹田的力量直接到手掌，想像它逐步加強。」黎老又說。

一語提醒夢中人，他收攝心神，專心一致，果然勢如破竹，冰體分崩離析，一大塊、一大塊直接掉下，在腳邊淌成水，淹沒他的腳跟，亞芳終於完整呈現在他的面前，不過只是一具冰冷的軀體，沒有生命的跡象。他跪下來緊緊的抱著她，想到兩人在天上經歷的種種，和亞芳對他訴說她這一生的遭遇，明佐不禁放聲大哭：「醒來啊，醒來，我們還有共同的願景沒有實現，妳還沒履行妳我之間的承諾呀！」

明佐覺得胸前的人動了一下，才懷疑是否只是個錯覺，接著被手臂環繞的肩膀又動一下，他把彼此的距離拉開一點，正視亞芳的臉龐，她的兩行清淚正緩緩流下，他愛憐的以手指抹掉淚時，亞芳奮力的張開眼皮，噘起青紫的雙唇小聲道：「我也想。」

他緊緊攬住，兩人密不可分。

24

道場恢復了風平浪靜，阿國的黨羽大部分退會，只有兩人留下，他們一起去見石大師：「我們想要洗心革面，請帶領我們走入正途。」他們說。

明佐和亞芳消除了誤會，再度走在一起，亞芳取得高中同等學歷證明後考入大學夜間部。她不願意接受明佐父親的資助，寧願自己半工半讀完成學業。升到四年級時，明佐已在科技公司業務部任職。他取得父母的同意，在亞芳畢業典禮的次日舉辦婚禮，雙方同學、阿昆和明佐同事都來參加，黎老高興盛裝赴會，擔任女方主婚人後和新人及明佐父母、內外祖父母共桌，大家言談熱絡，如同一家人。

宴席終了，明佐、亞芳準備離席送客，黎老輕拍他們兩人肩膀，示意往右上方看。他抬起頭，奇妙的，天花板變成一片蒼穹，一群橫眉豎目、肌肉壯碩的修羅，簇擁著戴著銀色王冠，手中持著銀色三叉戟的修羅老王在俯瞰他們。那個老王眼睛瞇成一條線，慈祥的笑著。

「那是我爸，他原諒我了。」亞芳輕聲說，淚流滿面。

明佐遙向修羅王致意，他收回目光之際發現，另一邊一團濃雲背後伸出一大堆頭來，有牛像、馬像、人像，顏色也分紅、黃、藍……這些臉都露出怒意。

「那是空行夜叉，他們不習慣兩界的聯姻，不必理會。」黎老低語：「而且我們無所畏懼。」

明佐安下心來，轉頭看父親和外祖父，他們也一致同意，點頭微笑。

國家圖書館出版品預行編目（CIP）資料

看不見的戰爭．II：對峙 / 梁德煌著．-- 初版．-- 臺北市：
城邦印書館出版；新北市：聯合發行，2020.06
面；　公分
ISBN 978-986-5514-24-2(平裝)

863.57　　109006872

看不見的戰爭 II：對峙

作　　者／梁德煌
封面設計／賴美瑛
企畫編輯／朱妍曦
文字編輯／楊蕙苓
美術編輯／劉玉成 orangelalala@gmail.com
出　　版／城邦印書館股份有限公司
地址：10483 台北市中山區民生東路二段 141 號 B1
電話：（02）2500-2605
網址：www.inknet.com.tw
讀者服務信箱：service_inknet@hmg.com.tw
發　　行／聯合發行股份有限公司
地址：23145 新北市新店區寶橋路 235 巷 6 弄 6 號 4 樓
電話：（02）2917-8022

出版日期／2020 年 6 月初版一刷
ISBN／978-986-5514-24-2
定價／新台幣 350 元